W9-BMY-534

BESTSELLER

Franz-Olivier Giesbert nació en Wilmington, Delaware (Estados Unidos) en 1949. Su familia paterna, de origen escocés, alemán y judío, emigró a la Costa Este estadounidense durante la Primera Guerra Mundial. A los tres años, Giesbert se instaló junto a sus padres en Normandía. Periodista, biógrafo, novelista y presentador de televisión, es una de las grandes figuras del actual panorama cultural francés. Con tan solo dieciocho años publicó su primer artículo en el periódico normando *Liberté-Dimanche*. Fue corresponsal de *L'Express* en Estados Unidos y trabajó en *Le Nouvel Observateur* y en *Le Figaro*. Actualmente dirige el prestigioso semanario *Le Point*. Ha escrito numerosas novelas entre las que destacan *L'Affreux* (Gran Premio de Novela de la Academia Francesa, 1992), *La Souille* (Premio Interallié, 1995), *L'Immortel* (2007, adaptada al cine por Richard Berry), *Un très grand amour* (Premio Duménil, 2010) y *La cocinera de Himmler* (2013), que ha tenido un resonante éxito de ventas y de crítica en Francia, y cuyos derechos de traducción se han vendido a las principales editoriales europeas. Además de su faceta como novelista, destaca como autor de diferentes ensayos políticos sobre Jacques Chirac, François Mitterrand o Nicolas Sarkozy.

FRANZ-OLIVIER GIESBERT

La cocinera de Himmler

Traducción de
Juan Carlos Durán Romero

DEBOLS!LLO

El papel utilizado para la impresión de este libro ha sido fabricado a partir de madera procedente de bosques y plantaciones gestionadas con los más altos estándares ambientales, garantizando una explotación de los recursos sostenible con el medio ambiente y beneficiosa para las personas. Por este motivo, Greenpeace acredita que este libro cumple los requisitos ambientales y sociales necesarios para ser considerado un libro «amigo de los bosques». El proyecto «Libros amigos de los bosques» promueve la conservación y el uso sostenible de los bosques, en especial de los Bosques Primarios, los últimos bosques vírgenes del planeta.

Papel certificado por el Forest Stewardship Council®

Título original: *La Cuisinière d'Himmler*
Primera edición en Debolsillo: febrero, 2016

Printed in Spain – Impreso en España

ISBN: 978-84-663-3303-0 (vol. 1153)
Depósito legal: B-25.911-2015

Impreso en Novoprint, Sant Andreu de la Barca (Barcelona)

P 3 3 3 0 3 0

Penguin
Random House
Grupo Editorial

A Elie W., mi hermano mayor, que me ha dado tanto.

Vivid si me creéis, no aguardéis a mañana.
Coged desde hoy las rosas de la vida.

RONSARD

Prólogo

No soporto a la gente que se queja. El problema es que el mundo está lleno. Por eso tengo un problema con la gente.

En el pasado podría haberme quejado en muchas ocasiones, pero siempre me he resistido a practicar algo que ha convertido el mundo en un coro de plañideras.

Al final, la única cosa que nos separa de los animales no es la conciencia que estúpidamente les negamos, sino esa tendencia a la autocompasión que deja a la humanidad por los suelos. ¿Cómo podemos dejarnos llevar por ella mientras recibimos la llamada de la naturaleza, del sol y de la tierra?

Hasta mi último aliento, e incluso después, no creeré en nada salvo en las fuerzas del amor, de la risa y de la venganza. Son ellas las que han guiado mis pasos durante más de un siglo, a través de la desgracia, y francamente, nunca he tenido que arrepentirme, ni siquiera hoy, cuando mi viejo cuerpo me está fallando y me dispongo a entrar en la tumba.

Debo decirles en primer lugar que no tengo nada de víctima. Por supuesto estoy, como todo el mundo, en contra de la pena de muerte. Salvo si soy yo quien la aplica. Y la he aplicado alguna vez, en el pasado, tanto para hacer justicia como para sentirme mejor. Nunca me he arrepentido.

Mientras tanto, no acepto dejarme pisotear, ni siquiera donde vivo, en Marsella, donde la chusma pretende imponer sus leyes. El último que lo intentó, y lo terminó pagando, fue un raterillo que se suele mover en las colas que, en temporada alta, no lejos de mi restaurante, se forman delante de los barcos que realizan el trayecto a las islas de If y Frioul. Se dedica a vaciar bolsos y bolsillos de los turistas. A veces da algún tirón. Es un chico guapo, de andar elástico, con la capacidad de aceleración de un campeón olímpico. Lo llamo «el guepardo». La policía diría que es de «tipo magrebí», pero yo no pondría la mano en el fuego.

A mí me parece más bien un niño pijo que se ha desviado del buen camino. Un día que fui a comprar pescado al muelle, nuestras miradas se cruzaron. Es posible que me equivoque, pero no vi en la suya más que la desesperación de alguien que lo está pasando mal después de haber perdido, por pereza o fatalidad, su condición de niño mimado.

Una noche me siguió después de cerrar el restaurante. Ya es mala suerte, para una vez que vuelvo a casa a pie. Eran casi las doce, el viento era tan fuerte que parecía que los barcos iban a echarse a volar y no había un alma en la calle. Las condiciones perfectas para un asalto. A la altura de la place aux Huiles, cuando vi con el rabillo del ojo que se me iba a echar encima, me volví bruscamente y le planté delante de sus narices mi Glock 17. Diecisiete balas del calibre 9 mm, una pequeña maravilla. Empecé a gritarle:

—¿No tienes nada mejor que hacer que atracar a una centenaria, gilipollas?

—Pero si yo no he hecho nada, señora, no quería hacerle nada, se lo juro.

No paraba quieto. Parecía una niña saltando a la comba.

—Por regla general —le dije—, un tipo que jura es siempre culpable.

—Se equivoca, señora. Sólo estaba dando un paseo.

—Escucha, mentecato. Con este viento, si disparo nadie lo va a oír. Así que no tienes elección: si quieres seguir con vida, ahora mismo me das la bolsa con toda la mierda que has robado hoy. Se la daré a alguien que lo necesite.

Le apunté con mi Glock como si fuese un índice:

—Y que no te vuelva a pillar. En caso contrario, prefiero no pensar en lo que te pasará. ¡Vamos, lárgate!

Tiró su bolsa y se marchó corriendo y gritando, cuando ya estaba a una distancia respetable:

—¡Vieja loca! ¡No eres más que una vieja loca!

Luego me dediqué a repartir el contenido de la bolsa —relojes, pulseras, móviles y carteras— entre los mendigos que se acurrucaban en pequeños grupos a lo largo del cours d'Estienne-d'Orves, no lejos de allí. Me lo agradecieron con una mezcla de miedo y asombro. Uno de ellos sugirió que estaba chiflada. Le respondí que eso ya me lo habían dicho.

Al día siguiente, el dueño del bar de al lado me previno: esa misma noche había habido otro atraco en la place aux Huiles. Esta vez la culpable era una anciana. No entendió por qué me eché a reír.

1. Bajo el signo de la Virgen

Marsella, 2012. Besé la carta y después crucé dos dedos, el índice y el corazón, para que me trajera buena suerte. Soy muy supersticiosa, es mi debilidad.

La carta había sido enviada desde Colonia, Alemania, según indicaba el matasellos, y la remitente había escrito su nombre en el dorso: Renate Fröll.

Mi corazón empezó a latir con fuerza. Me sentía angustiada y feliz al mismo tiempo. A mi edad, cuando ya se ha sobrevivido a todo el mundo, recibir una carta personal es sin duda todo un acontecimiento. Tras haber decidido abrirla más tarde, en algún otro momento del día, para conservar el mayor tiempo posible en mi interior la excitación que había sentido al recibirla, besé de nuevo el sobre. Esta vez en el dorso.

Hay días en los que tengo ganas de besar lo que sea, lo mismo las plantas que los muebles, pero me contengo. No me gustaría que me tomasen por una vieja loca de las que dan miedo a los niños. A punto de cumplir ciento cinco años, no me queda más que un hilo de voz, cinco dientes hábiles, una cara de búho, y no huelo precisamente a rosas.

En cambio, en cuestión de cocina todavía me las arreglo. Creo que hasta soy una de las reinas de Marsella, justo detrás de la otra Rose, una jovencita de ochenta y ocho años que cocina unos prodigiosos platos sicilianos en la rue Glandevès, cerca de la Ópera.

Pero en cuanto salgo de mi restaurante para pasear por las calles de la ciudad, tengo la impresión de que asusto a la gente. Sólo hay un sitio donde, aparentemente, mi presencia no desentona: la cima de la colina de caliza desde donde la estatua dorada de Notre-Dame-de-la-Garde parece llamar al amor al universo, al mar y a Marsella.

Mamadou es el que me lleva y me trae de vuelta a casa, en el asiento trasero de su moto. Es un buen mozo y mi álter ego en el restaurante. Se ocupa de la sala, me ayuda con la caja y carga conmigo a todas partes sobre su cacharro apestoso. Me gusta sentir su nuca en mis labios.

Los domingos por la tarde y los lunes, cuando cierro mi establecimiento por descanso, puedo pasarme horas sentada en un banco con el sol mordiéndome la piel. Paso lista mentalmente a todos los muertos con los que pronto me encontraré en el cielo. A una amiga a la que he perdido de vista le gustaba decir que la conversación de los muertos era mucho más agradable que la de los vivos. Tiene razón: no sólo son más tranquilos, sino que además tienen todo el tiempo del mundo. Me escuchan. Y me calman.

Una de las cosas que se comprenden a una edad tan avanzada como la mía es que la gente está mucho más viva dentro de una después de muerta. Por eso morir no es desaparecer sino, al contrario, renacer en la mente de los demás.

A mediodía, cuando el sol deja de contenerse y empieza a darme cuchilladas o, peor aún, picotazos bajo la negra vestimenta de mi luto, me largo a internarme en la sombra de la basílica.

Me arrodillo ante la Virgen de plata que domina el altar y hago como que rezo. Después me siento y echo una cabezada. Dios sabe por qué, allí es donde duermo mejor. Quizás porque la mirada amorosa de la estatua me apacigua. Los gritos y las risas estúpidas de los turistas no me molestan. Las campanas tampoco. También es verdad que estoy horriblemente cansada, es como si siempre estuviese de vuelta de un largo viaje. Cuando les haya contado mi historia, comprenderán por qué, y eso que mi historia no es nada, bueno, no mucho: un minúsculo charco en la Historia, ese fango en el que chapoteamos todos y que nos lleva hasta el fondo a lo largo de los siglos.

La Historia es una porquería. Me lo ha quitado todo. A mis hijos. A mis padres. A mi gran amor. A mis gatos. No comprendo esa veneración estúpida que inspira al género humano.

Estoy muy contenta de que la Historia se haya marchado, ya causó suficientes estragos. Pero sé muy bien que pronto volverá, lo siento en la electricidad del aire y en la negra mirada de la gente. El destino de la especie humana es dejarse llevar por la estupidez y el odio a través de las fosas comunes que las generaciones precedentes han llenado sin descanso.

Los humanos son como animales de camino al matadero. Se dirigen a su destino con la cabeza gacha, sin mirar nunca hacia delante ni hacia atrás. No saben lo que les espera, no quieren saberlo, y eso que no tiene secreto alguno: el futuro es un eructo, un hipo, una náusea, y a veces el vómito del pasado.

Hace mucho tiempo intenté avisar a la humanidad contra las tres lacras de nuestra era: el nihilismo, la codicia y la buena conciencia, que le han hecho perder la razón. Me propuse informar a los vecinos, especialmente al aprendiz de carnicero que vive en mi rellano, un alfeñique paliducho con manos de pianista, al que sé que molesto con mi perorata y al que alguna vez, cuando me lo he cruzado en la escalera, he llegado a agarrar por la manga para impedir que huyese. Siempre simula que está de acuerdo conmigo, pero tengo claro que es para que le deje en paz.

Pasa igual con todo el mundo. En estos últimos cincuenta años no me he cruzado con nadie dispuesto a escucharme. Harta, acabé callando hasta el día en que rompí el espejo. A lo largo de mi vida, había conseguido no romper ninguno, pero esa mañana, al observar los añicos esparcidos sobre las baldosas del cuarto de baño, comprendí que había sido atrapada por la mala suerte. Llegué a pensar que no pasaría del verano. A mi edad, sería lo normal.

Cuando una piensa que se va a morir y no hay nadie que la acompañe, ni siquiera un gato o un perro, no hay más que una solución: volverse interesante. Decidí escribir mis «Memorias» y salí a comprar cuatro cuadernos de espiral a la librería-papelería de la señora Mandonato, una sexagenaria bien conservada a la que llamo «la vieja» y que es una de las mujeres más cultas de Marsella. Cuando me disponía a pagarle, vi que algo la incomodaba y fingí buscar cambio para darle tiempo a formular su pregunta.

—¿Qué pretendes hacer con eso?

—Pues escribir un libro. ¡Vaya pregunta!

—Sí, pero ¿de qué género?

Dudé y dije:

—De todos los géneros a la vez, mi vieja amiga. Un libro para celebrar el amor y para prevenir a la humanidad de los peligros que corre. Para que no viva jamás lo que yo he vivido.

—Ya existen muchos libros sobre ese tema...

—Pues parece que no son lo bastante convincentes. El mío será la historia de mi vida. Ya tengo un título provisional: «Mis ciento y pico años».

—Es un buen título, Rose. La gente adora todo lo relacionado con los centenarios. Es un mercado en pleno crecimiento hoy en día, pronto serán millones. Lo malo de los libros sobre ellos es que están escritos por gente a la que le da igual.

—Pues bien, yo, en mis «Memorias», voy a intentar demostrar que no somos muertos vivientes y que todavía tenemos cosas que decir...

Escribo por las mañanas, pero también por las noches, frente a un vasito de vino tinto. Mojo mis labios de vez en cuando, por placer, y cuando se me va la inspiración bebo un trago para recuperar las ideas.

Esa noche eran las doce pasadas cuando decidí interrumpir mi tarea de escribir. No esperé a estar aseada y acostada para abrir la carta que había encontrado en el buzón aquella mañana. No sé si era la edad o la emoción, pero mis manos temblaban tanto que, al abrirlo, rompí el sobre varias veces. Cuando leí su contenido me dio un vahído, mi cerebro se detuvo en seco.

2. Samir el Ratón

MARSELLA, 2012. Segundos después de volver en mí, me vino a la cabeza una canción: *Can You Feel It?* de los Jackson Five. Michael en su mejor momento, con una voz de niño auténtica antes de convertirse en la de un glorioso castrado. Mi canción preferida.

Me sentía bien, como cada vez que la tarareo. Dicen que a partir de cierta edad, cuando una despierta y no siente dolor alguno es que está muerta. Yo tenía la prueba de lo contrario.

Tras recuperarme del síncope, no me dolía en ninguna parte y no estaba muerta, ni siquiera herida.

Como toda la gente de mi edad, me aterrorizan las fracturas que nos condenan a la silla de ruedas, especialmente la del cuello del fémur. Me había librado por esta vez.

Había sido previsora: antes de abrir la carta me había sentado en el sofá. Al perder el conocimiento, caí de forma natural hacia atrás y mi cabeza aterrizó sobre un blando cojín.

Volví a echar un vistazo a la esquela que seguía en mi mano antes de espetar:

—¡Hostia joder coño me cago en la leche puta!

La esquela anunciaba la muerte de Renate Fröll, por lo que no podía ser la remitente de la carta. El deceso había tenido lugar cuatro meses atrás. Había sido incinerada en el crematorio de Colonia. En la tarjeta no figuraba ningún otro detalle. Ni dirección ni teléfono.

Empecé a llorar. Me parece que estuve llorando toda la noche porque, al día siguiente, me desperté bañada en lágrimas. Las sábanas, la almohada y el camisón estaban empapados. Era necesario pasar a la acción.

Tenía una intuición y debía verificarla. Llamé a uno de mis vecinitos a su móvil: Samir el Ratón. Es el hijo de un septuagenario que, según se cuenta, pasó toda su vida profesional en el paro; le ha sentado muy bien, es un hombre muy atractivo, aseado y vestido de punta en blanco. Su mujer, cajera y asistenta a domicilio, veinte años más joven que él, parece diez años mayor: su cuerpo está anquilosado por culpa del reúma y arrastra una pierna cuando sube la escalera. Pero también es cierto que siempre ha trabajado por dos.

Samir el Ratón tiene trece años y ya posee la aguda mirada del cazador de recompensas. Nada se le escapa. Es como si tuviese ojos en todas partes, hasta en la espalda o en el trasero. Pero los utiliza poco. Se pasa el día delante del ordenador, donde encuentra, en tiempo récord y previo pago, todo lo que se le pide. Un precio, un nombre o una cifra.

Oliéndose el negocio, Samir el Ratón se presentó inmediatamente a pesar de no ser madrugador. Le enseñé la esquela:

—Quiero que me busques toda la información posible sobre esta Renate Fröll.

—¿Qué tipo de información?

—Todo, desde su nacimiento hasta su muerte. Su familia, su trabajo, sus secretos. Toda su vida, vamos.

—¿Cuánto?

Samir el Ratón no se dedicaba ni a la poesía ni a la filantropía; le propuse, a cambio de sus servicios, darle la consola del salón. La examinó y después dijo:

—¿Es realmente antigua, esa cosa?

—Siglo XIX.

—Voy a ver en la Red cuánto puede valer algo así, y si no salen las cuentas, te lo digo. Pero creo que bastará...

Le invité a tomar unas galletas de chocolate con uno de mis siropes preferidos, de almendra, menta o granadina, pero declinó mi ofrecimiento, como si esas cosas ya no fuesen propias de su edad, cuando en realidad son más que nunca de la mía.

Samir el Ratón siempre tiene buenas razones para dejarme plantada. Está desbordado y jamás dispone de tiempo para mí. Si nunca he conseguido retenerlo más de unos minutos en casa es también, lo intuyo, porque se huele lo que siento por él: a pesar de la diferencia de edad, me tiene encaprichada.

Dentro de dos o tres años, cuando el hombre haya invadido al niño y se convierta en una bola de pelos y deseos, me gustaría que me abrazase, que me estrechase con fuerza, que me hablase con crudeza y me diese un buen meneo. No pido más. Sé que a mi edad suena incongruente e incluso estúpido, pero si tuviésemos que expulsar todos nuestros fantasmas de la cabeza, no quedaría gran cosa dentro. Alguno de los diez mandamientos nadando en zumo de cerebro y poco más. La vida sería pura muerte. Lo que nos mantiene en pie son nuestras locuras.

Tengo por principio vivir cada instante como si fuese el último. Cada gesto, cada palabra. Espero morirme tranquila, sin añoranzas ni remordimientos.

Al día siguiente, cuando ya estaba en camisón y dispuesta a acostarme, sonó el timbre de la puerta. Era Samir el Ratón. Pensé que venía a pedirme un aplazamiento, pero no, había trabajado todo el día y quería darme, personalmente, los primeros resultados de sus pesquisas.

—Renate Fröll —dijo— era farmacéutica en Neuwied, cerca de Colonia. Soltera, de padres desconocidos. Sin familia. No he encontrado nada más. ¿No tienes más pistas?

Me pareció percibir cierta ironía en su mirada, que me atravesaba.

—¿Por qué no piensas un poco? —le respondí con voz neutral—. Si supiese quién era esa mujer, no te habría pedido que investigaras sobre ella.

—Pero si no te estuviese rondando algo la cabeza, te importaría un comino quién era Renate Fröll.

No respondí. Samir el Ratón estaba contento de haber dado en el blanco, su rostro mostró un aire de satisfacción. Con la edad me cuesta cada vez más ocultar mis sentimientos, y había observado la emoción que me había envuelto cuando me dio los primeros resultados de su búsqueda, que confirmaban mi intuición. Era como la tierra que espera un seísmo.

Cuando se marchó, estaba tan excitada que no pude dormir. Era como si todos mis recuerdos hubiesen salido a la superficie. Me sentía invadida por un billón de imágenes y sensaciones del pasado.

Decidí volver a dedicarme a mi libro. Hasta entonces, la que escribía era yo. De pronto, una voz se introdujo en mí y me dictó lo que sigue.

3. La hija del cerezo

Mar Negro, 1907. Nací en un árbol, un 18 de julio, siete años después del nacimiento del siglo, lo que en principio habría tenido que darme suerte. Un cerezo centenario con ramas como brazos gruesos y cansados. Era día de mercado. Papá había ido a vender sus naranjas y verduras a Trebisonda, la antigua capital del imperio del mismo nombre, al borde del mar Negro, a pocos kilómetros de nuestra casa: Kovata, capital de la pera y orinal del mundo.

Antes de ir a la ciudad, había avisado a mi madre de que no creía que pudiera regresar a casa esa noche. Aquello le disgustaba porque mamá parecía estar a punto de dar a luz, pero no tenía elección: debía hacer que le arrancaran una muela picada e ir a casa de uno de sus tíos para recuperar el dinero que le debía; con toda probabilidad se le haría de noche y los caminos no eran seguros tras la puesta de sol.

Creo que también tenía planeado ir a beber con unos amigos, pero tampoco tenía razones para inquietarse. Mamá era como esas ovejas que paren mientras continúan paciendo. Apenas dejan un instante de ramonear y rumiar para amamantar al cordero que acaba de caer por detrás. Cuando dan a luz, se diría que están haciendo sus necesidades, es más, se diría que esto último les resulta más trabajoso.

Mi madre era una mujer robusta de pesada osamenta y caderas lo suficientemente anchas como para derramar batallones de niños. Para ella los partos eran como abrir un grifo y apenas duraban unos segundos, tras los cuales mamá, aliviada, retomaba sus actividades. A sus veintiocho años ya tenía cuatro hijos, sin contar los dos que habían muerto a temprana edad.

El día de mi nacimiento, los tres personajes que iban a arrasar la humanidad ya estaban en este mundo: Hitler tenía dieciocho años, Stalin, veintiocho, y Mao, trece. Había caído en el siglo equivocado: el suyo.

Caer es el término correcto. Uno de los gatos de la casa se había subido al cerezo y no conseguía bajar. Colgado de una rama rota, se pasó todo el día maullando de miedo. Poco antes de ponerse el sol, cuando mi madre comprendió que mi padre no volvería ese día, decidió ir a recogerlo.

La leyenda familiar cuenta que mi madre sintió la primera contracción al subirse al árbol y estirar el brazo para agarrar al gato. Agarró al animal por la piel del cuello, lo soltó en una rama más baja y, presa de un presentimiento, se tumbó de pronto en un recoveco del cerezo, en la intersección de las ramas. Así fue como llegué al mundo: rodando hasta el suelo.

Lo cierto es que, antes de caer, también fui expulsada del vientre de mi madre. Igual que si se hubiese cagado o tirado un pedo. Salvo que mamá me acarició y aduló de inmediato: era una mujer que rebosaba amor, incluso para sus hijas.

Perdónenme esta imagen, pero es la primera que me viene a la cabeza y no puedo evitarla: la mirada maternal era como un sol que nos iluminaba a todos; calentaba nuestros inviernos. Había, en el rostro de mamá, la misma expresión de dulzura de la Virgen dorada que estaba sentada en el trono sobre su altar en la pequeña iglesia de Kovata. La expresión de todas las madres del mundo ante sus hijos.

Gracias a mamá, mis ocho primeros años fueron los más felices de mi vida. Ella velaba para que no pasara nada malo en casa y, salvo las estaciones, nunca pasaba nada. Ni gritos, ni dramas, ni siquiera lutos. A riesgo de parecer boba, lo que sin duda es mi auténtica naturaleza, diría que eso es la felicidad: cuando los días se suceden en una especie de torpeza, el tiempo se alarga hasta el infinito, los acontecimientos se repiten sin sorpresas, todo el mundo se quiere y no hay gritos fuera o dentro de la casa cuando nos dormimos acurrucados junto al gato.

Tras la colina que se levantaba al lado de nuestra granja había una casita de piedra en la que vivía una familia musulmana. El padre, un individuo largo y delgado de cejas espesas como bigotes que sabía hacer de todo, ofrecía su trabajo por las granjas del lugar. Mientras su mujer y sus hijos cuidaban cabras y ovejas, él se dedicaba a trabajar por todos lados, incluida nuestra casa cuando papá estaba desbordado durante la cosecha.

Se llamaba Mehmed Ali Efendi. Creo recordar que era el mejor amigo de mi padre. Como no teníamos la misma religión, no pasábamos las fiestas juntos, pero nuestras familias se veían muchos domingos para compartir banquetes interminables, donde yo me comía con la mirada al pequeño Mustafá, uno de los hijos de nuestros vecinos, cuatro años mayor, que yo había decidido que un día sería mi marido y por el que tenía previsto convertirme al islam...

Tenía un cuerpo que soñaba estrechar contra mí, largas cejas y una mirada profunda que parecía en empatía con el mundo entero. Una belleza orgullosa y sombría, como las que se alimentan del sol.

Pensaba que podría pasarme el resto de la vida mirando a Mustafá, cosa que, desde mi punto de vista, es la mejor definición del amor, que mi larga experiencia desde entonces me ha enseñado que consiste en fundirse con el otro y no en recrearse en el espejo que te muestra.

Supe que ese amor era correspondido el día en que Mustafá me llevó al mar y me dio un brazalete de cobre antes de huir. Le llamé, pero no se dio la vuelta. Era como yo. Tenía miedo de lo que crecía en su interior.

De nuestra historia conservo un regusto extraño, el del beso que nunca nos dimos. Cuantos más años pasan, más crece ese pesar.

Casi un siglo más tarde, todavía llevo en mi brazo ese brazalete que hice agrandar y lo contemplo buscando palabras para escribir estas líneas. Es todo lo que queda de mi infancia, que la Historia, perra maldita, se ha tragado hasta el último hueso.

No sé bien cuándo comenzó con su mortal labor pero, durante el rezo de los viernes, los imames lanzaban llamadas a luchar a muerte contra los armenios, después de que el jeque del islam, un barbudo sucio hasta la repugnancia, jefe espiritual de los musulmanes suníes, hubiese proclamado la yihad el 14 de noviembre de 1914. Ese día, con gran pompa, y en presencia de un grupo de solemnes bigotudos ante la mezquita Fatih, en el barrio histórico de Constantinopla, se dio la señal para la guerra santa.

Nosotros, los armenios, habíamos terminado acostumbrándonos, no íbamos a fastidiarnos la vida por esas idioteces. Sin embargo, semanas antes del genocidio de mi pueblo, había notado que el humor de papá se había ensombrecido: lo atribuía a su enfado con Mehmed, el padre de Mustafá, que ya no ponía los pies en casa.

Cuando pregunté a mamá por qué se habían dejado de hablar, meneó la cabeza con seriedad:

—Son cosas tan estúpidas que los niños no pueden entenderlas.

Un día, al caer la tarde, mientras caminaba por lo alto de la colina, oí la voz de mi padre. Me acerqué a él, por detrás y con precaución para no llamar su atención, y me agaché tras un matorral. Papá estaba solo, dando un discurso al mar que se agitaba ante él, con sus grandes brazos en alto:

—Mis queridísimas hermanas, mis queridísimos hermanos, os digo que somos vuestros amigos. Por supuesto comprendo que esto pueda sorprender, después de lo que nos habéis hecho sufrir, pero hemos decidido olvidarlo todo, sabedlo, antes de que entremos, unos y otros, en esa espiral infernal en la que la sangre llamará a la sangre, para gran desgracia de nuestras descendencias... —se interrumpió y, con gesto de impaciencia, pidió al mar que dejara de aplaudir para poder continuar. Pero como no obedecía, prosiguió gritando—: ¡He venido para deciros que queremos la paz y que no es demasiado tarde, nunca es demasiado tarde para tender la mano!

Se inclinó ante la marejada de aclamaciones marinas y después se secó la frente con la manga de la camisa, antes de tomar el camino a casa.

Lo seguí. En un momento dado, se detuvo en medio del camino y gritó:

—¡Gilipollas!

He pensado a menudo en aquella escena un poco ridícula. Papá preparándose para jugar un papel de pacificador político en el que, al mismo tiempo, no creía. Resumiendo, estaba perdiendo la chaveta.

Las noches siguientes mi padre hablaba en voz baja durante horas con mamá. A veces levantaba la voz. Desde la pequeña habitación que compartía con dos hermanas y mi gato, no oía bien lo que decía, pero me parecía que papá estaba harto de la tierra en general y de los turcos en particular.

Una vez, tanto mi padre como mi madre levantaron la voz y lo que escuché al otro lado de la pared me produjo un escalofrío en la espalda.

—Si de verdad crees lo que dices, Hagop —exclamó mamá—, ¡tenemos que marcharnos inmediatamente!

—Primero voy a darnos a todos una oportunidad proponiendo la paz, como hizo Cristo, pero no tengo muchas esperanzas. ¿Viste cómo terminó Cristo? Si no nos escuchan, no soy partidario de poner la otra mejilla. ¡No vamos a regalarles sin luchar todo lo que hemos tardado una vida en construir!

—¿Y si terminan matándonos, a nosotros y a los niños?

—Lucharemos, Vart.

—¿Con qué?

—¡Con todo lo que encontremos! —gritó papá—. ¡Fusiles, hachas, cuchillos, piedras!

Mamá gritó:

—¿Te das cuenta de lo que dices, Hagop? Si ponen en práctica sus amenazas, estamos condenados de antemano. ¡Marchémonos ahora que estamos a tiempo!

—No podría vivir en otro lado.

Hubo un largo silencio, y después gruñidos y suspiros, como si se estuviesen haciendo daño, pero no me inquieté, al contrario: cuando oía aquellos ruidos, salpicados a veces de risas y jolgorio, sabía que en realidad se estaban haciendo el bien.

4. La primera vez que estuve muerta

Mar Negro, 1915. El olor a cebolla se podía sentir por todo el cuerpo de mi abuela: en los pies, en las axilas o en la boca. Incluso ahora que las como mucho menos, ese olor dulzón que heredé de ella me persigue desde la mañana hasta la noche, hasta debajo de las sábanas. El olor de Armenia.

En primavera cocinaba plaki para toda la semana. Con sólo escribir esa palabra, se me hace la boca agua. Es un plato de pobres a base de apio, zanahorias y judías blancas al que añadía, según los días o sus ganas, toda clase de verduras. A veces hasta avellanas o uvas pasas. Mi abuela era una cocinera imaginativa.

Me encantaba pelar verduras o preparar pasteles bajo su benévola mirada. Ella aprovechaba para filosofar o hablarme de la vida. Cuando cocinábamos, se quejaba a menudo de que la humanidad era esclava de la glotonería: esta comida nos ofrece el impulso vital, decía, pero cuando, por desgracia, sólo escuchamos a nuestros estómagos, estamos cavando nuestra propia tumba.

Seguramente le faltaba poco tiempo para terminar la suya, a juzgar por su enorme trasero que apenas pasaba por las puertas, sin mencionar sus piernas llenas de varices. Pero su preocupación estaba centrada en los demás, no en ella porque, tras la muerte de su marido, consideraba que su vida había terminado y sólo soñaba con reunirse con él en el cielo. Mi abuela citaba a menudo proverbios que le había transmitido la suya. Los tenía para todo tipo de situaciones.

Cuando los tiempos eran duros:

«Si fuese rica, comería todo el rato y habría muerto muy joven. Así que he hecho bien en ser pobre».

Cuando se evocaba la actualidad política:

«Siempre hay menos comida en el cielo que en el guiso propio. Las estrellas nunca han alimentado a nadie».

Cuando se hablaba de los nacionalistas turcos:

«El día que dejen al lobo vigilar el rebaño, no quedará una sola oveja sobre la tierra».

Es lo que no había comprendido el Imperio otomano al que vi hundirse en los primeros años de mi vida. Es una forma de hablar: desde mi rincón perdido no vi nada, por supuesto. La Historia entra siempre sin llamar y, a veces, ni siquiera nos damos cuenta cuando pasa. Salvo que nos pase por encima, cosa que acabó ocurriéndonos.

*

Nosotros, los armenios, estábamos seguros de nuestros derechos. Para sobrevivir pensábamos que bastaba con ser buenos. Con no molestar. Con pasar desapercibidos.

Ya hemos visto el resultado. Fue una lección que me ha servido toda la vida. Le debo esa maldad que hace de mí un mal bicho sin piedad ni remordimientos, siempre dispuesto a devolver el mal con el mal.

Resumiendo, cuando, en un mismo país, un pueblo quiere acabar con otro, es porque este último acaba de llegar. O porque estaba allí antes. Los armenios vivían en ese trozo de mundo desde la noche de los tiempos: ésa era su culpa, ése era su crimen.

Surgido en el siglo II antes de Cristo sobre los escombros del reino de Urartu, el suyo se extendió durante largo tiempo desde el mar Negro hasta el Caspio. Convertida, en el corazón de Oriente, en la primera nación cristiana de la historia, Armenia resistió la mayoría de las invasiones, árabes, mongolas o tártaras, antes de doblegarse durante el segundo milenio bajo el yugo de los turcos otomanos.

A mi abuela le gustaba decir que «los sátrapas de Persia y los pachás de Turquía han arrasado la tierra en la que Dios había creado el hombre a su imagen», citando al poeta británico Lord Byron, el primer nombre de escritor que escuché de sus labios.

Si creemos a Byron y a muchos otros, fue en la tierra armenia donde nació Adán, el primer hombre, y es también allí donde hay que situar el Paraíso de la Biblia. Ésa sería la explicación de esa especie de melancolía teñida de nostalgia que, desde hace siglos, se lee en la mirada de los armenios, la de toda mi familia en aquella época, pero ahora no en la mía: la gravedad no es mi fuerte.

No por el hecho de haberme pasado la vida calzando zuecos delante de los fogones o en zapatillas el resto del tiempo se me debe tomar por una inculta. He leído casi todos los libros que tratan del genocidio armenio de 1915 y 1916. Sin hablar de otros. Mi intelecto puede dejar que desear, pero hay algo que todavía no consigo entender: ¿por qué hubo que liquidar a una población que no amenazaba a nadie?

Un día le hice esa pregunta a Elie Wiesel, que había venido a cenar con Marion, su mujer, a mi restaurante. Una estupenda persona, superviviente de Auschwitz, que ha escrito uno de los libros más importantes del siglo XX: *La noche.* Me respondió que había que creer en el hombre a pesar de los hombres.

Tiene razón, y le aplaudo. Incluso si la Historia nos dice lo contrario, hay que creer también en el futuro a pesar del pasado y en Dios a pesar de sus ausencias. Si no, la vida no valdría la pena de ser vivida.

Así que no lanzaré piedras contra mis antepasados. Tras haber sido conquistados por los musulmanes, a los armenios se les prohibió llevar armas para que quedaran a merced de sus nuevos amos, que podrían así exterminarlos de vez en cuando, con toda impunidad, con el beneplácito del sultán.

Entre agresión y agresión, los armenios siguieron dedicándose a sus ocupaciones, en la banca, el comercio o la agricultura. Hasta que llegó la solución final.

Fueron los éxitos del Imperio otomano los que causaron su propia caída. Incorregiblemente glotón, murió, a principios de mi siglo, por culpa de una mezcla de estupidez, codicia y obesidad. No tenía suficientes manos para someter a su poder al pueblo armenio, a Grecia, Bulgaria, Bosnia, Serbia, Irak, Siria y tantas otras naciones que soñaban con vivir su propia vida. Terminaron dejando que se cociera en su propio jugo, es decir, Turquía, que emprendió entonces la purificación, étnica y religiosa, de su territorio, erradicando a griegos y armenios. Sin olvidar, por supuesto, apropiarse de sus bienes.

Era necesario eliminar a la población cristiana, considerada separatista. Presentes desde el Cáucaso hasta la costa mediterránea, los armenios constituían a priori la amenaza más peligrosa, en el interior mismo de la Turquía musulmana. Hartos de persecuciones, proyectaban a veces la creación de un estado independiente en Anatolia. Incluso habían llegado a manifestarse, aunque nunca fue el caso de mis padres.

Talat y Enver, dos asesinos de masas con rostro feliz, pondrían orden en aquella situación. Bajo la disciplina del partido revolucionario de los Jóvenes Turcos y del Comité de Unión y Progreso, se puso en marcha la turquificación; nada la detendría.

Pero eso los armenios no lo sabían. Ni yo tampoco. Se habían olvidado de decírnoslo, habrá que acordarse la próxima vez. Así que no me esperaba que una tarde desembarcara ante nuestra casa una banda de hombres vociferantes con los ojos desorbitados por el odio, armados con palos y fusiles; fanáticos de la Organización Especial, apoyados por gendarmes. Asesinos de Estado.

*

Tras llamar a la puerta, el jefe local de la Organización Especial, un manco gordo con bigote, hizo salir a todo el mundo salvo a mí, que hui por detrás sin que nadie me viera escapar.

El jefe pidió a mi padre que se uniera a un convoy de trabajadores armenios que aseguraba que iba a llevar a Erzurum. Papá se negó a obedecer con una bravura que no me extrañó en él:

—Tenemos que hablar.

—Ya hablaremos después.

—No es demasiado tarde para buscar un entendimiento y evitar lo peor. Nunca es demasiado tarde.

—Pero si no tiene nada que temer. Nuestras intenciones son pacíficas.

—¿Con todas esas armas?

A modo de respuesta, el jefe de los asesinos dio un bastonazo a mi padre, que soltó un gruñido y que, con la cabeza gacha de los derrotados por la Historia, fue a colocarse detrás del convoy.

Mi madre, mi abuela y mis hermanos y hermanas partieron en dirección opuesta con otro grupo que, con sus maletas y petates, parecía preparado para realizar un largo viaje.

Después de saquear la casa, sacar los muebles o las máquinas y llevarse todos los animales, pollitos incluidos, los criminales incendiaron la granja, como si quisieran purificar el lugar después de una epidemia.

Yo observaba todo desde mi escondite detrás de los frambuesos. No sabía a quién seguir. Al final me decidí por mi padre, que me parecía en mayor peligro. Tenía razón.

En el camino de Erzurum, los hombres armados alinearon a su veintena de prisioneros en la parte inferior de la cuneta, junto a un campo de avena. Formados en pelotón de ejecución, dispararon al grupo. Papá intentó salvarse pero fue atrapado por las balas. Cojeó un momento y cayó. El manco le disparó el tiro de gracia.

Después, los asesinos de la Organización Especial se marcharon tranquilamente, con aspecto de haber cumplido su deber, mientras yo sentía ascender en mi interior una especie de gran espasmo, una mezcla de tristeza y odio que me cortaba la respiración.

En cuanto se alejaron fui a ver a papá. Tumbado en el suelo con los brazos en cruz, tenía lo que mamá llamaba ojos de otro mundo: miraban algo que no existía, detrás de mí, detrás del azul del cielo. Las cabras tienen la misma mirada tras ser degolladas.

No pude observar ningún otro detalle porque un torrente de lágrimas nubló mi vista. Tras besar a mi padre y hacerle la señal de la cruz cristiana o la ortodoxa, preferí marcharme: una pequeña jauría de perros salvajes se acercaba ladrando.

Cuando volví a casa, todavía ardía y humeaba en algunas partes. Parecía arrasada por una tormenta. Estuve un buen rato llamando a mi gato pero no respondió. Llegué a la conclusión de que había muerto en el incendio. A menos que también hubiese huido: odiaba el ruido y que le molestasen.

Sin saber adónde ir, me dirigí mecánicamente a la granja de los Efendi, pero, cuando llegué, algo me dijo que no debía mostrarme y me escondí entre la maleza esperando ver a Mustafá. Me había enseñado a imitar el cacareo de la gallina cuando pone sus huevos. Tenía que mejorarlo, pero era nuestra forma de decirnos hola.

En cuanto lo vi, imité a la gallina y se dirigió hacia mí con aire contrariado.

—No deben verte —murmuró al acercarse—. Mi padre está con los Jóvenes Turcos. Se han vuelto locos, quieren matar a todos los infieles.

—Han matado a mi padre.

Estallé en sollozos y, de golpe, él también.

—Y tú, si te atrapan, correrás la misma suerte. A menos que te conviertan en esclava... Tienes que abandonar inmediatamente la región. Aquí eres armenia. En otra parte serás turca.

—Quiero reunirme con mi madre y los demás.

—Ni lo sueñes, seguramente ya estén sentenciados. ¡Te digo que todo el mundo se ha vuelto loco, incluso papá!

Su padre le había encargado que fuese a llevar estiércol de oveja a un hortelano que vivía a una decena de kilómetros de allí. Así fue como Mustafá ideó la estratagema que sin duda me salvó la vida.

Excavó con la pala un gran agujero en el estiércol negro y húmedo, en la carreta a la que iba a enganchar la mula. Tras pedirme que me escondiese en aquel fango, me dio dos tallos de junco para que pudiese respirar metiéndomelos en la boca y me cubrió con paletadas de boñiga tibia, llena de vida, bajo la que me sentí reducida al estado de un cadáver.

Los guardianes de cementerio dicen que hacen falta cuarenta días para matar a un cadáver. Dicho de otro modo, para que se mezcle con la tierra, para que desaparezca todo indicio de vida y se disperse el olor. Yo me sentía como un cadáver reciente, cuando todavía está vivo: estoy segura de que apestaba a muerte.

Mierda eres, y en mierda te convertirás, eso es lo que los curas deberían habernos dicho en lugar de hablar todo el tiempo del polvo, que no tiene olor. Qué manía de embellecerlo todo.

Tenía mierda hasta en las orejas y los agujeros de la nariz. Sin mencionar los gusanos que me hacían cosquillas sin insistir demasiado, sin duda porque no sabían a ciencia cierta si estaba viva o muerta.

Fue la primera vez en mi vida que estuve muerta.

5. La princesa de Trebisonda

MAR NEGRO, 1915. Una se acostumbra a todo. Incluso al detrito. Habría podido quedarme días enteros sin hacer nada dentro del montón de estiércol si la orina de oveja no me hubiera transformado, de la cabeza a los pies, en un picor con patas. Pasado un rato, habría podido descubrirme sólo para poder tener el gusto de rascarme.

Pero tenía prohibido moverme. Antes de salir, Mustafá me había avisado: por muy torpes que fuesen, los asesinos del Estado comprobarían inmediatamente lo que había dentro del montón de estiércol si se movía aunque fuese un poco; enseguida se escapa un bayonetazo y, a veces, no perdona. Mi último deseo era poner su vida, y la mía, en peligro, y menos aún desde que me pareció inevitable, después de aquel episodio, que nos casáramos. Estaba escrito.

En un momento dado, la carreta dejó el camino y se detuvo. Pensé que el picor se aliviaría, pero nada. Ahora que los baches habían dejado de sacudir mi ataúd de heces, me daba la impresión de que se introducían en mi cuerpo para mezclarse con él, y aumentaba en mí la sensación de estar pudriéndome viva.

Como la carreta seguía parada, decidí aventurarme fuera del estiércol. No de golpe, por supuesto. Lo hice lentamente, como una mariposa saliendo de su crisálida, una mariposa repugnante cubierta de mierda. Era de noche y el cielo estrellado bañaba la tierra con esa mezcla de luz y silencio que yo consideraba el modo en que se expresaba el Señor aquí abajo, al que añadiría más tarde la música de Bach, Mozart o Mendelssohn, que me parece escrita por Él mismo a través de intermediarios.

La mula había desaparecido y, aparentemente, Mustafá también. Sólo cuando bajé de la carreta lo descubrí a la luz de la luna: tendido en toda su extensión en la cuneta, en medio de un gran charco de sangre, con los brazos en cruz y degollado.

Le besé la frente y luego la boca antes de comenzar a sollozar sobre su cara, que tenía la expresión de aquellos que mueren por sorpresa. No me figuraba que pudiera tener tantas lágrimas dentro de mí misma.

Pensé que unos gendarmes turcos como los que se habían llevado a mi familia habrían detenido a Mustafá en un control y que les habría contestado mal. Era su estilo. A menos que hubiesen tomado a ese moreno peludo por el armenio que quizás era sin saberlo.

Mi pena llegó a su punto más alto cuando me di cuenta de que no tendría más derecho que papá a una sepultura decente y acabaría desgarrado por los mordiscos babosos de los perros de apestosas fauces que se estaban dando un festín desde la víspera en la región. Era imposible enterrarlo: además de la mula, sus asesinos habían robado también la pala y la horca que llevaba en la carreta.

Después de alejar su cuerpo de la carretera y cubrirlo de hierba, corrí un largo trecho a través de los campos hasta el mar Negro, en el que me sumergí para lavarme. Era verano y el agua estaba templada. Me quedé dentro hasta el amanecer frotándome y limpiándome.

Cuando salí del mar, me pareció que seguía apestando a estiércol, a muerte y a desgracia. Caminé durante horas y el olor no dejó de seguirme, un olor con el que volví a encontrarme por la tarde, escondida a la orilla del río, cuando descubrí que arrastraba carroña humana.

Ese olor no me ha abandonado nunca, e incluso cuando salgo del baño me siento sucia. Tanto por dentro como por fuera. Es lo que se llama la culpabilidad del superviviente. Sólo que, en mi caso, existían circunstancias agravantes: en lugar de pensar en los míos y rezar por ellos, me pasé las horas que siguieron llenándome el estómago. Estoy segura de que nunca he comido tanto en mi vida. Sobre todo albaricoques. Antes de caer la noche, tenía la tripa de una mujer preñada.

Los psicólogos dirán que era una forma de matar mi angustia. Me gustaría que tuviesen razón, pero tengo la impresión de que mi amor por la vida fue, como siempre lo ha sido, más fuerte que todo lo demás, la tragedia que había golpeado a los míos y el miedo a morir a mi vez. Soy como esas flores indestructibles que echan raíces en muros de cemento.

De todos los sentimientos que se agolpaban en mi interior, el odio era el único al que no dominaba ese impulso vital, sin duda porque se confundían: quería vivir para vengarme algún día, es una ambición tan buena como las demás y, a juzgar por mi edad, me ha servido de mucho.

Esa tarde encontré al ser que cambiaría mi destino y que me acompañaría en cada instante de los años siguientes. Mi amiga, mi hermana, mi confidente. Si nuestros caminos no se hubiesen cruzado, quizás habría acabado muriendo, roída sin piedad tanto por el resentimiento como por los piojos.

Era una salamandra. La había pisado. Las manchas amarillas de su cuerpo eran particularmente brillantes, y deduje que debía de ser muy joven. Nos comprendimos desde la primera vez que nos miramos. Después de lo que yo le acababa de hacer, jadeaba con fuerza y leí en sus ojos que me necesitaba. Y yo la necesitaba también.

Cerré mi mano sobre su cuerpecito y continué avanzando. El sol estaba todavía alto en el cielo cuando me tumbé a los pies de un árbol. Excavé un agujero en la tierra para meter la salamandra y puse una piedra encima, después me dejé llevar por el sueño.

—¡Levántate!

Me despertó un gendarme a caballo. Un bigotudo con cara de cerdo, pero un cerdo estúpido y pagado de sí mismo, lo que es más raro en esa especie que en la nuestra.

—¿Eres armenia? —preguntó.

Sacudí la cabeza.

—¡Eres armenia! —exclamó, con la expresión de seguridad de los imbéciles cuando se hacen los enterados.

Me dijo que una granjera turca me había sorprendido robando albaricoques en su huerto. Sentí ganas de echar a correr con todas mis fuerzas, pero lo pensé mejor. Estaba amenazándome con su arma y era de los que la utilizaban, se podía ver en sus ojos vacíos.

—Soy turca —intenté—, ¡Allah akbar!

Se encogió de hombros.

—Entonces, recítame el primer verso del Corán.

—Todavía no me lo he aprendido.

—¿Ves como eres armenia?

El gendarme me ordenó montar delante de él, sobre su caballo, lo que hice tras haber recuperado mi salamandra, y así nos dirigimos, al trote, hasta la sede del CUP, el Comité de Unión y Progreso. Al llegar delante, gritó:

—¡Salim Bey, tengo un regalo para ti!

Cuando salió un tipo sonriente, con los dientes muy separados, que debía de responder a ese nombre, el gendarme me tiró a sus pies diciendo:

—¡Mira lo que te he traído! No estaba bromeando, ¿verdad? Que Dios te proteja: ¡una auténtica princesa!

Ese día supe que era hermosa. Me dije que sería mejor no serlo durante mucho tiempo: ahora que Mustafá estaba muerto, no servía de nada y, además, supuse que aquello no me traería más que problemas.

6. Bienvenida al «pequeño harén»

Trebisonda, 1915. Salim Bey me llevó a su casa al caer la tarde. Reinaba una gran agitación en las calles de Trebisonda. Se diría que todo el mundo se estaba mudando.

Nos cruzamos con una vieja que luchaba con un pequeño platero demasiado pesado para ella, hasta el punto de que se detenía cada dos pasos para recuperar el aliento; una pareja que cargaba un ropero, seguida de sus cinco hijos con una cama, una mesa y sillas; un joven que acarreaba un batiburrillo de sábanas, alfombras, estatuas y juguetes para niños. Era la primera vez que me enfrentaba al repugnante rostro de la avidez humana, la espalda doblada, la boca torcida y la mirada huidiza o, en algunos casos, exaltada.

Semanas antes, mi nuevo amo no era más que un profesor modesto y famélico que impartía clases de Historia en la escuela coránica, donde sus alumnos, por lo visto, no le respetaban. Desde que se había convertido, un mes antes, en una de las eminencias del Comité de Unión y Progreso, había ganado sus buenos quince kilos y bastante seguridad. Alto, de mirada dulce que contrastaba con un mentón autoritario, resultaba imponente.

A mí me parecía guapo, y le sujetaba la mano con orgullo como si fuera hija suya durante el trayecto hasta su casa. Si me pongo exigente, la proliferación de pequeñas verrugas alrededor de sus ojos hubiese podido molestar a los puristas, pero la belleza necesita defectos para mostrar su esplendor.

Vivía en una casa de piedra en la cima de una pequeña colina que dominaba la ciudad, al fondo de un frondoso parque poblado de datileras, naranjos, laureles cerezos y árboles del paraíso, de bustos rojizos y cabellos de plata. Años después me enteré de que era la antigua propiedad del joyero más importante de Trebisonda. Un armenio que, dos días antes, había sido «deportado» a un bosque, a cinco kilómetros de la ciudad, para ser abatido junto a varios de sus congéneres. Salim Bey se lo había comprado por una miseria a su mujer antes de que ella misma fuese «deportada» al fondo del mar, junto con sus cuatro hijos.

Me condujo hasta una gran habitación, en el primer piso, donde seis chicas mayores que yo estaban cenando. Sopa de col lombarda y judías. Rechacé el plato hondo que me ofreció una mujer desdentada y de labios leporinos, Fátima, que oficiaba a la vez de guardiana, confidente y niñera. No hablaba mucho, pero sus ojos decían que estaba de nuestra parte. La quise desde el primer momento.

Me dio una caja metálica para mi salamandra. Aunque mi batracio debía plegar su cola para meterse dentro, se sintió cómoda inmediatamente y aún más cuando, por la noche, después del baño, le ponía tierra para que pudiese acurrucarse debajo.

Fátima me aconsejó alimentar a la salamandra con insectos o lombrices, cosa que hice los días siguientes, añadiendo a su dieta babosas y minúsculos caracoles, que le encantaban. Sin olvidar las arañas y las mariposas nocturnas.

Después, Fátima me advirtió sobre el líquido venenoso llamado, lo supe más tarde, samandarin, que podía segregar la piel de la salamandra cuando se sentía en peligro. Pero nunca me pasó nada al manipularla, así que es fácil pensar que se sentía segura conmigo.

Hice unos agujeros en la tapa para que pudiese respirar y le di un nombre: Teo, diminutivo de Teodora Comnena, la princesa cristiana de Trebisonda cuya belleza celebra la posteridad desde el siglo XV.

Mi caja con la salamandra me acompañaba a todas partes, hasta al retrete. No podía estar sin Teo: era a la vez mi tierra, mi familia, mi consciencia y mi álter ego. Me sermoneaba a menudo y yo no me privaba de responderle. Teníamos mucho tiempo para hablar.

En casa de Salim Bey el trabajo no era muy duro. No soportaba los versículos del Corán con los que nos castigaba los oídos, ni el resto, pero no me atrevería a quejarme cuando pienso en los niños que fueron envenenados en el hospital de Trebisonda por el doctor Ali Saib, inspector de servicios sanitarios, y en los demás, encadenados en grupos de doce o catorce, arrastrados junto a sus madres y abuelos a marchas forzadas en dirección a Alepo para morir por el camino de sed, de inanición, o por los golpes de los guardias. Por no hablar de los que fueron embarcados y arrojados al mar.

Varias noches por semana Salim Bey y sus amigos, generalmente compañeros de su partido, venían a apropiarse de los cuerpos de lo que él llamaba el «pequeño harén». Sé que aquello no resultaba agradable para mis compañeras, que pasaban de uno a otro para que las penetrasen de todas las formas posibles varias veces por noche. Las obligaban a entregarse, sudando y jadeando, hasta altas horas de la madrugada. Eran simple ganado de mirada muerta, al menos al día siguiente. Y también harpías. Me odiaban por el tratamiento particular al que me daba derecho mi edad: yo estaba reservada para el amo, cuyas costumbres no eran lo suficientemente perversas como para obligarme a tal trato. Él esperaba de mí cosas más sencillas. «Mimos», como decía Fátima, que me enseñó ese arte que también es una ciencia.

—Ten cuidado con los dientes —repetía—. Concéntrate en que pasen desapercibidos. Los hombres detestan que los arañen o los mordisqueen. Debes trabajar sólo con tus labios y tu lengua para chupar, lamer y aspirar con toda la pasión de la que seas capaz: así es como le harás feliz.

Él me llevaba a su despacho, se sentaba en un sillón de piel, me pedía que me arrodillase, que pusiese la cabeza entre sus muslos, y después se abría la bragueta para extraer su aparato al tiempo que se relamía. Su deseo subía paulatinamente, sus gemidos se transformaban en gruñidos... les ahorro el resto.

Mientras le excitaba, en mi fuero interno profería toda clase de insultos: especialmente *salak* («gilipollas» en turco) o *kounem qez* («que te jodan» en armenio). Aunque no pudiese, por causa justificada, leer sus pensamientos en su mirada, estoy segura de que era consciente de que me estaba haciendo daño. Pero al mismo tiempo me hacía mucho bien. Fue él quien, gracias a esas sesiones, alimentó esta violencia que habita dentro de mí y que me ha permitido sobrevivir.

7. El cordero y las brochetas

TREBISONDA, 1916. Una mañana, Salim Bey mandó venir al imam para que yo pronunciase ante él las palabras rituales de conversión al islam: «Afirmo que no hay más Dios que Dios, y afirmo que Mahoma es el mensajero de Dios».

El mensajero, puede, pero el único, no. También está Jesús, al que continuaré rezando hasta mi último suspiro, y también a Moisés, a María, al arcángel Gabriel y a muchos otros. Nadie tiene el monopolio de Dios.

Cuando el imam me preguntó si mi conversión era libre y voluntaria, mentí como Salim Bey me había pedido que hiciese. Hasta fingí sentirme feliz de abandonar el cristianismo, que aborrecía desde mi más tierna infancia.

—Siempre pensé que Cristo era un cobarde y un llorica —dije—. Si ése es el hijo de Dios, francamente, lo siento por Dios, se equivocó por completo.

Al escribir estas líneas me invade la vergüenza, aunque no tanto como ese día, que pasé rezando de rodillas y luego caminando sobre piedras, para mortificarme y pedir perdón por mis blasfemias.

Estaba dispuesta a todo para sobrevivir, y mi amo me había dicho que la conversión sería mi mejor protección. Según él, después de eso no tendría nada que temer: los musulmanes tenían por regla, al contrario que los cristianos, el no matarse entre ellos. Así que era una ventaja.

Aunque me había salvado, Salim Bey se sentía muy culpable conmigo y me aproveché de ello. El día que le pregunté quién era el manco gordo y bigotudo que se había llevado a mi padre para que lo asesinaran en una cuneta, me respondió sin dudarlo:

—Gordo y manco, sólo puede ser Ali Recep Ankrun. Un ser detestable. Un tipo capaz de lo que sea para sacar provecho. Mataría a su padre, a su madre y a sus propios hijos. Comprobaré si fue él quien estuvo en Kovata.

Lo comprobó y lo confirmó. Intentó también recabar noticias de mi madre y de los demás. Era muy complicado, hubo que esperar al menos seis semanas para que su búsqueda diese resultado.

Salim Bey mostraba un abatimiento sincero el día que me dijo, con la mirada gacha y un nudo en la garganta: «Tu madre y tus hermanos fueron atacados por bandidos kurdos que los degollaron a todos. No sé qué pasó con tu abuela, nadie ha sabido decírmelo».

Me eché a llorar. Salim Bey lloró junto a mí, y no estaba fingiendo, sus lágrimas eran sinceras y mancharon su camisa. A partir de entonces esperé a mi abuela todos los días: tenía la esperanza de que la hubieran recogido los sirios de Alepo u otros que salvaron a tantos armenios. Durante años, hasta hace poco, cuando verdaderamente superé el duelo, pensé que acabaríamos encontrándonos y que pasaríamos nuestra vejez en la cocina de mi restaurante. Lo probé todo, los detectives y los llamamientos a la comunidad armenia, en vano.

No puedo volver a pensar en Salim Bey sin sentir cierto malestar. Lo que hacía con mi cuerpo me repugnaba, pero al mismo tiempo apreciaba su rechazo a sus homólogos del Comité de Unión y Progreso: me hablaba con horror de los suplicios que habían infligido a los armenios en las mazmorras del CUP, para obligarles a decir dónde escondían sus ahorros. Uñas extirpadas con pinzas. Cejas y pelos de la barba arrancados uno a uno. Pies y manos clavados en maderos para burlarse después de los crucificados: «Ya ves, eres como Cristo, Dios te ha abandonado».

Un día me contó también las marchas de la muerte, esas columnas de zombis que los gendarmes turcos conducían por desiertos y montañas donde daban vueltas y vueltas, hasta que ya no quedaba nadie. Las mujeres violadas, las hijas secuestradas, los bebés abandonados por el camino, los viejos arrastrados, arrojados por precipicios o desde lo alto de los puentes.

Salim Bey era un sentimental, como demostraba su amor por la señora Arslanian, de la que hablaba mucho durante esas sesiones en las que le alegraba el aparato. Una mujer muy guapa y muy rica que, según creía él, cambiaría su vida y le traería suerte. Estaba libre, ya que su marido, un médico armenio, había desaparecido por desgracia durante su «deportación».

La señora Arslanian era la elegancia personificada, a lo que había que añadir unos labios carnosos, un pecho generoso, caderas ideales para parir y una cabellera enmarañada que ningún peine o cepillo podía domar. Sin olvidar su mirada amorosa y profunda.

La primera vez que la vio, Salim Bey sintió un flechazo que desde luego no fue mutuo, pero que él no dudaba que terminaría también por atraparla a ella. Sabía que eso lo ponía en peligro frente a la dirección del partido, que comía carne de armenio mañana, tarde y noche, pero bueno, si ella se lo hubiese pedido, lo habría dejado todo y se habría instalado en Estados Unidos para vivir plenamente su gran amor.

Aunque ella había rechazado sus insinuaciones, cosa que las circunstancias hacían del todo comprensible, la señora Arslanian se decía dispuesta a huir con él cuando hubiese recuperado a sus hijos. Tenía incluso su destino ideal: Boston. Soñaba con vivir en la Costa Este de los Estados Unidos.

Pero hubo que desengañarse. Esa mujer atraía demasiado el amor y la codicia. Su destino trágico demostraría que, contrariamente a la leyenda, la belleza y el dinero nunca han protegido a nadie de la marcha de la Historia.

Había demasiada gente mezclada en ese asunto, importante y poderosa: el doctor Ali Saib, su amigo Imamzad Mustafá, gestor de comercio, y Nail Bey en persona, quien, a la cabeza del Comité de Unión y Progreso, se había convertido en el verdadero amo de Trebisonda. Sin mencionar a Ali Recep Ankrun, el asesino de papá. Cuatro tipos despreciables, cuyos rostros estaban marcados por los estigmas del odio y la lujuria.

La señora Arslanian, o más concretamente su dinero, estaba en su punto de mira, y para conseguir sus fines la chantajeaban con sus dos hijos desaparecidos, un niño de diez años y una niña de siete. Estaba dispuesta a todo para recuperarlos, pero era la única que ignoraba que habían sido asesinados.

Sólo Dios sabe si había confesado a uno de aquellos malhechores que mariposeaban a su alrededor dónde escondía su tesoro de 1.200 libras en oro, pero, un día, Kemal Emzi, el gobernador de la provincia, decidió que el recreo había terminado. Embarcó a la señora Arslanian en un barco hacia alta mar donde fue lanzada por la borda, según el método de «deportación» preferido por las autoridades de Trebisonda.

Salim Bey me dijo a menudo que no comprendía cómo la purificación de Turquía había podido pervertirse de tal manera. Nunca quiso, repetía, que «llegara a esos extremos».

—Lo siento —me dijo un día que se me había dado especialmente bien, después de lanzar un grito inhumano—. No teníamos previsto llegar a lo que hemos llegado.

—Nosotros tampoco...

—Todo el mundo se ha vuelto loco, entiéndelo. La gente estaba harta...

—¿Harta de qué?

—De los armenios, ya sabes. Comerciantes explotadores que, desde hace siglos, nos chupaban la sangre. Gente muy particular, y no sólo desde el punto de vista religioso. Se negaban sistemáticamente a integrarse, no pensaban más que en ellos mismos.

—Ésa no era una razón para masacrarlos.

—Debes saber, mi princesita, que nosotros, los Jóvenes Turcos, somos buenos musulmanes y buenos francmasones, no bárbaros y asesinos, simplemente queríamos empezar de cero con una raza pura y una nación moderna.

—¿Y no había medios menos horribles para conseguir vuestros fines?

—Para hacer brochetas hay que degollar antes al cordero, pero bueno, estoy de acuerdo en que no es obligatorio exterminar a todo el rebaño. Hemos llegado demasiado lejos. No es culpa de nuestro programa, es culpa de los hombres.

Asentí con la cabeza. Sabía quiénes eran los verdaderos culpables: los que tenía escritos en una hojita de papel que llevaba siempre conmigo.

Me hubiera gustado quedarme junto a él unos años más para continuar mis pesquisas, pero al cabo de unos meses sentí que mi poder sobre él declinaba. Sus ojos ya no me miraban fijamente, me evitaban. Tenía la mirada fría de los hombres que buscan en otro lado.

A partir de entonces, mientras le trabajaba, Salim Bey leía un libro y sólo lo cerraba en el último instante, cuando la Santa Crema me explotaba en la cara o en la boca. De esta forma, yo me afanaba bajo las portadas del Corán, de *La isla del tesoro* de R. L. Stevenson o de *Los miserables* de Victor Hugo. Es más, tenía prisa, y cada vez terminaba más rápido.

Había dejado de interesarle pero seguía mirándome con aire protector. Al observar que lo que leía me apasionaba, me regaló *Los miserables* por la fiesta del Eid al-Fitr de 1916. Luego me dio *David Copperfield*, *Huckleberry Finn* y otros libros parecidos, que leía por las noches, antes de dormirme, identificándome con todos esos aventureros de río o de arroyo.

Llevaba viviendo casi dos años en casa de Salim Bey cuando, una mañana, Fátima preparó mis pertenencias, cosa que hizo muy rápidamente porque no tenía casi nada, y me llevó ante el amo, que estaba acabando de desayunar. Con falsa jovialidad, como cuando se anuncia una mala noticia, me dijo que me enviaba a casa de un amigo, un importante comerciante de té, arroz, tabaco y avellanas, a quien había recibido la víspera en su casa y al que yo había gustado aunque sólo me hubiese visto de lejos:

—No es muy guapo, pero es muy bueno —me dijo.

—Nunca nadie será tan bueno como tú, mi amo.

—Le has gustado mucho y me ha preguntado si cumplías tus promesas. Yo le dije que sí.

—Siempre haré lo que me pidas.

—Te pido que le des placer como me lo has dado a mí. Pero estate tranquila, princesita. No te regalo, sólo te presto. Volverás.

—Por supuesto que volveré —le confirmé—. Tengo muchas cosas que hacer aquí.

8. Las hormigas y el jaramago de agua

MEDITERRÁNEO, 1917. Nazim Enver, mi nuevo amo, no era un poeta. Obeso y cincuentón, era la prueba viviente de que el hombre desciende más bien del cerdo que del mono. En su caso, además, no era cualquier cerdo, sino el verraco de concurso al que, en equilibrio precario sobre sus dos patas traseras, le cuesta arrastrar sus temblorosos jamones.

No me gustaba nada, pero soñaba con trincharlo, ponerlo en salazón, o transformar su cabeza en paté. Había calculado que, si hubiese tenido que comérmelo, a doscientos gramos diarios habría tardado más de un año.

Nada más llegar a su barco, *El Otomano,* un carguero fondeado en el puerto de Trebisonda, fui conducida hasta su camarote. Esperé mucho tiempo, sentada en su cama. Entre mis manos tenía la caja de Teo y, a mis pies, el hatillo con mi ropa y la lista de mis odios. Mataba el tiempo rezando a Jesús en su cielo, para que se moviese un poco, liquidase a algunos Jóvenes Turcos y encontrara a mi abuela.

Una hora después, cuando llegó Nazim Enver, sudando y en celo, me pidió que me desnudase y que me tumbase en la cama. Separándome las piernas y aplastándome bajo los pliegues de su carne blanduzca, pasó al acto sin pedirme opinión ni pronunciar palabra, ni siquiera por educación.

En el instante en que Nazim Enver se alivió en mí poco después de haberme penetrado, gritó como si acabara de asesinarle. Los verracos deben de lanzar el mismo grito cuando se corren.

Después permaneció mucho tiempo sobre mí, como postrado. Aterrorizada por la idea de haber cumplido mal mi trabajo, me quedé sin decir nada ni moverme bajo su pecho de mameluco gordinflón, y me habría asfixiado si él no hubiese acabado liberándome para sentarse en la cama. Se volvió; su mirada se posó en mí pero no me vio. Tenía en el rostro las marcas de un embelesamiento horripilante.

Cuando me levanté, descubrí que las sábanas estaban cubiertas de sangre, pero sabía lo que significaba, mi abuela me lo había explicado, Fátima también, y no pude, a pesar de mi asco, reprimir cierto orgullo.

Nazim Enver no me dejó tiempo para vestirme. Me arrastró desnuda, los muslos sangrantes y mis cosas en la mano, hasta un pequeño camarote que cerró con llave tras él y donde, después de haberme lavado, pasé el resto del día y los siguientes mirando el mar por el ojo de buey, rumiando mi pasado y rezando todo tipo de plegarias que nunca fueron escuchadas, como si el Todopoderoso me castigase por mi conducta.

Cada atardecer, mi amo venía a buscarme antes de acostarse. Pasé todas las noches en su cama durante el trayecto que nos debía conducir desde Trebisonda hasta Barcelona. Aparte de los momentos en los que me montaba, no existía para él, y las raras veces en las que me dirigió la palabra, sólo fue para reprocharme el no estimular suficientemente su deseo: «Concéntrate, tienes que esforzarte más, una piedra no basta para construir una pared».

De día, encerrada en mi camarote, el hombre con cara de ternero que me traía la comida raramente abría la boca, y me miraba, cuando se dignaba a hacerlo, con una mezcla de indiferencia y desgana. Si hubiese sido un mueble, le habría dado igual.

A Dios gracias, podía hablar con Teo. A mi salamandra no le gustó aquella travesía por el Mediterráneo. Sin duda porque la alimentaba exclusivamente con moscas y arañas que consumía de mala gana, pero no había otra cosa de comer en el barco. Además, ella estaba muy disgustada por mi suerte, la de una esclava sexual sometida al placer de su amo y tratada sin miramientos. Me pasaba los días intentando calmarla.

—No puedes continuar aceptando eso —protestaba Teo.

—Eso está muy bien, pero ¿qué puedo hacer?

—Rebelarte.

—¿Ah, sí?, ¿y cómo?

Teo no respondía nada porque no tenía respuesta. Incluso si simula ignorarlos, la moral siempre tiene límites, fijados por la razón.

Yo temía que Nazim Enver me dejase preñada. A pesar de las apariencias, no me había arrebatado nada. Ni mi dignidad, ni mi estima, ni nada de nada. Ignoraba que, al no tener todavía la regla, no estaba en edad de tener hijos. Pero yo había aprendido en la granja cómo los animales tenían a sus crías. Como nosotros.

No podía soportar la idea de que mi gordo y lúbrico verraco me hiciese un hijo con cara de cerdo. Sabía lo que había que hacer en ese caso, Fátima me lo había explicado cuando estaba en el pequeño harén. Si la cosa se cogía a tiempo, bastaba agua jabonosa. Así que después de cada penetración me embadurnaba bien el higo.

Me sentía como la ninfa que una colonia de hormigas ha robado a otra para convertirla en esclava. A nosotros, los seres humanos, nos gusta presumir de especie superior, pero en realidad no somos más que hormigas, como las que observaba en la granja de mis padres y que, obsesionadas por la idea de extender su territorio, se pasaban el tiempo guerreando.

Siempre dispuestas a erradicar la colonia vecina, su único estímulo es la voluntad de poder. La razón de que algo más de un millón de armenios fuesen exterminados entre 1915 y 1916 fue sencilla: eran menos numerosos y menos agresivos que los turcos, como esas grandes hormigas negras cuyos hormigueros he visto devastados por ejércitos de guerreras rojas, minúsculas y mecánicas.

Me enteré más tarde de que, durante la gran masacre de armenios, los niños menores de doce años eran arrancados de los brazos de sus padres para ser internados en «orfanatos» que en realidad no eran más que bandas de derviches más o menos incultos, donde se educaba a los niños en la fe musulmana.

Las hormigas se comportan igual cuando se dedican al saqueo de huevos, larvas y ninfas que, al llegar a la madurez, serán puestos al servicio de sus conquistadores. Salvo en la apariencia, no nos diferenciamos en nada, y es justo pensar que las hormigas son el futuro del mundo. Esclavistas, saqueadoras y guerreras, tienen todas las cualidades necesarias para sustituir a la especie humana cuando su codicia compulsiva la haga desaparecer de la faz del planeta.

La ciencia nos ha enseñado que ciertas plantas frenan de manera voluntaria el desarrollo de sus raíces cuando están rodeadas por miembros de su familia: no quieren molestar y comparten el agua y las sales minerales. Se ha observado especialmente en el jaramago de agua que crece en las aguas arenosas de los países fríos.

Vale que el jaramago de agua no es gran cosa y que no contribuye al avance del pensamiento ni de la filosofía. Pero en mi humilde opinión, al menos en lo referente a altruismo y fraternidad, está por encima de nosotros. Si los armenios lo hubiesen tenido como enemigo, no habrían sido exterminados.

Fue durante ese viaje cuando descubrí de verdad el arte de la simulación. Fingí amar perdidamente a ese gran cerdo que era Nazim Enver. En cuanto me encontraba entre las sábanas le decía, cubriéndole de besos y caricias, que no podía vivir sin él, *hayatim,* y que moriría si me abandonaba. La vanidad de los hombres es la fuerza de las mujeres. Así cedió su mala disposición.

Ésa fue la razón por la que al final del periplo, bordeando la costa italiana, Nazim Enver decidió que ya no me encerraría con llave y que podría salir de mi camarote. En el puente, durante horas, oteaba la blanda blancura del horizonte, me fundía con ella y partía muy lejos, más allá del mundo.

9. Chapacan I

Marsella, 1917. No sé qué día exactamente entró nuestro carguero, *El Otomano,* en el puerto de Marsella, pero fue en primavera, mientras el vacilante imperio bajo cuya bandera navegaba estaba todavía oficialmente en guerra contra Francia.

Antes de regalarme a Nazim Enver, Salim Bey me dijo que nuestro destino final sería Barcelona, pero sospecho que mi nuevo amo había planeado el desvío antes de salir de Trebisonda. No parecía enojado, sino todo lo contrario, cuando el barco fondeó en Marsella.

Me enteré después por mis pesquisas de que Nazim Enver era un astuto hombre de negocios que, a finales de los años treinta, se convirtió en una de las grandes fortunas de Turquía, el rey del tabaco y de la avellana, a los que se unían la prensa y el petróleo. Pero en lo referente al misterioso cambio de rumbo en 1917, sigo condenada a las conjeturas.

Aunque no tengo prueba alguna, me huelo que, anticipándose a la derrota de Alemania y a la desbandada del Imperio otomano, había decidido buscar, antes incluso del fin de las hostilidades, nuevos mercados entre los futuros vencedores. Junto a otros navíos de una flota que no dejaba de crecer, *El Otomano* se convirtió rápidamente en uno de los pilares del puerto de Marsella, donde desembarcaba con regularidad los productos del mar Negro.

La primera noche tras nuestra llegada a Marsella, Nazim Enver no dio signos de vida. A las cinco de la mañana, sin haber pegado ojo, subí al puente con Teo, a la que había sacado de su caja, y dejé vagar la mirada durante un largo rato por la ciudad, de la que llegaban aromas a sal, estupro o pescado.

Emanaba de Marsella un sentimiento de grandeza que resumía muy bien la inscripción latina que se podía leer antaño, como supe después, en la fachada del ayuntamiento:

«Marsella es hija de los focenses, hermana de Roma, fue rival de Cartago, abrió sus puertas a Julio César y se defendió victoriosamente contra Carlos V».

Para mí, aquélla era realmente una ciudad hecha a mi medida. Sediciosa e independiente, se había enfrentado siempre al resto del mundo, incluso a Luis XIV. Cuenta la leyenda que, el 6 de enero de 1659, envió a ver al rey a dos representantes, Niozelles y Cuges, quienes, contrariamente a todos los usos y para mayor perjuicio del conde de Brienne, se negaron a arrodillarse ante él.

El Rey Sol no olvidó aquel gesto. El año siguiente, tras haberse apropiado de la ciudad, hizo construir encima del puerto, sobre un alto de caliza, el fuerte de Saint-Nicolas, cuyos cañones apuntaban hacia la villa para mantener a raya al pueblo de Marsella.

Como si presintiese todo aquello, me invadía un estado de intensa agitación. Abierta a todos, vientos o humanos, Marsella es una ciudad que tiende la mano. No queda más remedio que dejarse llevar. Me había atrapado y mi único deseo era reunirme con ella inmediatamente.

No esperé más. Habría sido demasiado arriesgado bajar por la pasarela. Cualquier marinero me habría descubierto en el acto. Preferí abrir una de las centenas de cajas apiladas en el pañol y meterme dentro. Estaba llena de avellanas, y tuve que sacar un buen montón y hacerme un hueco para mí, mi petate y la caja de Teo.

Por la mañana, cuando las grúas empezaron a descargar el barco, me sentí arrastrada y luego elevada por los aires antes de encontrarme, un momento después, en el muelle. Un estibador me sorprendió saliendo de la caja, pero continuó su camino tras dedicarme una amplia sonrisa acompañada de un saludo amistoso con la cabeza.

Durante dos semanas viví a base de rapiñas en el barrio del puerto, en La Joliette, pero me marchitaba a ojos vista. Al comprender a mis expensas que la libertad nunca ha alimentado a nadie, llegaba a echar de menos los pasteles y los *lokmas* con los que me atiborraba, poco tiempo antes, en el camarote de Nazim Enver de *El Otomano*.

Acabé migrando hacia las cercanías del Puerto Viejo, donde rebuscaba entre la basura de los restaurantes tras la hora del cierre. Los días de suerte, podía disfrutar de langosta o cangrejos, o bien piña y restos de tarta. Sin olvidar los mendrugos de pan. Lo aprovechaba todo, y Teo también.

Pero aquélla era una actividad con mucha competencia, y una noche fui detenida por la policía de los mendigos de Marsella y llevada sin contemplaciones hasta un burdel de Saint-Victor, ante un hombre muy elegante, con zapatos de charol y la boca torcida, que parecía tener algo contra el planeta entero y contra mí en particular.

Tenía aspecto de un hombre de éxito, pero estaba lleno de odio. Se diría que por sus venas corría hiel, una hiel negra y mefítica. Sus ojos estaban inyectados en sangre y su hilo de voz rota parecía horadar un camino a través de la grava.

Yo no entendía nada de lo que decía, pero me daba perfecta cuenta de que no estaba contento. Le escuchaba con la cabeza gacha y el espinazo curvado, la encarnación perfecta de la sumisión total, como había aprendido a hacer con mis precedentes amos. Si hubiese sido necesario, le habría consentido hasta los mimos, aunque tenía mal aliento y siempre he sentido fobia por las bocas apestosas. Pero yo no debía de ser su tipo, así que no me quejaré por eso, que me ahorró una prueba más.

Se hacía llamar Chapacan I. No era un apodo cariñoso: en argot local, quería decir ladrón de perros. Sin embargo, su nombre se pronunciaba con una mezcla de respeto y temor.

Era, a su manera, un rey, y decidía sobre la vida o la muerte de sus súbditos, de los que pasé a formar parte. Pero también era un empresario, adicto a la gestión mediante el estrés, por lo que sabía sacar lo mejor de sus empleados. Dirigía seis filiales especializadas en la mendicidad, la recolección, el robo, la prostitución, el juego y el tráfico de drogas.

En un primer momento fui asignada, tras un curso de formación, a la división «mendicidad» de su imperio, y realizaba mi oficio delante de las iglesias y los edificios públicos.

Mendigar es cansado. Hay que estar siempre al acecho, a menudo a pleno sol, para no dejar escapar la buena oportunidad, la del que se cruza desafortunadamente con nuestra mirada, ralentiza su paso, y entonces se le puede abordar, con expresión de súplica, repitiendo la primera frase que supe pronunciar:

—*Pofavó,* tengo hambre.

Muchos días llegaba completamente agotada a entregar las ganancias de la jornada a los subalternos de Chapacan I, que me había amenazado con los peores castigos, subrayándolos con gestos evocadores, si se me ocurría sustraerle una parte: iban desde la ablación de un dedo a la extracción de uno o los dos ojos. Podía terminar, en caso de reincidencia, con la amputación de un brazo, de los dos, o degollada en una mazmorra.

Chapacan I no mostraba descontento con mi trabajo, a juzgar por su sonrisa complaciente, cuando me convocó, varios meses después, para lo que hoy llamaríamos, en la jerga empresarial, una entrevista de evaluación.

Tenía comida y alojamiento, si puede llamarse así, en el desván de un edificio en ruinas que compartía con dos ancianas que parecían estar moviéndose a hurtadillas todo el día. A fuerza de cargar con todos los males del mundo sobre sus hombros temblorosos y encorvados, un día acabarían, estaba escrito, pisándose las narices.

Durante mucho tiempo imaginé que eran princesas en el exilio, a juzgar por su clase, hasta el día en que me enteré de que habían sido las dos abandonadas, al mismo tiempo, por sus respectivos maridos —un calderero y un pescadero—, tras decidir uno y otro, llegada la cincuentena, renovar su montura nocturna.

Por las noches me enseñaban francés, y empecé a chapurrearlo. Cuanto más progresaba, menos a gusto me sentía en aquella vida consistente en simular, gemir y lloriquear todo el día por cuatro perras. Chapacan I se había dado cuenta. Por eso me propuso pasar a la rama «recolección» de su empresa, una promoción que acepté sin dudarlo.

Además de eso, Chapacan I, siempre muy posesivo con su personal, me asignó un nuevo nombre:

—No me gusta Rouzane.

—A mí sí. Era el nombre de mi abuela.

—Suena mal. Desde ahora te llamarás Rose.

10. El arte de la recolección

MARSELLA, 1917. Un recolector no se improvisa. Hace falta técnica, material especializado y un aprendizaje que me impartió uno de los barones de Chapacan I. Dotado de una cabeza grasa —iba a decir tripuda—, que remataba un cuerpo endeble, le llamaban el Estirado y el mote le iba a la perfección. El gordo daba solemnidad a todo, tanto a sus gestos como a sus palabras, incluso cuando iba al servicio.

El Estirado me explicó durante tres días los secretos de mi nuevo trabajo, para el que me habían dado un pincho para hurgar en la basura, un gancho para recuperar mis capturas conservando las manos limpias si llevaban porquería, un cochecito de bebé para transportar el botín y un cuchillo para protegerlo, si resultaba necesario. También me enseñó algunas reglas que debía seguir si quería convertirme en un as de la recolección:

«Discreción. A la gente no le gusta que se hurgue en su basura, basta con ver sus miradas asesinas ante la actividad de los recolectores».

«Rapidez. Si hay un tesoro en la basura, hay que sustraerlo lo más rápidamente posible, sin llamar la atención, y marcharse como si nada, si uno no quiere verse obligado a rendir cuentas.»

«Discernimiento. Es importante saber elegir la pieza y no caer en lo que yo llamaría acumulación compulsiva.

Los malos recolectores llenan sin consideración sus carritos de detritus inútiles. Es una pérdida de tiempo y de energía.»

Recuperaba el hierro, por supuesto, y también juguetes, ropa y zapatos. Un día encontré unos gatitos en una caja de cartón; otro, una gallina vieja, una especie de úlcera viviente, con las patas atadas, aparentemente demasiado fea para merecer ser degollada. Hay gente que lo tira todo, empezando por sus problemas. Si hubiese continuado ejerciendo esa profesión, estoy segura de que habría acabado encontrando algún anciano impedido arrojado al fondo de su cubo de basura, cubierto de huesos de conejo y pieles de patata.

Le debo mucho a la recolección, construyó mi filosofía de vida. Mi fatalismo. Mi capacidad para picotear el día a día. Mi obsesión por reciclarlo todo: mis platos, mis desechos, mis alegrías, mis penas.

Gracias a la recolección también encontré a la pareja que cambiaría mi vida: los Bartavelle. Barnabé era un gigante rústico y rubicundo con una barrigota que parecía a punto de estallar, lo que sin duda explica que apoyase tan a menudo sus manos encima, con cierto aire de inquietud. Se comía las palabras y hablaba con los intestinos.

Honorade, su esposa, parecía el cruce entre un cálculo biliar y un frasco de vinagre. No sonreía nunca: todo la contrariaba, el sol, la lluvia, el frío y el calor, y siempre tenía una buena razón para quejarse.

Regentaban un restaurante, Le Galavard, en el barrio del Panier. Antes de contratarme, creo que nunca había encontrado nada interesante en su basura, que a pesar de todo registraba a conciencia cada día: esa gente nunca desperdiciaba nada, el pescado de la víspera se hallaba en el relleno del día siguiente para terminar en la sopa de picadillo del otro día.

Un día que les había fallado uno de sus empleados, Barnabé Bartavelle, cuya cocina daba a la calle, me gritó por la ventana cuando pasaba por allí con mi cochecito y me dijo que tenía trabajo para mí:

—Haz algo útil en lugar de vagar por ahí.

Comprendí más tarde que mi predecesor en el restaurante había huido tras haber recibido una de las memorables palizas que la manaza de Barnabé Bartavelle, tirano de cocina, infligía regularmente a su personal. En mi puesto de pinche encargada de lavar, pelar y cortar, me llevé también mi ración de golpes, siempre gratuitos, a lo que se suma que la casa no me remuneraba mis servicios, sino que se contentaba con pagarme en especie en forma de restos del día, conservados en una escudilla.

Muy raras veces en mi vida me he cruzado con gente tan roñosa. Los Bartavelle lo contaban todo y verificaban sin parar el nivel de las botellas o de las provisiones de harina para que no descendiesen en su ausencia. Desconfiaban de todo el mundo, creo que hasta de ellos mismos.

Sin embargo, no puedo quejarme. Debo agradecer a Barnabé Bartavelle el haberme permitido descubrir mi vocación y haberme iniciado en mi futura profesión. Me amenazaba continuamente con deshacerse de Teo: «No quiero animales aquí». Me hablaba mal y me daba patadas en el trasero si me despistaba, además de ponerme apodos horribles como «L'Estrasse» o «La Bédoule», pero algo me decía que le caía bien. A veces, cuando estaba desbordado, me autorizaba a ocuparme de la cocina. Incluso me enseñó a preparar, antes del servicio, la que sería más tarde una de mis grandes especialidades, las berenjenas a la provenzal, que temo sean suplantadas por las de la otra Rose de Marsella, mi competidora siciliana.

Me dejaba dormir en un cobertizo detrás del restaurante, una especie de armario escobero que daba al patio. Honorade Bartavelle no estaba de acuerdo: como pensaba que su marido era demasiado débil y estaba dejando que me «incrustase», me hizo pagar cada señal de relativa humanidad que su marido manifestaba hacia mí reduciendo mis porciones diarias o dándome bofetadas con el pretexto de que le bloqueaba el paso.

Intenté por todos los medios que los esbirros de Chapacan I no me localizasen, cambiando de peinado y no yendo más, salvo de forma excepcional, que de la cocina al cobertizo y a la inversa. A pesar de todo me encontraron. Un día, Honorade Bartavelle entró en la cocina, cosa que nunca hacía durante el servicio, pues irritaba a su marido, y se plantó ante mí esbozando la única sonrisa que, durante toda mi estancia en su casa, atravesó su rostro.

—¡Eh, La Bédoule! Aquí hay alguien que pregunta por ti.

Me imaginaba quién era, pero a pesar de ello quise comprobarlo por mí misma echando una ojeada a la sala. El Estirado estaba de pie en la entrada junto a un grandullón de pelo corto y cara de boxeador. Hice caso a mi instinto, salté por la ventana y corrí durante dos horas sin saber adónde iba antes de ponerme a caminar hasta que cayó la noche. No me había llevado más que la caja de Teo en una mano y la lista de los verdugos de Trebisonda en la otra.

11. La felicidad en Sainte-Tulle

ALTA PROVENZA, 1918. Una tibia brisa peinaba los campos, hacía ondear los pastos y bailaba entre las copas de los árboles. Aquéllos eran sus dominios. Cuando hubo terminado de fundirse conmigo, me llevó muy lejos, hasta los míos, a los que escuchaba hablar dentro de mí.

En aquel viento habitaba el canto a la felicidad terrenal, un murmullo infinito de minúsculas cópulas y una amalgama de polen y partículas en la que se escuchaban claramente las salmodias del otro mundo.

Después de comer manzanas llenas de gusanos al borde de un olivar, me dormí en un foso de hierbas secas rodeada de voces familiares. El verano llegaba a su fin y la naturaleza ya no podía más. Mordida y desangrada durante semanas por los colmillos del sol, parecía estar en ese estado que a menudo precede a la muerte cuando, tras una larga agonía, el enfermo termina dejando caer los brazos y rindiéndose a una suave torpeza.

Para hacer que se recuperara, no tardarían en llegar desde el horizonte las grandes tormentas de septiembre, que golpearían sin piedad el suelo para que la felicidad resurgiese de la tierra jugosa hasta el día de Todos los Santos, como si se produjese una resurrección general. Pero, mientras tanto, los árboles, las plantas y las hierbas sufrían por todas sus fibras exangües: su crepitar rasgaba mis oídos como pequeños lamentos.

Cuando me desperté, el viento se había marchado y, tras haberme saciado de nuevo en los manzanos, retomé mi camino. Estaría a la altura de Aix, a primera hora de la tarde, cuando me llamó un anciano tocado con un sombrero de paja que guiaba una carreta tirada por un gran caballo blanco:

—Señorita, ¿quiere usted subir?

A los once años no tenía miedo de los hombres, así que acepté sin pensarlo la invitación del viejo, que me tendió la mano para ayudarme a subir a la carreta. Cuando me preguntó adónde iba, respondí:

—Más lejos.

—¿De dónde vienes?

—De Marsella.

—Pero tu acento no es de allí. ¿De qué país vienes?

—De Armenia, un país y un pueblo que han desaparecido.

—Si no sabes adónde ir, puedes dormir en nuestra casa.

Me regaló una sonrisa agrícola, esa sonrisa sufriente acompañada de una arruga en los ojos, con aire burlón. Su cabeza era negra como un sarmiento, parecía una rama que ha perdido el impulso vital y cuelga marchita en su árbol.

No respondí. La invitación me resultaba apresurada, pero algo en su rostro me decía que procedía del fondo de su corazón, que no había nada oculto.

Se llamaba Scipion Lempereur. Era un campesino de Sainte-Tulle, cerca de Manosque, que se dedicaba a las ovejas, los melones y los calabacines. Hasta entonces todo le había salido bien: el matrimonio, los hijos, el trabajo, las cosechas. Todo, hasta ese horrible año de 1918.

—La felicidad produce ceguera —dijo—, te vuelve ciego y sordo. No vi venir nada. La vida es repugnante. No se puede confiar en ella. Te lo da todo y después, un día, sin avisar, te lo vuelve a quitar, absolutamente todo.

Scipion Lempereur acababa de perder tres hijos en la guerra. El cuarto se debatía entre la vida y la muerte en el hospital militar de Amiens. Una esquirla de obús en la cabeza generalmente no perdonaba, pero Dios, decía, no podía quitarle a todos sus hijos a la vez, sería demasiado inhumano.

—Por mucho Dios que sea, no tiene derecho a hacerme esto —exclamó—. Siempre he intentado portarme lo mejor posible. No comprendo qué he hecho para que me castigue así.

Lanzó una risita nerviosa y se echó a llorar, y también lloré yo. Hacía mucho tiempo que no me pasaba y me sentó bien: muchas veces la pena se va con las lágrimas, o cuando menos se aligera tras derramarlas. Era la primera vez que conocía a alguien a quien la muerte de los suyos había transformado en cadáver andante. No se había repuesto.

Yo, en cambio, sí. Me avergonzaba no estar tan abatida por la tristeza como él y pedía perdón a mi familia por haber sobrevivido tan fácilmente.

—¿Por qué? —preguntó Scipion Lempereur mirando al cielo.

—¿Por qué? —repetí yo.

Después le conté mi vida. Empecé por Salim Bey y Nazim Enver y me extendí con mis aventuras marsellesas, que escuchó sin respirar. Cuando terminé el relato, reiteró su invitación para que me quedase al menos unos días con él y su mujer, en su granja de Sainte-Tulle.

—No serás ninguna molestia —insistió—. Hazlo por nosotros, nos vendrá bien, te lo aseguro: necesitamos pensar en otra cosa.

Esa vez acepté. Así fue como, bien entrada la tarde, llegué a la granja de los Lempereur, aislada en lo alto de una colina escarpada, a cuyos pies corría un paupérrimo arroyo, un regato viscoso y ridículo que esperaba la lluvia para recobrar la vida. Todo ello rodeado de una inmensa alfombra de lana, viva y bulliciosa, que pacía sobre la hierba dorada.

Emma, la mujer, tenía una mandíbula equina, con la dentadura a juego, y la envergadura de un hombre trabajador, roto por las tareas del campo. Sin embargo, aquello no había restado ternura a su altivo rostro: cubierto de arrugas, recordaba un barranco tras el paso de una riada durante el invierno.

Nunca había viajado más allá de Manosque, pero había vivido mucho gracias a los libros. Fue ella la que me descubrió, entre otros, al poeta John Keats, que dijo:

«Toda belleza es alegría que perdura».

En lo referente a la señora Lempereur, había que añadir a la palabra «alegría» las de «inteligencia» y «cultura». Desde esos tres puntos de vista, era una mujer hermosa como se conocen pocas en la vida.

Me adoptó a primera vista, y luego me besó como si fuese su hija. Más tarde lo sería de verdad: tras años de burocracia, acabé llevando su apellido. Con tres hijos caídos en el campo de batalla durante la guerra del 14, los

Lempereur me convirtieron, tras la muerte del cuarto, en su única heredera por testamento firmado ante notario.

También adoptó a Teo, que vivió en Sainte-Tulle los años más felices de su existencia. Mi salamandra era feliz y ya no me agobiaba con reproches, como en el pasado.

Yo también era feliz, si esa palabra tiene algún sentido. Scipion y Emma Lempereur me lo dieron todo. Familia, valores y mucho amor. Mi madre adoptiva me enseñó además el arte de la cocina: fue ella, por ejemplo, la que me transmitió la receta del flan de caramelo que tanta fama me ha dado.

Otra receta contribuyó de igual manera a mi fama: la parmesana de Mamie Jo, una hermosa lugareña que visitaba a menudo a los Lempereur trayendo platos cocinados hasta que un día, para nuestra gran desgracia, se fue a Estados Unidos a vivir con un marino mercante.

En temporada baja, cuando había menos trabajo en el campo, Emma Lempereur organizaba con regularidad grandes comidas campestres con un centenar de comensales: invitaba a sus vecinos y amigos, que en algunos casos venían desde muy lejos. Un día le pregunté por qué hacía ese esfuerzo, y me respondió:

—La generosidad es un regalo que uno se hace a sí mismo. No hay nada mejor para sentirse bien.

De ella heredé un montón de frases de ese estilo que quedaron grabadas para siempre en mi memoria. Tras Salim Bey, Emma Lempereur me hizo descubrir muchos libros, especialmente la obra de George Sand o novelas románticas de Colette como *Chéri* o *El trigo en la hierba,* de las que debo reconocer que hoy en día se me caen de las manos sin dañarme los pies. Son tan ligeras...

Me avergüenzo de escribir eso. Es como si traicionara la memoria de Emma Lempereur, que, a pesar de todo el amor que profesaba por su marido, repetía que un día sería necesario que «los hombres dejen de frotarse los pies en el trasero de las mujeres». Por eso le gustaba Colette y todas las que contribuían al orgullo de ser mujer.

Era feminista y le gustaba exponer con ironía opiniones del tipo: «Es un secreto todavía muy bien guardado, pero un hombre de cada dos es una mujer. Así que todas las mujeres son hombres, mientras que, a Dios gracias, todos los hombres no son mujeres».

En casa de los Lempereur viví entre los once y los diecisiete años las suaves estaciones de la felicidad, en las que un día precede a otro pero nada cambia, y todo vuelve a su sitio, las golondrinas en el cielo, las ovejas en el redil, la polvareda en el horizonte, mientras una mezcla de alegría y embriaguez te invade sólo con respirar.

Me dirán que me estoy volviendo simplona, pero la felicidad siempre es simplona. Además, habiéndola conocido ya en la granja de mis padres, desconfiaba de ella: toda esa embriaguez dentro de mí me daba miedo. La experiencia me había enseñado que nunca dura.

Cuando todo va bien, la Historia viene a estropearlo.

12. El fusilado

Alta Provenza, 1920. El año que cumplí trece y tuve mi primera regla el mundo comenzó a enloquecer. Quizás hubo señales que lo anunciaban en el cielo o en otra parte, pero debo reconocer que en Sainte-Tulle no había observado nada en particular.

No me preocupaba otra cosa más lejana que el día siguiente. Estaba demasiado ocupada preparando confituras, guardando el heno, terminando los deberes, jugando con los perros, amasando, podando los rosales, acariciando a mi gato, curando quesos, rezando al Señor, cocinando, dando de comer a las gallinas, recogiendo tomates, esquilando ovejas o soñando con chicos.

Por las noches, antes de dormirme junto a mi gato, leía libros como en casa de Salim Bey. El que más me marcó fue *Les Pensées* de Pascal, del que Emma me había dicho que era, de todos los libros de ese género, el que más se acercaba a la verdad, puesto que llegaba hasta el final en todas las contradicciones: Dios, la ciencia, la nada y la duda.

La amistad del mundo, de los árboles, de los animales y de los libros me impidió ver más allá del horizonte. La Historia había vuelto a dar un giro inesperado en pocos meses, pero necesité mucho tiempo para darme cuenta de eso y de que los culpables eran ciertos personajes, entre los que Georges Clemenceau no era uno de los menos importantes. Clemenceau, un genio perverso, un gran hombre, el rey de expresiones divertidas como aquella que convertí en mi lema: «Cuando se es joven, es para siempre».

En aquella época, Clemenceau era presidente del Consejo. Era un héroe en Sainte-Tulle y en toda Francia. El terror de los *boches*. El Padre de la Victoria. El Tigre sin sombra de duda en la mirada. Había ganado la guerra pero iba a perder la paz. «No humilles nunca al asno que has maltratado —decía mi abuela—. Es mejor matarlo».

El tratado de Versalles, impuesto a Alemania por Clemenceau y los vencedores de la guerra del 14, entró en vigor el 10 de enero de ese año: es cierto que creaba una república en Armenia, pero en cuanto al resto, era una estupidez incalificable que humillaba al Reich, lo desmembraba y lo desangraba económicamente, sembrando en su interior el germen de la siguiente guerra.

Un mes después de ser promulgado, un personaje de aliento apestoso y bigote recortado, Adolf Hitler, tomaba en Alemania el control del partido obrero. Después de rebautizarlo Partido Nacionalsocialista Alemán de los Trabajadores, lo dotó de un logo con una cruz gamada y un programa que nacionalizaba los cárteles, confiscaba los beneficios de la gran industria y abolía los beneficios que no eran fruto del trabajo. Al mismo tiempo, un ejército popular de varias decenas de miles de militantes comunistas ocupaba el Ruhr, y gobiernos obreros, apoyados por unidades proletarias, tomaban el control de Turinga.

Era el caos sobre un fondo de miseria social, como en Rusia, donde los bolcheviques y los blancos monárquicos se mataban entre ellos, mientras la estrella de Stalin ascendía hasta convertirse, en 1922, en secretario general del Partido Comunista.

Dios sabe que yo no tenía nada que ver con todo aquello. A la felicidad no le gustan las malas noticias y era como si no llegaran hasta nuestra casa, en la Alta Provenza: el olor de la cocina las había alejado. Creo que sólo oí hablar de Hitler mucho tiempo después, en los años treinta.

Aunque lo habría tenido que aprender en Armenia, yo ignoraba que es imposible escapar de la Historia cuando su rodillo se ha puesto en marcha. Por mucho que hagamos, al final nuestra suerte es la de esas hormigas que huyen de la crecida de las aguas los días de tormenta: más tarde o más temprano son atrapadas por su destino.

Ciertamente, yo era como ellas y como todo el mundo. No quería saber nada y no vi llegar nada. Todavía hoy, cuando una mitad de mi osamenta parece haberse marchado ya al otro mundo, sigo sin oír a la muerte llamando a mi puerta para que me vaya con ella. Tengo demasiadas cosas que hacer en la cocina, entre cacerolas, como para tomarme el tiempo de abrirla.

*

Corría todavía el año 1920 cuando recibimos la visita de un soldado veterano que había hecho la guerra en el mismo batallón que Jules, el tercer hijo de los Lempereur. Un hombretón alto de tez pálida y mirada perdida, que flotaba dentro de un abrigo de terciopelo lleno de manchas. Por su expresión parecía estar siempre pidiendo perdón, como si molestara sólo por hablar, por respirar o por vivir.

Sin ser francamente feo, inspiraba cierta repugnancia. Dos verrugas peludas se disputaban su mejilla derecha. En la comisura de los labios y en la punta de su lengua había siempre una espumilla blanca. Sin mencionar sus manos grandes como palas, llenas de nudos y con manchas violetas. Nunca sabía qué hacer con ellas.

Se llamaba Raymond Bruniol. Vaquero del norte, acababa de perder su trabajo, pero había encontrado un empleo de dos meses en una granja vecina. Mientras tanto, había decidido conocer el país. Se quedó varios días en Sainte-Tulle. Un buen chico, amable, siempre dispuesto a ayudar. Comprendí inmediatamente que había venido a decir algo a mis padres, pero no se sentía capaz.

Una hora después de llegar, mientras cenábamos, sacó de un bolsillo el reloj de Jules y lo dejó sobre la mesa de la cocina. Emma se echó a llorar y Scipion dijo:

—Pensábamos que se lo habrían robado.

—Me lo dio para que se lo entregase a ustedes —respondió—. No confiaba en el ejército.

—Razón no le faltaba —comentó Scipion.

Emma le lanzó una mirada de reproche y el soldado abrió la boca para decir algo, pero volvió a cerrarla súbitamente. Le temblaba la nuez.

—¿Fue valiente hasta el final? —preguntó Scipion con aire despreocupado, como si conociese la respuesta.

—Hasta el final.

Cuando Emma le preguntó cuáles habían sido sus últimas palabras, hubo un largo silencio. Le habían servido vino y bebió un largo trago para darse ánimos. Después dijo:

—Mamá.

Todo el mundo se miró, atónito, mientras Emma se echaba a llorar con más fuerza.

—Es lo que dicen muchos soldados cuando mueren —dijo él—. No hay que olvidar que no son más que niños. Niños que apenas han terminado de madurar.

Como si quisiera relativizar el asunto para consolar a mi madre adoptiva, Raymond Bruniol añadió:

—Dijo algo más pero fue un balbuceo y no lo entendí.

La víspera de su marcha, estábamos juntos recogiendo cestos de manzanas. Manzanas rojas y redondas como traseros de niñas tras una azotaina.

De vuelta a la casa me volví hacia él a medio camino para exclamar.

—¿Qué pasó que no nos ha contado?

Bajó los ojos, y cuando los levantó, tenían una expresión desconcertada.

—Resulta delicado.

—Quiero que me lo cuente —insistí.

Hubo un largo silencio durante el cual se quedó mirando fijamente la pequeña colina, como buscando inspiración. Y después, con un hilillo de voz, dijo:

—Jules fue llevado a un tribunal militar y fusilado, no hay mucho más que decir.

—¿Qué hizo?

—Nada.

—Eso es imposible.

—No, así eran las cosas durante la guerra. Uno se encontraba ante un pelotón sin hacer nada.

—¿Por qué fue condenado?

—Por indolente. El año antes había abierto la boca demasiado durante un amago de motín, pero sus superiores se lo habían perdonado. Al final se cansaron de que se moviese tan despacio. El general Pétain, esa rata de retaguardia, ese engendro de la Gran Guerra, no se andaba con bromas, ¿sabe? Para atemorizar a las tropas tenía un comandante a su servicio, un tal Morlinier, que presidía el tribunal militar. Si te llevaban ante él, podías estar seguro de terminar ante el pelotón de fusilamiento. Eso fue lo que pasó con el pobre Jules.

—¿Así que sus últimas palabras no fueron «mamá»?

—¿Y yo qué sé? No estaba allí cuando murió. Me lo inventé. Pero, sabe usted, en el frente todos decían eso antes del último suspiro.

Esa noche, después de cenar, escribí el nombre de Morlinier en la hojita de papel que llevaba conmigo desde Trebisonda, y a la que había bautizado como «la lista de mis odios».

La guardé en mi ejemplar de *Les Pensées* de Pascal.

La releía a menudo, y en cada ocasión sentía el mismo temblor dentro de mí ante el nombre del satánico manco que había matado a mi padre.

Al igual que Raymond Bruniol, nunca tuve el valor de decirles a mis padres que Jules había sido uno de los seiscientos soldados condenados a muerte y pasados por las armas, en nombre de Francia, por la victoria, al azar, sin razón aparente.

13. La cocina del amor

Marsella, 2012. Tantas décadas más tarde, y Emma Lempereur sigue viviendo dentro de mí. En el restaurante no me faltan ocasiones para pensar en ella. A veces, sobre el crepitar de la fritura, me parece escucharla proferir los preceptos gastronómicos que me repetía una y otra vez para que se grabaran en mi cabeza cuando estábamos en la cocina preparando las grandes comidas:

—No pongas demasiada sal en los platos. Tampoco endulces mucho los postres. Escatima siempre el aceite, la mantequilla y las salsas. Lo más importante de la cocina es el producto, lo segundo el producto y al final el producto.

Gracias a ella y a mi abuela me convertí en cocinera, una cocinera de éxito, aunque nunca haya recibido los honores de la guía Michelin. Le debo tanto a Emma que al pensar en ella me invade la nostalgia mientras escribo estas líneas en el pupitre donde normalmente preparo la cuenta de los clientes y tras el que reina la caja registradora. Pero la tristeza no me dura mucho: al mismo tiempo, el goce me invade mientras Mamadou y Leila terminan de colocar la sala iluminada, por las gotas de sol de la mañana. Me siento rica, muy rica: estoy rodeada de oro, tanto en los vasos como en los cubiertos.

El deseo es demasiado fuerte, no puedo evitar fijarme en Mamadou y en Leila mientras ponen las mesas. Del primero me gustan sobre todo los brazos y las piernas, que me recuerdan las de su madre. De la segunda me fascina su trasero, el más hermoso de Marsella. Es como un tomate pulposo de piel tersa. Con más de cien años, me dirán que ya no tengo edad, pero no me importa, siento un cosquilleo interior cuando los miro: son dos auténticos cantos al amor.

Todavía encuentro amor en las páginas de contactos que visito por las noches, en Internet. Sólo es virtual, por supuesto, pero me sienta bien. Hasta el día en que, atrapada mi presa, acepto con desgana quitarme el velo: hay que ver la cara de susto que se les queda a los hombres cuando por fin me ven, después de haberles hecho suspirar durante un tiempo.

El último fue un septuagenario barrigón y alcohólico, divorciado, agente de seguros, padre de siete hijos, al que conocí en una página de aficionados al aceite de oliva. Lo contrario de un buen partido. Nos llevábamos bien en la Red. Teníamos los mismos gustos culinarios. Llegamos a tutearnos.

Me sentí decepcionada. Me había mentido sobre su edad. Es cierto que yo también. Cuando se sentó ante mí en el café donde nos habíamos citado, me llamó de usted, el ceño fruncido, tras haber apartado de su rostro una mosca imaginaria:

—¿Es usted?

—Pues sí, soy yo.

—No se parece mucho a la foto.

—Usted tampoco.

—¿Qué edad tiene exactamente?

—Exactamente —respondí con calma— es imposible de decir, mi edad cambia sin cesar, ¿sabe?

—Sí, pero ¿cuántos años tiene?

—Tengo los años que tengo y me los guardo para mí, eso es todo.

—Me va usted a perdonar, pero parece mucho más vieja en la realidad.

Estallé:

—Escúcheme, gilipollas. Si no le gusta mi aspecto, debo informarle, por si acaso lo ignorara, que a usted tampoco le han hecho ningún favor, se lo aseguro. ¿Se ha mirado usted en un espejo, joder, maldito tonto del culo?

Cuanto más conozco a los hombres, más aprecio a las mujeres. Pero con ellas también me he llevado decepciones tan grandes como la de mi obeso asegurador. Sé que es mejor dejar el amor antes de que él te deje a ti, aunque no consigo acostumbrarme. Por eso continúo castigando la Red bajo el seudónimo «rozz-corazonsolitario».

Multitud de internautas acceden cada día a mi cuenta, donde expreso mi opinión sobre la actualidad de los famosos o mi pena de vivir sola desgranando una sarta de estupideces salpicadas de expresiones propias de una gata en celo. Trato de emplear las nuevas palabras o expresiones de última generación, como «cojonudo» o «qué guay». Vivo con mis tiempos.

*

En La Petite Provence, mi restaurante marsellés, en el Quai des Belges, frente al Puerto Viejo, no hay foto alguna de Emma Lempereur ni de todos los que la siguieron y compartieron la cama de «rozz-corazonsolitario». Y sin embargo, el establecimiento es un resumen de mi vida.

La veo desfilar con sólo oler los platos o mirando la carta donde figuran, entre otros, el plaki de mi abuela, las berenjenas a la provenzal de Barnabé Bartavelle o el flan de caramelo de Emma Lempereur. A mi madre adoptiva le debo sin duda una gran parte de mis recetas, a las que agregaba, cosa que también yo hago a veces, hierbas medicinales.

Se inspiraba en un libro antiguo que consultaba con asiduidad, el *Petit Albert*, publicado en el siglo XVIII, que decía revelarnos todos los «maravillosos secretos de la magia natural y cabalística». Siempre tengo un ejemplar en el restaurante y sigo sus más o menos estrafalarias indicaciones a tenor de los deseos de la clientela, sobre todo en lo referente a asuntos amorosos.

El libro trataba con tanta amplitud ese tema que se editó un *Albert moderno* contra el antiguo, al que los autores del primero acusaban de tratar «ciertas materias con demasiada libertad y poca conveniencia con respecto a la decencia que debe conservarse en una obra pública». También se mofaban de su inclinación por la astrología o por las fórmulas mágicas que abrían las puertas del amor.

Para seducir al ser amado, el antiguo *Albert* recomienda hacerle ingerir extracto de hipómanes, un trozo de tejido de diez a quince centímetros que se encuentra en el líquido amniótico de los jumentos y no, como pretendía Aristóteles, en la frente de los potros, sin olvidar el corazón de golondrina o de gorrión, el testículo de liebre y el hígado de paloma. Por mi parte, me contento con plantas medicinales como el ojo de caballo o énula campana, que crece en las cunetas y puede alcanzar los dos metros de alto. Tomada en polvo o en decocción, es muy eficaz contra la anemia, la inapetencia, los problemas digestivos, la diarrea y el desamor crónico.

La añado a mis platos cuando me la piden, al igual que el jaramago, la mejorana, la verbena, las raíces de hinojo y las hojas de chopo. Cada vez que lo hago, tengo la impresión de resucitar a Emma Lempereur. «Somos lo que comemos —decía—. Por eso debemos comer amor, cocina de amor».

También utilizaba con regularidad otro libro, *Las plantas medicinales y útiles* de un tal Rodin, publicado en la editorial Rothschild, del que encontré una edición de 1876, y que celebra las virtudes emolientes del malvavisco y la verbena o las propiedades estimulantes del romero y la menta silvestre. Es de agradecer a esta obra el haber rehabilitado la ortiga, que tanto ha hecho por la salud de los bovinos, los pavos y los hombres. Yo la sirvo a menudo en forma de sopa.

Es uno de los platos preferidos de Jacky Valtamore, un caíd al que conozco desde hace mucho tiempo y que se ha convertido, junto con el fiscal jefe y el presidente del consejo regional, en uno de los pilares de mi restaurante. Un hombre atractivo de mirada azul mediterránea, que conoce y puede cantar muchas arias de ópera italiana. Un romántico como los que me gustan. El amante ideal, que sobrevivió contra todo pronóstico a un intento de asesinato en el que se le llegó a dar por muerto. Una lástima que sea demasiado viejo para mí. Pasados los sesenta, los hombres y las mujeres dejan de atraerme, y éste hace ya tiempo que se encuentra en el círculo de los octogenarios.

Me gusta cuando me abraza con su mirada protectora. Es mi seguro de vida. Me hace más fuerte. La otra noche, entraron en mi cocina dos mequetrefes engominados. Me ofrecieron protección a cambio de un pago mensual.

—¡Pero eso es un chantaje!

—Sólo se trata de una colaboración mutua...

—Vayan a hablar de eso con mi apoderado. Es el que se ocupa de todo.

Les arreglé una cita con Jacky Valtamore. No volví a oír hablar de ellos. Su sola presencia hizo que se volatilizaran.

Un día, después de que Jacky me confesara que tenía la impresión de haber malgastado su vida, le pregunté qué tipo de hombre le hubiese gustado ser. Me respondió sin dudarlo:

—Una mujer.

Viniendo de un hombre como él, ése es el tipo de respuesta que hubiese complacido a Emma Lempereur. Durante mi adolescencia, pasé por una fase en la que sólo leía novelas cuyo personaje central era una mujer: *Una vida* de Maupassant, *Madame Bovary* de Flaubert, *Nêne* de Ernest Pérochon o *Maria Chapdelaine* de Louis Hémon. Las heroínas de esos libros eran todas víctimas de los hombres y de la sociedad que éstos habían construido para su uso exclusivo. Un día que confesé a mi madre adoptiva que hubiera querido ser un hombre, me disuadió con tono horrorizado:

—¡Ni lo pienses, hija mía! Ya verás, la vida te lo enseñará: la mujer desciende del mono pero, a la inversa, es el mono el que desciende del hombre —se rio y añadió—: Cuidado, no estoy hablando de Scipion. Él es mi marido. No es un hombre como los demás.

14. La reina de las reverencias

ALTA PROVENZA, 1924. Un día, mientras Emma Lempereur y yo cogíamos albaricoques, cayó de la escalera. Era el año en que yo terminaba el bachillerato y cumplía los diecisiete.

Fue también el año en el que, tras la muerte de Lenin, Stalin inició su conquista del poder absoluto. Y el año en que Hitler empezó a escribir *Mein Kampf* en la prisión de Landsberg donde había sido recluido tras un golpe de Estado fallido, tan ridículo que fue llamado el «golpe de la cervecería», contra la República de Weimar.

Mi madre adoptiva murió quince días después, en el hospital de Manosque, por culpa de un absceso en su columna vertebral. Al volver del entierro, Scipion Lempereur me dijo, mientras subía a su habitación:

—Me voy a morir.

Cuando protesté, respondió:

—Podría intentar vivir, pero eso no cambiaría nada, hay algo que se escapa de mí. No sé lo que es, pena, cansancio o muerte, pero se escapa con tanta fuerza que no podré pararlo: se acabó.

Se tumbó completamente vestido, con su sombrero de paja sobre la nariz, vuelto hacia la pared, para protegerse del mundo. No me alarmé: estaba segura de que uno no podía decidir su muerte por sí mismo y que era Dios el que elegía el momento, pero al día siguiente se habían formado burbujas secas en sus labios y ya no se movía: estaba en coma.

Cuando volví de buscar al médico, Scipion Lempereur había muerto. Ni el más mínimo estremecimiento, ni un gesto, ni una palabra, nada. Murió como había vivido: subrepticiamente. Así fue como me convertí en huérfana por segunda vez en mi vida.

Mis padres adoptivos lo habían previsto todo salvo que morirían con pocos días de diferencia antes de que yo alcanzara la mayoría de edad. Así que me fue asignado un tutor, Justin, un primo de Scipion Lempereur que llegó de Barcelonnette quince días después junto a su mujer, Anaïs, una carreta y dos grandes perros negros y estúpidos.

El invierno anterior, Emma Lempereur me había iniciado en la fisiognomía, el arte que nos enseñan Pitágoras y Aristóteles y que pretende determinar el carácter de una persona a partir de los rasgos de su cara. En las de los recién llegados, a los que veía por primera vez, detecté de inmediato una mezcla de violencia, voracidad e hipocresía por su nariz de perro rastreador, la mirada viciosa de la garduña al acecho y la grasa que, desde los labios inferiores, recubría la cabeza. No me equivocaba.

La primera noche me anunciaron que se hacían cargo de mí y me dieron unas instrucciones que puedo resumir de la siguiente forma:

«Ya no irás al colegio, no sirve para nada, y menos para una chica».

«No mires nunca a los ojos de tus amos si quieres conservar los tuyos.»

«No utilices el orinal de tus amos. Harás tus necesidades detrás de la casa, en un agujero que excavarás.»

«Cuando se te hable, mantén el tronco curvado, la cabeza gacha y las manos detrás de la espalda. No te quejes nunca y haz siempre lo que se te dice.»

«Si respondes o discutes las órdenes que se te den, tus palabras serán consideradas insolencia y serán castigadas como se merece.»

«Tu habitación será a partir de ahora para los perros: están acostumbrados a dormir a nuestro lado. Desde esta noche dormirás en la cuadra con los caballos.»

«Se acabaron las cursilerías, los vestidos, los zapatos y todo lo demás. A partir de ahora llevarás una blusa y te cortarás el pelo al ras, para que no caigan cuando cocines, no nos gustan los pelos en la comida.»

Comían como cuatro, despertándose incluso por las noches para seguir comiendo. Justin y Anaïs me convirtieron el mismo día de su llegada en su criada, tratándome peor que a un gusano y sin mostrar consideración alguna salvo por sus dos perros, tan hambrientos como ellos y menos inteligentes que una moscarda de la carne.

Y hablando de carne, Justin y Anaïs la adoraban, preferentemente bien roja, aunque no hacían ascos a los estofados, los ragús, los fricasés o los adobos. Me pasaba el día en la cocina pensando con qué llenar sus barrigas. Tenía la impresión de nadar en sangre.

Al cabo de unos días a su servicio, olía a carne a la brasa, carne muerta carbonizada, herida sangrante y cauterizada. No conseguía deshacerme de ese olor, me seguía a todas partes, incluida la paja del establo por las noches.

Justin y Anaïs no esperaron mucho tiempo para desvelar sus intenciones. Apenas llevaban allí tres semanas y ya habían vendido el caballo y una parte del mobiliario de los Lempereur. Un arcón, una mesa, un reloj, dos armarios y los sofás. Me estaban despojando viva. Al mostrarles mi preocupación, Justin suspiró:

—Tenemos gastos.

—¿Qué gastos?

—Hay que darte de comer.

—Yo no cuesto nada.

—Mucho más de lo que crees.

—Sabe usted muy bien que uno puede subsistir con la granja, está hecha para eso.

—Seguimos teniendo gastos —insistió Anaïs—. Creo que eres demasiado joven para comprenderlo.

Tras esa conversación, Anaïs me pidió que saliera y, detrás de la puerta, oí murmullos que me anunciaron que habían decidido castigarme por haber protestado: mi gato sería devorado por sus perros.

Tenía un gato, un gran minino blanco de Angora que me seguía a todas partes como un perro, cuando no se marchaba, durante la época de celo, a perseguir hembras. Como fui consciente desde su llegada de que sus molosos no se llevarían bien con él, lo había instalado en el granero, de donde sólo salía por la noche, cuando las dos bestias asquerosas dormían en mi antigua habitación.

Justin subió al granero, lo atrapó y lo lanzó a los perros como quien lanza restos de pollo. Prefiero no describir el grito que lanzó cuando lo mataron, un grito de cólera y rebelión que resonó durante mucho tiempo en mi caja craneal. Casi un siglo después, a veces lo escucho de nuevo.

—Eso te enseñará —me dijo Justin tras su acción—. Ahora espero que te tragues la lengua antes de decir más estupideces.

También fui invitada firmemente a no intentar huir: los perros, que me seguían a todas partes cuando estaba en la propiedad, no me dejarían escapar. Según Justin, me arrastrarían de inmediato ante ellos por la piel del cuello. Viva o muerta o entre esos dos estados.

Sobra decir que después de la primera lección empecé a hilar fino, además de esconder inmediatamente a Teo y su caja en la granja. Seguí dando de comer a mi salamandra, pero cuidándome bien de no llamar la atención sobre ella. Si no, también habría muerto.

Estaba muy enojada. Todas las noches, cuando le llevaba sus lombrices y sus insectos, exclamaba:

—¿Qué estás esperando para reaccionar? ¡Reacciona, maldita sea!

—No puedo hacer nada. No está en mi mano.

Como de costumbre, Teo ponía el dedo en la llaga: mientras urdía complots contra mis amos que nunca llegaba a poner en práctica, me comportaba como una criada dócil e incluso servil. Hundiéndome en el túnel del gozo por la mortificación, me convertí en la reina de las reverencias. Lo habría seguido siendo unos años más si el amor no me hubiese caído encima de repente un día de lluvia.

15. Gripe de amor

ALTA PROVENZA, 1925. El gran amor es como la gripe. La primera vez que vi a Gabriel, sentí un formidable temblor que me atravesaba de arriba abajo, hasta el tuétano de los huesos. Un seísmo en la columna que me dejó devastada, con las piernas temblorosas.

Hacía, además, un tiempo de gripe. Llevaba meses y meses lloviendo. El cielo estaba completamente desencadenado y no quería soltar su presa. El mundo parecía hundirse como una bayeta arrastrada por un río desbordado.

Gabriel estaba harto de la lluvia. Es cierto que trabajaba siempre a cubierto, en el aprisco, pero tanta agua le minaba la moral y trabajaba mucho más despacio. Desde su llegada a la granja de Sainte-Tulle, a media mañana, sólo había hecho ciento veintitrés ovejas. Los animales estaban muy nerviosos. Todavía faltaba el doble por castrar.

Justin Lempereur no quería ayudar al castrador; no le gustaba ese trabajo y, además, estaba muy cansado. Había comido demasiado en la cena de la víspera: no digería mi fricasé de hígado de ave. Así que había enviado a Gabriel al viejo pastor de la granja de al lado, un despojo humano apodado el Andrajoso, que renunció al trabajo al cabo de veinte minutos, con el pretexto de que una oveja de su rebaño tenía un parto difícil, lo que no era del todo falso.

—¿Parir en esta estación? —se extrañó Gabriel—. ¿No será más bien alguna enfermedad?

—No, es un cordero.

Era raro que Gabriel fallara en algo tan sencillo, pero de repente un joven macho empezó a echar sangre y a lanzar gritos de agonía. Su cosita chorreaba como un trozo de carne roja. El animal se tumbó sobre el costado con la mirada de los animales degollados. Tenía la sonrisa sarcástica de los corderos que van a morir.

Necesitaba hilo para parar la hemorragia y, tras comprobar que no le quedaba en su caja de herramientas, Gabriel corrió a la granja y golpeó la puerta con fuerza. Cuando le abrí, daba pena verlo. La ropa de trabajador del campo que llevaba estaba empapada, y la gorra que le cubría tenía el aspecto de una esponja llena de agua.

Era un joven más bien bajo con el pelo castaño, cuyos rizos me recordaron después al Apolo de Miguel Ángel. No entonces, claro, por culpa de la lluvia, que aplastaba todo bajo las gorras, incluso los cráneos.

Temo traicionar sus rasgos intentando describirlo. La belleza no se describe, se vive. En todo caso, podía saberse a primera vista que era alguien bueno, sensual y precavido. Sus labios húmedos y entreabiertos inspiraban tanto amor que sentí unas ganas inmediatas de besarle. Mi corazón estaba a punto de estallar, como un tomate en la huerta mordido por el sol en la apoteosis del verano.

Si hubiese sido una purista, me habría fijado en sus pies desmedidos o en su rostro, que parecía tallado con prisas por un ciego a golpe de hoz. Pero cuando lo tenías delante quedabas inmediatamente capturada por esos ojos castaños que te atravesaban. Aquello me cortó en dos, con una mezcla de vértigo, exaltación y pánico.

¿Y qué pinta tenía yo? No era más que un charco vergonzoso, me sentía despreciable con mi blusa desteñida a cuadros rojos, mis zuecos embarrados y mi bronceada tez de campesina. El amor no avisa, ni siquiera deja tiempo para arreglarse, yo no estaba a la altura de lo que se avecinaba.

—¡Necesito hilo! —exclamó—. ¡Necesito hilo ahora mismo!

Corrí hasta la lavandería sin preguntar por qué y volví con una bobina. Gabriel me contó después que en el momento en que la puse en su mano decidió que sería su mujer.

Yo todavía no había llegado a ese punto. No comprendía lo que me pasaba. Experimentaba sensaciones que desconocía. Mi corazón latía con fuerza. Mi boca se había secado y mis labios temblaban como si estuviesen llenos de gusanos. Me sentía como los judíos del Éxodo en el momento de la séptima plaga de Egipto (9, 24), cuando «fuego y granizo, mezclados, caían juntos» sobre ellos. Temblaba de frío y, al mismo tiempo, tenía tanto calor que todos los poros de mi piel se pusieron a sudar. Tenía ganas de gritar de alegría y, a la vez, de ir a acostarme. Me había enamorado.

Mientras ya corría con su bobina a ocuparse del cordero, le grité que si quería que le llevase vino caliente al aprisco.

—¡Me encantaría! —gritó sin darse la vuelta.

Minutos más tarde, salvado el cordero, fui a llevarle una jarra humeante con mano temblorosa:

—Con esto entrará en calor, señor.

—Llámeme Gabriel.

—Yo me llamo Rose.

Hubo un silencio. Él no sabía qué decir. Yo tampoco. Sentí que me invadía el pánico al pensar que la conversación podría acabarse así y que dejaría pasar el gran amor de mi vida.

—¡Menudo mes de junio! —dijo por fin—. Nunca se había visto nada igual.

—Tiene razón.

—Todavía me queda mucho trabajo, no podré terminarlo hoy. Dormiré aquí.

—¿En el aprisco? ¡Pero si apesta!

—No, también está lleno de buenos olores como la leche y la lana, huele a infancia.

—Tiene razón —repetí.

Me sentía patética, luchando por no desmayarme, sin aliento, con la mirada perdida. Me costó un gran esfuerzo tartamudear:

—¿Cenará con nosotros?

—Es lo previsto.

Me sentí feliz de que se quedara a comer y, al mismo tiempo, temía el instante en que descubriera que no era más que la criada. La que pelaba la verdura, la que esparcía el abono, el monstruo de las sobras, la que vaciaba los orinales y sacaba brillo al suelo, a los muebles, a los zapatos y al ego de sus patrones.

Yo no comía en la mesa familiar, sino en la cocina, una vez había terminado de servir.

—¡El segundo! —gritó Justin cuando, después del entrante, llegó el momento de pasar al plato fuerte.

—¿Viene ese plato o no? —gruñó Anaïs, harta de la lentitud del servicio.

Había preparado pollo a la crema de ajo y alcachofa, una receta que había inventado yo y, dicho sea de paso, mortal de necesidad. Tras servir a Gabriel y a los Lempereur, me quedé a esperar el veredicto con el corazón en un puño.

—No he comido nada tan bueno en toda mi vida —dijo Gabriel.

—Es verdad que está bueno —concedió Justin.

—Salvo que le falta sal —apuntó Anaïs.

A modo de recompensa, Justin me invitó a quedarme con ellos para escuchar a Gabriel hablar de su profesión. Me senté en un taburete, cerca de la ventana, y me bebí sus palabras embelesada. Debía de tener la misma expresión que la Teresa de Ávila en éxtasis, esculpida por Bernini, que vi un día en la capilla Cornaro de la iglesia Santa Maria della Vittoria en Roma, y que en mi opinión sigue siendo una de las más hermosas representaciones del amor en estado puro.

16. El rey de las pinzas Burdizzo

Alta Provenza, 1925. Gabriel Beaucaire era castrador profesional. Había llegado a castrar hasta cuatrocientas cabezas de ganado en un solo día. Era hábil, rápido y fuerte, porque esa profesión requiere fuerza, especialmente en los brazos.

También era un artista, pues la castración es más un arte que una ciencia. Con los animales hay que demostrar una mezcla de firmeza y suavidad, para evitar movimientos de pánico. Gabriel tenía el pulso seguro y tranquilizador.

Castraba de todo. Sobre todo corderos, pero también terneros, asnos, lechones e incluso gazapos. Dominaba el método más moderno, el de la castración mediante las pinzas Burdizzo, que machacan el cordón espermático.

El de castrador era un trabajo estacional que empezaba al final del invierno y terminaba al final del otoño. Gabriel había calculado que castraba una media de casi ochenta mil animales al año. Era el rey de las pinzas Burdizzo, cuidando siempre de no herir a los animales ni hacerles sufrir demasiado.

Desde la noche de los tiempos, los humanos, no contentos con alimentarse de sus carnes muertas y de sus heridas sangrantes, humillan a los animales a lo largo de toda su existencia. Mientras las hembras son sometidas a cadencias infernales de producción de leche, crías o huevos, los escrotos de los machos se aniquilan sin piedad, en una especie de hecatombe genital permanente.

Durante mucho tiempo la castración fue peligrosa para los animales de carne, que podían morir a consecuencia de la operación. Sin embargo, era sistemática. De otra manera se habrían comportado como los hombres, pensando siempre con la cola, cubriendo a diestro y siniestro, encadenando montas y enloqueciendo a las hembras. No habrían sido aprovechables ni hubiesen acumulado grasa.

Por eso los granjeros cortaron durante mucho tiempo las joyitas de los corderos o aplastaron a golpe de martillo los cordones testiculares de los bovinos, previamente atrapados entre dos estacas. La invención de las pinzas humanizó, si se puede decir así, la castración. Y Gabriel fue uno de los actores de esa revolución de los testículos.

Fue un francés, Victor Even (1853-1936), el que inventó las primeras pinzas de castración. Al aplastar bajo la piel los cordones espermáticos de los machos, bloqueaba la irrigación sanguínea del escroto y provocaba la atrofia natural sin heridas ni riesgos de hemorragia o infección.

Años más tarde, el italiano Napoleone Burdizzo de La Morra (1868-1951) perfeccionó la herramienta y jubiló la de Even. La suya, de mordazas alargadas y mangos más cortos, era más ligera y manejable. Pero el principio seguía siendo el mismo: al hacer papilla un fragmento de los vasos sanguíneos, se interrumpe la circulación de la sangre hacia los testículos, lo que provoca la muerte de los tejidos.

Gabriel palpaba primero el escroto del animal para localizar uno de los dos cordones espermáticos, por encima de los testículos. Cuando lo encontraba, lo agarraba tirando del lado del escroto, lo colocaba entre las muelas de las pinzas Burdizzo, y las comprimía para después estirarlas con un movimiento de vaivén. La operación duraba unos pocos segundos. Cuatro veces por cabeza, porque comprimía los dos cordones espermáticos en dos sitios diferentes, el segundo ligeramente por encima del primero.

En los días posteriores, los testículos de los animales se hinchaban para después atrofiarse y transformarse poco a poco en jirones de piel blandos y raquíticos. No le gustaba su profesión, pero al mismo tiempo se sentía orgulloso de ella. Esa noche, explicó con una sonrisa ambigua que tenía la impresión de trabajar por la paz:

—Cuando hay menos pelotas en una granja, hay menos violencia, menos conflictos. Todos los granjeros saben eso.

—Habría que pensar en aplicar ese principio a la sociedad humana —dijo Anaïs.

—Habría menos guerras —añadió Justin.

—Contamos con usted para evitar la próxima —apunté yo.

Todo el mundo se echó a reír, sobre todo Gabriel. Reconoció que sentía cierta embriaguez mientras atentaba, con sus pinzas, contra tanta vida futura. Añadió que no le importaría castrar a algunos generales o mariscales de la última guerra mundial, y enseguida me vino a la mente el comandante Morlinier, que había condenado a Jules a muerte, pero me pareció que las pinzas no podían ser un castigo a la altura de sus crímenes.

Cuando Gabriel se marchó, los Lempereur subieron a acostarse con sus perros y yo fregué la vajilla y limpié la cocina en menos tiempo del que hace falta para decirlo, con las manos temblorosas, incapaz de hilar correctamente mis pensamientos. Sentía como si yo no fuese más que un escalofrío de la cabeza a los pies. Estaba como loca. Sabía que sólo recobraría la razón entre los brazos de Gabriel.

Habría sido demasiado peligroso ir a verle antes de haber terminado mis tareas: habría puesto la mosca detrás de la oreja de los Lempereur, que no se habrían privado de estropearlo todo, ya que, en apariencia, su misión en este mundo era convertir mi vida en un infierno hasta su final.

La mirada de Gabriel no podía haberme engañado, sabía lo que iba a pasar. En efecto, cuando salí de la cocina, me estaba esperando fuera.

No lo vi inmediatamente, la noche era demasiado oscura, pero en cuanto cerré la puerta, encendió una cerilla de un chasquido. Estaba a dos o tres metros de la escalinata de entrada.

La lluvia había cesado desde hacía un rato pero el patio era un enorme lodazal. Dio algunos pasos chapoteantes hacia mí y dijo:

—Me gustaría vivir el resto de mi vida junto a usted.

Si me hubiese dado un martillazo en la cabeza, me habría sentido igual. No sabía qué responder.

—¿Está usted dispuesta a compartir conmigo el tiempo que Dios tenga a bien concedernos?

Abrí la boca, pero no salió sonido alguno. Me sentí tan idiota que tuve ganas de marcharme corriendo y llorando, pero mi cabeza acabó por esbozar un asentimiento que no pudo ver. La cerilla se había apagado.

Para que no tomase mi silencio como un rechazo, me puse a toser, como si quisiera aclararme la garganta, antes de soltar, con voz ronca, alguna cosa que pudiese parecerse a un sí.

Creí que me besaría o que me cogería de la mano, pero no, se quedó plantado ante mí sin saber qué decir. Se encontraba en el mismo estado que yo.

Me invitó a seguirle hasta el aprisco. Hubiese preferido que me acompañara al establo. Los olores allí son mucho más agradables: se diría que los caballos cagan miel entre el estiércol y sus relinchos provocan en los pulmones exquisitas cosquillas que me hacen soñar, pero bueno, no iba a empezar a quejarme.

Gabriel y yo pasamos una gran parte de la noche entre las ovejas, contándonos nuestro amor sin tocarnos, ni siquiera rozarnos, sino mirándonos sin vernos. No me atrevo a describir nuestra conversación, de tan insípida y fútil que era.

«Hay que regresar siempre al espíritu de la infancia —decía mi abuela—. Allí encontrarás todo. Dios, amor, felicidad». Pero, al fin y al cabo, sigue siendo extraño que el amor te vuelva tan tonto y al mismo tiempo tan feliz.

17. Un beso de setenta y cinco días

Sisteron, 1925. Gabriel tenía la agenda bastante cargada los días siguientes: trescientos corderos que castrar en una granja de Sisteron, tantos otros en Mées y luego en La Motte-du-Caire.

En lo referente a nosotros, lo había previsto todo antes incluso de confesarme su pasión. Era un hombre que no albergaba duda alguna, ni de mí, ni de él, ni de nuestro amor.

Había avisado a mis amos de que se marcharía por la mañana muy temprano, mucho antes de que se despertasen y soltasen a sus perros. Esperaba que no complicasen nuestra partida.

Para preservar su sueño mientras nos largábamos, Gabriel había dejado su mula y su carreta bastante lejos de la casa, más abajo, al borde del río, en un campo de tréboles. Mi amor pensaba siempre en todo.

No llevaba conmigo más que la caja de Teo, *Les Pensées* de Pascal y la lista de mis odios en su interior, algo de ropa y un cuchillo de cocina para defenderme de los cancerberos, si era necesario.

Por el camino, mientras las cornejas volaban a nuestro alrededor, nos dimos tantos besos que al llegar a nuestro destino ya no sentía la boca ni la lengua, y apenas podía hablar. Nuestra conversación giraba en redondo. Él me pedía en matrimonio, yo le daba mi consentimiento, él me imploraba de nuevo que le concediese mi mano, yo volvía a aceptar, y así una y otra vez: debía tranquilizarle sin cesar con un gesto, con un beso, con una caricia.

No hay amor verdadero sin angustia. La angustia de que todo se detenga en cada instante. La angustia de que la vida se lleve de pronto todo lo que ha dado. Por eso Gabriel sudaba a mares. Yo también. Todo mi cuerpo chorreaba, me picaban los ojos, mi vista se emborronaba.

Permanecimos en ese estado varios días seguidos. Pegados el uno contra el otro, salvo cuando él, con sus pinzas, ajustaba las cuentas a los testículos de los corderos, que parecían siempre humillados por aquella prueba de la que salían cojeando, cabizbajos, con la mirada de un niño castigado.

El día que llegamos a Sisteron, a casa de Aubin, un importante criador de corderos y un viejo conocido de Gabriel, sentí un estremecimiento: temía, equivocadamente, que aquello fuera el final de nuestro gran beso permanente.

Aubin era un soltero empedernido, de unos sesenta años, con ojitos amarillentos bajo los pliegues grasientos de sus párpados. Cuando nos abrió, se quedó un momento estupefacto, antes de decir algo que no oímos por culpa del viento que golpeaba en las montañas que nos rodeaban. Nos observó con cara de pocos amigos, nos invitó a entrar con un gesto, y después refunfuñó dirigiéndose a Gabriel:

—Pensé que no te atreverías a venir aquí después de lo que has hecho. Si no, hubiese avisado a la policía.

—Pero ¿qué es lo que he hecho? ¿Puedes decírmelo?

Fue a buscar un periódico a la cocina y lo puso ante las narices de Gabriel. En primera página del *Petit Provençal* del día anterior, se podía leer este titular:

DRAMA EN SAINTE-TULLE.
UNA MENOR SECUESTRADA POR UN
PELIGROSO MANIACO.

El artículo que seguía citaba a menudo a Justin y a Anaïs Lempereur. Insistían en la ingenuidad de su pariente, Rose, una ingenua que siempre había estado mal de la cabeza, para gran desesperación de su familia. Según ellos, no era su primera fuga. «Tiene el diablo en el cuerpo», comentaba el periodista, quien, de hecho, describía a Gabriel como un malhechor además de un obseso sexual, condenado varias veces por atentado al pudor. Un pervertido, un *bordille,* como se dice en Provenza para designar a un residuo de la humanidad, de la que parecía uno de sus peores ejemplos.

—Esto es grotesco —exclamó Gabriel cuando hubo terminado de leer el artículo—. Grotesco y ridículo. Te lo vamos a explicar, Aubin.

—No te molestes —gruñó el otro—, ya lo he pillado.

Gabriel insistió y le relatamos nuestra aventura a dos voces. Al final, Aubin dijo:

—Está bien, pero... —fue a buscar a la despensa dos vasos y un licor de genciana. Tras servirnos, dejó caer—: Sólo veo una solución para vosotros, hay que contarle a la policía lo que acabáis de decirme a mí.

—Imposible —contesté—. Mis amos son tan mentirosos que nos pasaríamos diez años dando explicaciones. Prefiero dejarles la granja y pasar a otra cosa.

—En ese caso, si necesitáis alojamiento, podéis quedaros aquí el tiempo suficiente para que se olvide el asunto.

Después de aquello, nos invitó a pasar a la mesa. Había huevos duros, sopa de albahaca y queso de cabra, envejecido en un tarro de aceite de oliva. Comimos todo a la vez, acompañándonos de grandes rebanadas de pan para mojar o untar. Era su menú de todos los días y, aparentemente, no se cansaba de él.

Recuerdo que Aubin miraba con ojos como platos a Gabriel, un virtuoso de la conversación, que animaba y estimulaba sin cesar con una explosión de anécdotas y chistes.

Por la noche, cuando le pregunté dónde había aprendido todo aquello, Gabriel me respondió:

—En los libros. Aquí abajo no hay más que la vida y los libros que nos permiten vivirla mejor. Me lo enseñó mi padre. Es profesor. Mi madre es campesina. He heredado de los dos. Del cielo y de la tierra.

—Sabes tantas cosas, Gabriel. Perdóname, pero ¿por qué eres castrador?

—Porque no pude hacer otra cosa.

—Puedes hacer de todo.

—Me expulsaron del instituto de Cavaillon el penúltimo año por morderle la oreja al profesor de filosofía, tan fuerte que perdió un trozo. Aquello fue un escándalo y, desde entonces, esa historia me ha perseguido.

—¿Por qué le mordiste?

—Porque había dicho que Spinoza era un filósofo degenerado.

—Quizás sea cierto.

—Es mi filósofo preferido, el que nos enseñó que Dios es todo y viceversa. Cuando escribió: «Dios es la naturaleza», no hubo nada más que añadir. Es una frase que se puede comprobar todos los días mirando una brizna de hierba que se levanta hacia el sol.

A Teo le gustaba Gabriel tanto como a mí, que ya es decir. Cada vez que le llevaba su comida, mi salamandra me repetía mientras se tragaba los gusanos, las arañas y las babosas:

—Cásate con él, Rose, cásate enseguida. Ya has encontrado a tu hombre, es él.

No creo haber sido nunca tan feliz como en los dos meses y medio que pasamos en Sisteron. Tampoco pasé jamás tanto miedo. Quería esconder mi alegría a toda costa, incluso a Gabriel, por temor a atraer los malos espíritus que, al primer signo de alegría, corren para desencantarnos.

Esa estancia en Sisteron fue un largo beso casi ininterrumpido. Un beso de setenta y cinco días. No era sólo que no pudiésemos vivir el uno sin el otro, sino que nuestros labios no soportaban estar alejados, aunque fuese por un momento. Como esos caracoles que se mezclan tanto que resultan imposibles de separar, nos pasábamos el tiempo besándonos. Cuando guardábamos el rebaño en los flancos escarpados al pie de los Alpes. Cuando nos sorprendía la tormenta que, tras dejarnos sordos, nos calaba hasta los huesos. Cuando íbamos a recoger hierbas de montaña para los platos que yo preparaba por las noches. Cuando hicimos el hijo que, un día, empezó a crecer dentro de mi vientre.

18. Los mil vientres del tío Alfred

CAVAILLON, 1925. Gabriel vivía en Cavaillon en una pequeña casa de piedra, a la sombra de la catedral de Saint-Véran, una de las maravillas de la Provenza, adornada por los cuadros de Nicolas Mignard, un gran pintor del XVII que se enamoró del edificio.

Antaño, las ciudades se escondían. Del calor o de los invasores. Todo el barrio de la catedral vivía en la oscuridad, incluso a mediodía, a pleno sol. La topografía del lugar estaba configurada de tal modo que el inmueble de dos plantas no veía nunca la luz del día.

Cuando Gabriel giró la llave de la puerta, la vecina de arriba, una vieja con bigote, bajó precipitadamente cojeando y exclamando:

—Me alegra verte, cariñito, pero no debes eternizarte aquí. Te están buscando los gendarmes, han pasado varias veces, dicen que has cometido un crimen abominable —dibujó una sonrisa sin dientes y dijo después—: ¿Así que ésta es la pequeña que has secuestrado? Pues te felicito, amorcito. Tienes buen gusto.

Después me besó, dejando en mi cara un olor a orina, antes de predecir con la seriedad de las que leen la buenaventura:

—Presiento que vais a amaros mucho y tenéis razón, siempre se tiene razón cuando se ama.

El piso de Gabriel estaba inundado de libros. La montaña se extendía hasta los armarios de la cocina. Novelas, relatos, obras filosóficas.

—¿Los has leído todos? —pregunté.

—Espero haberlos leído todos antes de morir.

—¿Y para qué sirve morir culto?

—Para no morir idiota.

Tras pedir a la anciana que devolviese la mula y la carreta a sus padres, en Cheval-Blanc, un municipio limítrofe con Cavaillon, Gabriel reunió a toda prisa algunas cosas en una maleta de cartón, y una hora más tarde estábamos en un tren en dirección a París.

Había decidido que nos refugiaríamos en la capital en casa de su tío Alfred, que se había casado en primeras nupcias con la hermana de su madre, ya fallecida, y a quien describía como un escritor de primera, uno de los clásicos del siglo XX, autor de ensayos, novelas, obras de teatro y antologías poéticas.

Cuando llegamos a París, la mañana del día siguiente, fuimos directamente a su casa. Alfred Bournissard vivía en un edificio acomodado, en la rue Fabert, cerca de los Inválidos. Estaba terminando de desayunar, los labios brillantes y salpicados de migas de cruasán. Cuando la doncella nos llevó ante él, se levantó y abrazó a Gabriel con efusión.

Estaba al tanto de nuestra historia y nos apodó inmediatamente «Romeo y Julieta». Había en él algo que impresionaba, una vivacidad de espíritu, un sentido de la réplica, así como una jocosidad benévola. Tenía, además, una mirada limpia que transmitía confianza; no quedaba duda de que había sido un hombre guapo en su juventud, lo que le había permitido casarse en segundas nupcias con una rica heredera tras la muerte durante el parto de su primera mujer, la tía de Gabriel.

Pero Alfred Bournissard también había llegado a esa edad en la que, pasados los cincuenta, uno es responsable de su rostro, y el suyo no le predisponía a ser declarado inocente el día del Juicio Final, de tal modo que parecía haber sido tallado por el odio, la abulia y la depravación.

Se diría que la palabra «seboso» había sido inventada para él. Tenía grasa por todas partes, en el mentón, en las mejillas y hasta en las muñecas, lo que contribuía a darle esa seguridad satisfecha, insoportable para sus enemigos, que le había impedido ser elegido miembro de la Academia Francesa a la que se había presentado en dos ocasiones. En cada una de ellas, había recogido más rechazos que votos favorables.

De natural expeditivo, el tío Alfred decidió, sin pedir nuestra opinión, que Gabriel sería el ayudante de su secretario particular, mientras yo sería destinada a la cocina, en un primer momento para pelar y fregar, antes de demostrar mi valía.

*

El tío Alfred trabajaba en un gran proyecto en el que contaba con nosotros para hacer de negros. Era lo que él llamaba el «acontecimiento Drumont». Un ensayo, una gran biografía y una obra de teatro que se publicarían simultáneamente en 1927 para conmemorar el décimo aniversario de la muerte de ese grafómano iluminado, autor de *La Francia judía,* con el que había colaborado al final de su vida.

Por esa razón leí y anoté, junto a Gabriel, toda la obra de Édouard Drumont, periodista, diputado, fundador del comité nacional antijudío, que tanto fascinó a Charles Maurras, a Alphonse Daudet o a Georges Bernanos. Sin olvidar a Maurice Barrès, el tan acertadamente llamado «ruiseñor de la matanza».

Era como si formáramos un triángulo amoroso con Drumont. Fueron innumerables las veces que Gabriel y yo nos besamos o hicimos el amor en medio de sus obras, que nuestros revolcones, a pesar de las precauciones, arrugaron o mancharon en más de una ocasión. Mi embarazo excitaba su deseo.

Así fue como adquirí, en todos los sentidos del término, una cierta intimidad con Édouard Drumont. Un hijo del siglo romántico que, en *La Francia judía,* uno de los grandes éxitos editoriales de finales del XIX, imita profusamente a Victor Hugo en un estilo que fluye como la lava, o más bien como la baba.

Estaba poseído. Antes de morir en 1917, medio arruinado y ciego por las cataratas, Édouard Drumont había dicho a Maurice Barrès, que lo anotó en sus *Cuadernos:* «¿Puede usted creer que Dios me haga esto? ¡A mí! ¡A Drumont! ¡Después de lo mucho que he hecho por Él!».

En *La Francia judía,* Drumont describe las principales marcas por las que se puede reconocer a los judíos: «Esa famosa nariz retorcida, los ojos parpadeantes, los dientes apretados, las orejas salientes, las uñas cuadradas en vez de redondeadas en forma de almendra, el torso demasiado largo, los pies planos, las rodillas redondas, los tobillos extraordinariamente hacia fuera, la mano blanda e inconsistente del hipócrita y del traidor. A menudo tienen un brazo más corto que el otro».

Tras haber leído ese pasaje, Gabriel había bromeado: «¡Se diría que es mi vivo retrato!».

En su manual antisemita, Drumont anotó otros rasgos: «El judío posee una maravillosa aptitud para acostumbrarse a todos los climas». O también: «Por un fenómeno que quedó constatado cien veces en la Edad Media y que se afirmó de nuevo en la época del cólera, el judío parece gozar de una inmunidad especial frente a las epidemias. Parece que hubiera en él una peste permanente que lo librara de la peste ordinaria».

También escribió que el judío «huele mal»: «En los más acomodados hay un olor, *fetor judaica,* un relente, diría Zola, que indica la raza y que les ayuda a reconocerse entre ellos [...]. Ese hecho ha sido cien veces constatado: "Todo judío apesta", dijo Victor Hugo».

Finalmente, la neurosis es, según Drumont, «la implacable enfermedad de los judíos. En ese pueblo tanto tiempo perseguido, que ha vivido siempre en medio de trances perpetuos e incesantes complots, ha sido sacudido por la fiebre de la especulación, y no ha ejercido más que profesiones en las que la actividad cerebral es la única en juego, el sistema nervioso acaba alterándose. En Prusia, la proporción de alienados es mucho más fuerte en los israelitas que en los católicos».

Para ilustrarlo, Édouard Drumont ofrece cifras elocuentes: por cada diez mil prusianos, existen 24,1 alienados entre los protestantes, 23,7 entre los católicos y 38,9 entre los israelitas. «En Italia —añade— hay un alienado por cada 384 judíos y uno por cada 778 católicos».

De libro en libro, con un éxito creciente, Édouard Drumont ponía siempre énfasis en la misma cosa: la judería que se ha abatido «como una plaga de saltamontes sobre este infortunado país», que ha «arruinado, sangrado, reducido a la miseria» organizando «la más espantosa explotación financiera jamás contemplada en este mundo». Aquí cito extractos de su libro *La Francia judía ante la opinión,* publicado en 1886, con el que vuelve a lograr el triunfo obtenido por su célebre ensayo, aparecido ese mismo año.

No puedo obligarles a leer las citas que siguen. Una especie de Hitler adelantado, escrito en francés literario. Sepan sin embargo que resumen bien el galimatías ideológico que, antes de culminar con la Alemania nazi, servía de pensamiento a tantos patriotas como el tío Alfred.

«La sociedad francesa de antaño era cristiana —escribe Édouard Drumont en *La Francia judía ante la opinión*—. Tenía por divisa: Trabajo, Sacrificio, Devoción. La sociedad actual de inspiración judía tiene por divisa: Parasitismo, Holgazanería y Egoísmo. La idea dominante en nuestro país ya no es trabajar por la colectividad, por la nación, como antaño, sino forzar a la colectividad, a la nación, a trabajar para ellos».

Édouard Drumont no era conservador. Lo prueba el hecho de que predecía que «toda Francia seguirá al jefe que será un justiciero y que, en lugar de golpear a los desgraciados obreros franceses, como los hombres de 1871, golpeará a los judíos cubiertos de oro»*. Jules Guesde, una de las grandes figuras de la izquierda socialista, se vio así autorizado a participar, durante un tiempo, en reuniones

---

* *La France juive* («La Francia judía»).

públicas a su lado. Sin duda compartía su análisis de ese capitalismo que, en todo Occidente, estaba surgiendo: «Sobre las únicas ruinas de la Iglesia se ha levantado ese ídolo devorador del capitalismo que, al igual que una divinidad monstruosa de Astoret, fecundándose a ella misma, se reproduce sin cesar, da a luz sin darse cuenta, en cierto modo, mientras se duerme, mientras se ama, mientras se trabaja, mientras que se lucha, y asfixia todo lo que no es ella, bajo su execrable multiplicación».

Se le puede reprochar todo a Édouard Drumont, pero nadie podrá negarle un don innato para la profecía cuando, al proponer acabar con el «sistema judío», escribe, más de cincuenta años antes del espantoso seísmo que arrasaría el viejo continente: «El gran organizador que reunirá en haz esos rencores, esas cóleras, esos sufrimientos, habrá cumplido una obra que dejará huella en la tierra. Habrá devuelto el aplomo a Europa para los siguientes doscientos años. ¿Quién dice que no se ha puesto ya manos a la obra?».

Adolf Hitler no había nacido aún. Habría que esperar hasta 1889, tres años más tarde, para que viniese al mundo ese hijo de Édouard Drumont. Y este último, como el arcángel, sirvió también de anunciador.

19. La Petite Provence

París, 1926. Mis relaciones con Teo se deterioraron bastante durante los meses que trabajamos para el tío Alfred. Cada vez que llevaba moscas o arañas a mi salamandra, que había sido instalada en un acuario, recibía una lluvia de reproches:

—¿Qué te ha pasado, Rose? ¿Qué has hecho con tu alma?

—Intento sobrevivir, como todo el mundo, Teo.

—¿Y no podrías haber encontrado causas menos inmundas?

—Hago lo que puedo, pero saldré de ésta, confía en mí.

—Mírate. Te has convertido en un guiñapo. Recupera el sentido común antes de terminar hecha una mierda dentro de esa letrina donde has caído, hasta que un día alguien tire de la cadena en tu lugar.

Oía a Teo, pero no la escuchaba. El tío Alfred quedó tan satisfecho con nuestro trabajo sobre Édouard Drumont que nos gratificó con una suma sustancial, gracias a la cual pude, meses más tarde, abrir mi restaurante.

No podía montar un negocio por mí misma: tenía diecinueve años, y a esa edad, en aquella época, era todavía una menor. A pesar de estar en busca y captura desde el «secuestro» de Sainte-Tulle, Gabriel correría, por mí, el riesgo de poner el establecimiento a su nombre.

—Presiento que vamos a continuar haciendo grandes cosas juntos —dijo el tío Alfred mientras tamborileaba sobre su barrigón con aire satisfecho—. Lo tenéis todo. Talento, pasión, convicciones. Sólo os falta el éxito, y eso os lo daré yo. Llegará, jovencitos, ya veréis como llegará.

Nos había pedido que despejásemos el terreno y le preparásemos algunas notas sobre el autor de *La Francia judía*. Pero en nuestro ímpetu, trabajando a todas horas, habíamos escrito los primeros esbozos de la obra de teatro, del ensayo y de la biografía, que utilizó casi sin modificarlos, sin olvidar rendirnos homenaje en la introducción de los tres libros.

—Sois la prueba de que existen negros inteligentes —se rio el tío Alfred con una expresión de satisfacción repugnante.

Su imponente barrigón temblaba de excitación. Nos encargó, sobre la marcha, la redacción de un diccionario de Judíos de Francia, pero declinamos su proposición. Aparte de que yo ya tenía decidido pasar mi vida en la cocina, y no entre libros, no me gustaba el proyecto. Y a Gabriel tampoco: lo comprendí por su expresión cuando el tío Alfred nos lo propuso.

Como Gabriel era una persona hábil, rechazó la oferta con tacto, sin herir a su tío:

—Es un trabajo inmenso, no me siento a la altura. Además, nuestro hijo llegará dentro de unos días y no estaremos disponibles, no me gustaría decepcionarle.

—Como queráis, jovencitos.

El tío Alfred no insistió. Tenía otras ideas para nosotros. Una biografía de Carlomagno, un ensayo sobre Napoleón y los judíos, una historia de las mentalidades europeas, un atlas de razas del mundo y otros.

—Carlomagno siempre me ha atraído —dijo Gabriel.

—Cuidado, daba trabajo a muchos judíos —observó el tío Alfred—. Su administración estaba repleta, habría que profundizar en ello interrogándose sobre sus propios orígenes.

—¿Carlomagno era judío?

—No lo sé, pero es muy posible. Se puede reconocer a un judío porque contrata siempre a judíos, esa gente se ayuda entre ellos, es una obsesión suya. Si se les deja hacer, sólo habrá para ellos. Debo añadir que Carlomagno era un cosmopolita, una especie de apátrida militante, y ése es uno de los principios característicos del alma judía, que no se siente de ningún lugar y considera cualquier sitio su propia casa..., ¡sobre todo aquí, por desgracia!

—Para escribir una obra así —concluyó Gabriel— hay que ser historiador. Me temo que le decepcionaría.

El tío Alfred nunca se daba por vencido. Era un torrente de ideas, y nos propuso entonces escribir para él el guion de una película de la que ya tenía la trama y el título: *Moloch*. Sacó del cajón de su escritorio un ejemplar de la revista científica *Cosmos,* datado el 30 de marzo de 1885, en el que figuraba el grabado de un tal Sadler que representaba «el suplicio de un niño de Múnich cuya muerte había provocado la masacre de judíos de 1285».

«El niño —apuntaba el texto que acompañaba al grabado— fue encontrado gracias a las indicaciones de la mujer que se lo había entregado a sus torturadores; la víctima, que había sido atada a una mesa de la sinagoga y atravesada con estiletes, tenía los ojos arrancados. La sangre había sido recogida por niños. El pueblo exaltado cometió los más graves excesos contra los judíos de la ciudad y se necesitó toda la autoridad del obispo para calmar la efervescencia popular y detener la masacre».

—Ésas son las bases del guion —dijo el tío Alfred—. Es una película que podría tener mucho éxito, porque provocaría una polémica a propósito de una realidad que nos negamos a ver: a los judíos les gusta la sangre, es un hecho. Édouard Drumont encontró un Talmud editado en Ámsterdam en 1646 en el que está escrito, negro sobre blanco, que derramar sangre de jóvenes no judías es un medio para reconciliarse con Dios. Moloch, a quien hay que atiborrar de carne humana bien fresca, es la divinidad semítica por excelencia. Nada sacia su sed ni su hambre. Sacrificios como el de Múnich ha habido por todas partes en el pasado, tanto en Constantinopla como en Ratisbona, y seguramente siguen existiendo. Ha llegado el momento de decirlo e incluso de proclamarlo: los judíos adoran la sangre caliente. Si no fuera el caso, el Pentateuco no les prohibiría beberla.

Yo estaba horrorizada por el sonido chirriante de su voz y, al mismo tiempo, enternecida por esa bondad dolorosa que emanaba de él. Ese hombre que sólo quería nuestro bien era odioso y conmovedor. Ante él me sentía desgarrada, y me refugiaba detrás de una sonrisa estúpida, dejando hablar a Gabriel, que sabía ocultar sus intenciones mejor que nadie.

No es algo de lo que me enorgullezca, pero llamamos a nuestro hijo Édouard por Drumont, nuestro benefactor póstumo, y también para contentar al tío Alfred, quien de hecho se convirtió en el padrino de ese hijo concebido y alumbrado en pecado.

Tendríamos que esperar todavía dos años para poder casarnos. Mientras no fuera mayor de edad, necesitaba pedir autorización previa a mis tutores de Sainte-Tulle. Hubiese sido igual que entregarse a la policía.

El día del nacimiento de Édouard fue el más hermoso de mi vida. Con todos los respetos, Chateaubriand estuvo un poco obtuso cuando se atrevió a escribir en sus *Memorias de ultratumba:* «Tras la de nacer, no conozco mayor desgracia que la de dar a luz un hombre».

Si hubiese sido una mujer, Chateaubriand habría conocido la atroz felicidad de alumbrar, esa elevación interior; esa alegría sangrante, sumada a un sentimiento religioso. Tras el parto, mientras Édouard dormía sobre mi vientre, bajo la mirada de Gabriel, yo lloraba de alegría. Era como si viviese por encima de mí misma. Hubiese podido quedarme en esa posición hasta mi muerte.

Pero el mundo me esperaba. Debía ganarme la vida y producir mi leche. Di de mamar a Édouard hasta los seis meses, cuando lo tomó como nodriza una vecina del sexto, una gruesa mujer que todavía producía un buen litro de leche diario, siete años después del nacimiento de su último retoño.

A finales de año, encontré un garito en la rue des Saints-Pères, en el distrito VI de París. Una sala de dieciséis metros cuadrados con una exigua cocina que no me permitía dar más de treinta comidas al día. El restaurante se llamaba Le Petit Parisien, nombre que cambié por el de La Petite Provence.

Cada día servía mis especialidades, el plaki, la parmesana y los flanes de caramelo. A esto añadía mi sopa de albahaca en la que no racaneaba ni con el ajo ni con el queso. En pocos meses me hice con una buena clientela de escritores, intelectuales y burgueses del barrio.

Alfred Bournissard venía a menudo a comer o cenar en La Petite Provence, donde se reunía con todo el mundo. A él le debo el haber llevado a mi establecimiento a personajes como la cantante Lucienne Boyer y los escritores Jean Giraudoux o Marcel Jouhandeau. Sin olvidar a un señor muy anciano, Louis Andrieux, antiguo prefecto de policía, que también había sido diputado, senador, embajador, y que era el padre natural de Louis Aragon. Personajes que contribuyeron a la gloria de mi restaurante.

El tío Alfred nos había dado tanto que muchas veces le excusaba cuando profería sus monstruosidades. Y aunque me guardaba mucho de rechazarla, su generosidad me incomodaba. Tras la muerte de su primera mujer, se había casado en segundas nupcias con la heredera de las ferreterías Plantin, que moriría aplastada por un tren por haber salido demasiado tarde de su coche, calado en un paso a nivel. Viudo por segunda vez, nunca se recuperó de su pérdida. Tenía la lágrima fácil y sufría una especie de falta de amor que buscaba en todas partes, hasta en la mirada de su teckel, y me sentía culpable por no detestarle ni plantearme romper un día con él.

Me consolaba diciendo que es siempre más difícil recibir que dar.

20. El arte de la venganza

MARSELLA, 2012. Debo interrumpir provisionalmente mi relato. Mientras terminaba el capítulo precedente, Samir el Ratón ha llamado a mi puerta, sobre la una de la mañana.

—¿Molesto?

Me lo preguntó con la expresión pusilánime de esos jovencitos descocados que, detrás de sus gafas de sol, en las terrazas de los cafés se burlan de nosotros, los ancianos, para quienes dar un solo paso supone un suplicio indescriptible.

—Iba a acostarme —respondí.

—Tengo algo inmenso para ti.

Odié la sonrisa equívoca que dibujó cuando me lo dijo.

—Es dinamita pura —insistió—. He encontrado esto en un registro oficial: Renate Fröll fue internada en un *Lebensborn* en 1943. ¿Sabes lo que eran los *Lebensborn*?

—No exactamente —respondí haciéndome la despistada antes de invitar a Samir el Ratón a sentarse, lo que de todas formas iba a hacer sin pedirme permiso, con su habitual falta de educación.

Me explicó lo que eran los *Lebensborn,* aunque yo ya lo sabía: criaderos de niños creados por Himmler y gestionados por las SS para desarrollar una «raza superior» a base de niños robados o abandonados cuyos padres fuesen ambos arios garantizados, tuviesen los ojos azules, el pelo rubio y todo lo demás. Se suprimía su estado civil y eran adoptados por modélicas familias alemanas para así regenerar la sangre del Tercer Reich.

Me quedé un buen rato en silencio para incomodarle, y un rayo de inquietud atravesó la mirada de Samir el Ratón:

—Bueno, ¿no me felicitas?

—Estoy esperando el resto.

—Tenemos que ir a Alemania los dos a investigar, así lo veremos más claro.

—Sabes que no puedo viajar —me opuse—. Tengo un restaurante del que ocuparme.

—No serán más que unos días.

—Ahora que ya sé lo que quería saber, no tengo ganas de profundizar más. Te daré la consola que te prometí a cambio de tu trabajo y estaremos en paz.

—No, quiero seguir.

—¿Por qué?

—Para identificar a los padres biológicos de Renate Fröll. Para conocer su vida después del *Lebensborn*. Para comprender por qué te interesaba tanto.

Había en su mirada una mezcla de ironía y suspicacia que me horripilaba. Tenía el presentimiento de que sabía más de lo que decía.

—Joder, joder, joder —exclamé de repente—, ¿te estás quedando conmigo, tonto del culo? Si sigues por ese camino, te vas a tragar una ensalada de dedos en la jeta. ¿Me vas a dejar en paz de una vez? ¿Sabes la edad que tengo, niñato? ¿No crees que me debes un poco de respeto?

Samir el Ratón se levantó de golpe y me señaló con el índice, amenazante:

—Deja de hablarme así, Rose. Me has insultado. Pídeme disculpas.

Reflexioné durante un instante y me arrepentí de mi ataque de mal humor.

—Perdóname —respondí para cerrar el incidente—. Últimamente me dedico a remover un montón de recuerdos para escribir el libro sobre mi vida y me está afectando. Tengo los nervios a flor de piel, compréndelo.

—Lo comprendo —dijo—, pero no lo repitas. No me vuelvas a hablar así, ¿vale? ¡Nunca más! Si no, lo vas a pasar mal.

Para hacerme perdonar, le invité a un vaso de agua con sirope de menta y bebimos en mi balcón mirando el brillo del cielo estrellado. Era una de esas noches iluminadas en las que se huele a Dios al final del firmamento, en esa especie de luz velada que hace vibrar todo.

Samir el Ratón parecía un caramelo, y me hizo falta mucha voluntad para resistirme a las ganas de agarrarlo, morderlo y chupetearlo. Él sentía el fuego que surgía de mi carcasa de centenaria y, a juzgar por su expresión, le divertía.

—Eres una tía extraña —terminó diciendo—. Creo que voy a investigar sobre ti.

—Es inútil. Pronto sabrás todo sobre mí, cuando hayas leído mis memorias.

—¿Lo vas a contar todo de verdad?

—Todo.

—¿Hablarás incluso de la gente que has matado?

Aquello pasaba de castaño oscuro. Me callé y le miré fijamente a los ojos con expresión de desprecio, para que quedara claro mi descontento.

—Sé que has matado a gente —repitió al cabo de un momento—, se te ve en los ojos. A veces tienen tanta violencia que te juro que me das miedo.

—Es la primera vez que escucho algo así.

No me faltaban ganas, pero no podía dar por terminada aquella conversación. Hubo de nuevo un silencio que él terminó rompiendo:

—Siempre dices que para sentirse bien hay que vengarse...

—Es verdad que lo digo. La venganza es la única justicia que vale, los que dicen lo contrario no han vivido. Además, creo que sólo se perdona de verdad una vez que uno se ha vengado. Por eso nos sentimos tan bien después. Mira en qué buena forma me encuentro a mi edad. No siento ni arrepentimiento ni remordimiento porque durante toda mi vida he observado la ley del talión y he devuelto golpe por golpe.

—Gracias por confirmarlo.

—No, no te estoy confirmando nada. Podemos vengarnos perfectamente sin matar, Samir. La venganza es todo un arte y se practica con lentitud, sadismo y a traición, a menudo sin derramar una sola gota de sangre.

Sacudió la cabeza dos o tres veces y suspiró, encogiéndose de hombros ostensiblemente:

—Rose, ni tú te crees una sola palabra de lo que acabas de decir. Sólo la sangre venga a la sangre.

—Te equivocas, también está la inteligencia.

Me sentía orgullosa de mi respuesta, era un buen remate. La discusión debía terminar ahí. Para demostrarle mi buena fe, propuse a Samir el Ratón que volviésemos a entrar en el salón a leer los primeros capítulos de mi libro.

Él era el típico producto de una época, la nuestra, en la que la ignorancia literaria no deja de progresar. A pesar de que lo negaba, me parece que todavía no había leído un solo libro en toda su vida, ni siquiera alguno de los que debía comentar en el colegio y cuyo resumen habría ojeado en Internet antes de copiarlo al pie de la letra.

Tropezando continuamente con las palabras, le llevó más de una hora leer el prólogo y los diecisiete primeros capítulos. Al final estaba aturdido. No por mi genio, sino por el cansancio, como si acabara de realizar un esfuerzo sobrehumano.

Por todo comentario, antes de ir a acostarse, soltó con tono chantajista:

—Vamos a tener que hablar de todo esto cara a cara.

No sabía muy bien lo que había querido decir, pero me impidió volver a dormirme.

21. Una tortilla de setas

París, 1930. Todo iba demasiado bien, pero era necesario desequilibrar nuestra felicidad rutinaria para satisfacer los bajos instintos que bullían en mi vientre.

Era una promesa que me había hecho a mí misma. Sólo Teo fue puesta al corriente de mis proyectos, que aprobó en el acto con entusiasmo.

Gabriel y yo éramos como dos peces nadando en las tibias aguas del bienestar. Llevábamos casados más de un año y seguía amándolo todo de él, incluidos sus padres, a quienes había conocido en nuestra boda y que me habían seducido. Dos filósofos provenzales, como Emma y Scipion Lempereur.

Mientras que para nosotros la vida comenzaba, al verlos a ellos nos decíamos que no durarían mucho, pero eso no resultó cierto. Más bien todo lo contrario. Édouard tenía tres años, yo veintidós, y Gabriel, veintiséis, cuando decidí cerrar el restaurante durante las vacaciones de Semana Santa.

Fingí tener asuntos personales que resolver en Provenza, y él no me preguntó cuáles. Gabriel tenía una delicadeza que le prohibía pedirme cuentas de lo más ínfimo, pero es cierto que penetraba en mis pensamientos como un cuchillo en la mantequilla. Le dejé a Teo como prenda.

Con Gabriel no tenía dudas de que nuestro amor duraría toda la vida. En nuestra buhardilla, en el sexto piso de la rue Fabert, nunca se pronunció una palabra más alta que otra, incluso si Édouard nos hacía pasar una mala noche, lo que ocurría a menudo, con sinusitis que sucedían a las laringitis y a todas esas enfermedades que se ensañan con nuestros bebés.

Gabriel sabía perfectamente lo que yo estaba pensando. Conocía esos arrebatos de ira que, a veces, me oprimían el pecho. Me acompañó con Édouard a la estación de Lyon, y justo cuando tenía el pie en el estribo del vagón del tren, me dijo al oído:

—Sé prudente, amor mío. Piensa en nosotros.

Como la prudencia no es mi fuerte, toda la habilidad de Gabriel consistía en hacerme sentir culpable. No se oponía a mi proyecto, sopesaba los riesgos y fijaba los límites. Si no me hubiera dicho aquello, no creo que hubiese hecho escala en Marsella antes de coger el tren hasta Sainte-Tulle. Sólo habría escuchado mi deseo creciente, que me empujaba a acelerar el paso para satisfacerlo.

En Marsella, entré en una peluquería para cortarme el pelo a lo Juana de Arco, y después compré una cesta, carne y ropa para travestirme de hombre. Un pantalón, un abrigo, una camisa y una gorra, así como una bufanda para disimular una parte de la cara.

Cuando llegué a la estación de Sainte-Tulle, me dirigí hacia la granja de los Lempereur atajando a través de un bosquecillo de robles en el que conocía un recoveco donde crecían setas, y llené la cesta. Algunas morillas para colocar en la parte superior, pero sobre todo dos especies mortales cuyo olor y sabor engañan, desde hace generaciones, a sus víctimas: *amanita phalloides* e *inocybe fastigiata*. Suficientes para matar a un regimiento.

En el momento en el que aparecieron los dos canes, les lancé unos trozos de carne que había atiborrado con granos de cicuta de flor azul. Se los tragaron con la voracidad estúpida que sólo se da en los perros, los cerdos y los humanos. Así es como antaño se mataba a los lobos. Eficacia garantizada. Al cabo de unos minutos, los perros se dejaron caer al suelo sacudidos por espasmos, con los ojos desorbitados y las fauces llenas de espuma. Parecía que estaban muriendo de frío a fuego lento, si se me permite la expresión...

—Lo siento por vosotros —les dije—, pero no deberíais haber matado a mi gato.

Mientras agonizaban en el patio, llamé a la puerta de mis antiguos amos, la cesta de setas en una mano y un revólver en la otra. Una Astra 400, una pistola semiautomática de fabricación española que me había vendido un amigo periodista del Barrio Latino.

Fue Justin el que abrió. Aparte de que su tez rojiza tendía a violeta, no había cambiado nada. A pesar de mi disfraz, me reconoció enseguida y me estrechó la mano guardando las distancias, con una circunspección temerosa.

—¿Qué les ha pasado a los perros? —preguntó viendo cómo sus molosos se retorcían tumbados de espaldas.

—Se han puesto enfermos.

Fingiendo no ver el arma, dijo:

—Me alegro de verte. ¿Qué te trae por aquí?

—He vuelto por lo del gato.

—¿El gato?

A pesar de que tenía la boca seca y le temblaba la voz, había adoptado una expresión de falsa alegría a causa de la relación de fuerzas: mi arma apuntándole y sus perros agonizando a mi espalda.

—Si sólo es por eso, te podemos dar otro gato. Es fácil de reemplazar, hay tantos...

—Os pasé todo, todo, pero lo del gato, no —dije dirigiéndome a la cocina—. Llama a la gorda que vamos a comer, es la hora. Os voy a preparar una tortilla de setas como en los viejos tiempos, ¿te acuerdas?

—¡Claro que me acuerdo! Eres la reina de la tortilla de setas...

—... y de muchas otras cosas.

Intrigada por el ruido, Anaïs se acercó con su andar pesado. La retención de líquidos hacía que sus tobillos pareciesen bombonas. Cuando me vio en la cocina, con mi Astra modelo 400 en la mano, lanzó un grito de estupor, y se habría caído de espaldas si su marido no lo hubiese evitado.

—¿Por qué has venido con un arma? —dijo Justin gimoteando, con una voz perfectamente adaptada a la situación.

—No he querido arriesgarme con vosotros. Ha habido demasiados malentendidos entre nosotros, temía que no comprendieseis el sentido de mi visita, que es una visita de paz y amistad...

—Qué pena que no nos hayamos comprendido.

Justin estaba tan orgulloso de su frase que la repitió dos veces.

—Ésta es la ocasión de empezar de cero —dije—. Ahora o nunca.

Pelé las setas y las corté delante de ellos para después mezclarlas con los huevos batidos, quince en total. Cuando la tortilla estuvo tal y como les gustaba, poco hecha, serví una buena porción a cada uno pidiéndoles que no se la tragaran como tenían por costumbre, sino que la masticaran para apreciar mejor su sabor, en honor a los viejos tiempos. Asintieron con la glotonería profesional de los cerdos en fase de engorde.

—Quería mucho a mi gato —murmuré mientras se comían la tortilla.

—Nosotros también, no te creas.

—Entonces ¿por qué lo matasteis?

—No fuimos nosotros, fueron los perros —protestó Justin—, pero es cierto que no deberíamos habérselo lanzado, fue una estupidez, lo sentimos.

Cuando tuvieron la panza llena de tortilla, les preparé café. Estaban empezando a bebérselo cuando, al observar los primeros sudores, les dije que iban a morir: el proceso comenzaría en unos minutos y duraría varias horas.

Parecían sorprendidos. Por supuesto que imaginaban que me traía algo entre manos, pero no se esperaban caer en aquello en lo que tanto habían pecado: la manduca.

—Es por el gato —dije—. Tenía que vengarme, pienso en aquello todo el tiempo, me estaba quemando viva.

Justin se levantó, pero le obligué a sentarse amenazándole con mi semiautomática. Los abandoné a su suerte cuando empezaron las náuseas, los vómitos, las diarreas, los vértigos, y después las convulsiones y la destrucción del hígado. No quería verlo: no busco el morbo con la venganza.

Antes de marcharme, vacié una parte de los restos de tortilla de setas en las escudillas de los molosos y dejé sobre la mesa de la cocina la sartén con el cuarto restante, para que la policía no pudiese tener duda alguna sobre las razones de la muerte de los Lempereur y sus perros.

Dos semanas más tarde, recibí en París una citación de la comisaría de Manosque. De vuelta a la Alta Provenza, fui interrogada por un desconfiado inspector que me bombardeó a preguntas durante más de cuatro horas, pero que no encontró en mis respuestas ningún elemento que pudiese confirmar mi implicación en ese asunto.

Se llamaba Claude Mespolet y su nariz era como un punzón listo para taladrar, brotando de su cabeza de vieja momia amargada, que coronaba un cuerpecito de polichinela. Tenía apenas treinta años y llevaba una chaqueta roñosa sobre una camisa arrugada pero provista sin embargo de gemelos de oro. Se mostraba muy escéptico ante la historia del envenenamiento con setas; y tenía algo contra el mundo en general y contra mí en particular.

—Cuando se produce un asesinato —me dijo—, primero hay que buscar el móvil. Usted tiene un móvil.

—Quizás lo tenga, pero no ha habido asesinato.

—No hay nada que lo pruebe —objetó.

—Tampoco hay nada que pruebe lo contrario.

—Sí, señora: hemos encontrado restos de cicuta en los cadáveres de los perros. Lo que me permite imaginar que alguien, después de su muerte, a modo de puesta en escena, puso en las escudillas restos de setas venenosas.

El inspector Mespolet clavó su mirada en mis ojos hasta que los bajé.

—Ciertamente, no es más que una suposición mía —concluyó—, pero reconozca que hay algo que no encaja...

Sin saberlo, Claude Mespolet me había dado una buena lección. Aunque él no era un as de la policía, yo tampoco era una virtuosa del crimen. A partir de entonces, se acabaron las puestas en escena: despertaban demasiadas sospechas. Era mejor improvisar.

Meses después, recibí una carta del notario de Manosque anunciándome que, tras la «trágica desaparición» de Justin y de Anaïs Lempereur, yo era la única heredera de la granja de Sainte-Tulle. Le respondí que, tras haber alcanzado la mayoría de edad y deseando deshacerme de la propiedad, le encargaba que fuera vendida en el menor tiempo posible.

Con el fruto de la venta pude comprar, a finales de ese mismo año, un apartamento de dos dormitorios en París, en la rue du Faubourg-Poissonnière, para Gabriel, Édouard y yo. Allí fui, durante casi diez años, la mujer más feliz del mundo.

22. Regreso a Trebisonda

París, 1933. Decía Emma Lempereur que la felicidad no puede contarse. Es como una tarta de manzana, se come hasta la última miga que hay en el mantel y después se lame el zumo dorado que mancha los dedos.

La felicidad tampoco se muestra. La mejor forma de transformar a los amigos en enemigos es mostrarse feliz. No lo soportan. La felicidad es una obra de arte que debe permanecer oculta a cualquier precio: hay que guardarla para una misma si no se quiere crear enemistades o atraer la mala suerte.

Gabriel y yo alcanzamos el cénit de nuestra felicidad cuando llegó una hermana para Édouard: Garance, una niña rubia de ojos azules, como su madre, pero con rasgos mucho más finos, que manifestó una temprana pasión por el baile. Ya me la imaginaba bailarina en la Ópera de París.

En cuanto a Édouard, quería ser policía o maquinista, o quizá director de orquesta. Saltaba de flor en flor sin complejos, y detestaba los encasillamientos y las etiquetas. Pronto me pareció tan alejado del espíritu francés que sentí miedo por él.

Perdónenme si no puedo contar más de Édouard y Garance. En las páginas que siguen evitaré hablar de mis hijos. Deben comprenderme: sólo con escribir sus nombres en el papel, mi rostro se inunda de lágrimas y mi garganta estalla en sollozos.

Mientras escribo estas palabras, la tinta se mezcla con el llanto, transformando mis frases en grandes manchas azules sobre la hoja de mi cuaderno. No he empezado a contarles mi historia para hacerme daño. Ahora bien, todo se emborrona y el suelo desaparece bajo mis pies cada vez que intento evocar a mis hijos de palabra o por escrito. Después de la tragedia, vivo con ellos en mi mente, pero es mejor para mí que no salgan de allí.

Dios sabe por qué, me es más fácil rememorar a Gabriel, a pesar de que corrió la misma suerte que ellos. En aquella época sufría. Al menos profesionalmente. Se había convertido en el secretario oficial del tío Alfred, trabajando también como negro, e inundaba de prosa bournissardiana la prensa antisemita de la época, *La Libre Parole*, *L'Ordre national* o *L'Antijuif*.

Aunque nunca me lo dijo, yo intuía que su trabajo le avergonzaba, cosa que no me disgustaba. No hablaba casi nunca de él y cuando, por casualidad, lo evocábamos, a menudo bajaba la mirada y sus labios y sonrisa se llenaban de pliegues de amargura. Era cómplice de algo que yo abominaba, y, al mismo tiempo, sabía que él valía mucho más. Por eso se lo perdonaba, sobre todo porque además buscaba cambiar de rumbo trabajando de interino, por ejemplo, en la crónica musical de *Le Figaro*.

Tras la muerte de Alfred Bournissard en la primavera de 1933, a los cincuenta y dos años, a causa de un derrame cerebral que el atasco de sus arterias hacía presagiar desde hacía mucho tiempo, Gabriel intentó separarse de aquella extrema derecha lamentable donde chapoteaba su tío. Trabajó un tiempo para Jean Giraudoux, autor de *La loca de Chaillot,* que fue acusado a menudo de antisemitismo pero al que se le perdonarían muchas cosas por haber escrito una vez que «la raza francesa es una raza mezclada» y que no sólo está «el francés que nace. También está el francés que se hace». Incluso si huele un poco a chamusquina, nunca lo metí en el mismo saco que a los otros.

Meses más tarde, en busca de un empleo estable, Gabriel aceptó convertirse en secretario de redacción de *La France réelle,* un panfleto cuya sola visión me producía náuseas. No hubiese sido justo tirar la primera piedra a mi marido. La clientela del restaurante estaba compuesta sobre todo por individuos de esa ralea.

El asco que nos inspiraba, sin que lo expresásemos nunca, era sin duda el único límite a nuestra felicidad, límite imprescindible que nos permite aprovechar mejor lo que nos queda. Sabía que Gabriel no tenía nada que ver con todos esos vocingleros pretendidamente patriotas que proliferaban en los años treinta, y me gustaba que intentase compensarlo trabajando en una biografía a la mayor gloria de Salomon Reinach, descendiente de una familia de banqueros judíos alemanes, arqueólogo, humanista y especialista en historia de las religiones, uno de los más grandes intelectuales de su época, muerto un año antes que el tío Alfred.

Nada podía romper la armonía de nuestra pareja. Ni las miasmas de la época ni las dificultades profesionales de Gabriel. Ni siquiera necesitábamos hablarnos para comprendernos.

Leía en mi mente, como el año en que aceptó de buena gana que le dejase con los niños durante las vacaciones de verano de La Petite Provence, la primera quincena de agosto: en su sonrisa cómplice comprendí que sabía lo que tenía en mente cuando anuncié mi intención de regresar a Trebisonda y visitar el país de mi infancia «para ocuparme de asuntos personales».

*

1933 fue el año del nacimiento del Tercer Reich. Vino al mundo el 30 de enero, cuando el presidente Paul von Hindenburg, viejo carcamal a la imagen de su república terminal, consagró a Adolf Hitler nombrándole canciller. El gusano estaba en la fruta y la fruta estaba podrida.

Semanas más tarde, tras el incendio del Reichstag, Hitler se atribuyó plenos poderes para proteger el país contra un supuesto gran complot comunista. El 20 de marzo, Himmler, jefe de la policía de Múnich, anunció la apertura cerca de Dachau, dos días más tarde, del primer campo de concentración oficial, con «una capacidad para cinco mil personas», con el fin de acantonar a todos los elementos asociales que, al suscitar agitación, ponían en peligro sus vidas y su salud.

En el instituto de Manosque había elegido estudiar alemán. Apasionada por la cultura germánica, Emma Lempereur me había iniciado poniendo entre mis manos *Las cuitas del joven Werther* de Goethe. Después, todo llegó rodado: Bach, Schubert, Mendelssohn y los demás.

A pesar de ese tropismo germánico, yo no prestaba atención alguna al ascenso del nazismo, como tampoco me preocupaban los millones de muertos, cinco, seis o siete, que habían causado aquel mismo año las grandes hambrunas soviéticas.

El 22 de enero de 1933, Stalin, uno de los mayores criminales de la historia de la humanidad, firmó junto a su acólito Molotov una directiva que ordenaba el bloqueo a Ucrania y al Cáucaso del Norte, donde los habitantes fueron condenados a morir de inanición y se les prohibió terminantemente buscar en otro sitio el pan que necesitaban, mientras la Unión Soviética exportaba dieciocho millones de quintales de trigo.

La fiebre genocida estaba en marcha, nada podría pararla ya. Bajo la batuta de Hitler y Stalin, arrollaría uno tras otro o a la vez a los judíos, los ucranianos, los bielorrusos, los bálticos, los polacos y muchos otros.

Si me hubiese molestado en informarme de todo aquello, 1933 habría dejado cierto regusto a ceniza en mi boca. Por el contrario, ese año me dio una de las mayores alegrías de mi vida. Y en el verano del 33, esa alegría comenzó a vibrar en mí cuando, desde el puente del barco, vi acercarse Estambul.

No me abandonó durante mis tres días de estancia en la antigua Constantinopla, que había cambiado de nombre en 1930 y donde enseguida me sentí en mi casa. No sé si era por los olores que impregnaban el aire o por la amabilidad de las miradas con que me cruzaba pero tuve la sensación, caminando por la calle, de haberme reencontrado con esa parte de mí que había perdido al abandonar el mar Negro.

¿Dónde estaban los asesinos de mi familia? En este mundo, los verdugos se convierten rápidamente en víctimas y las víctimas, en verdugos. La muchedumbre era tan amable que no podía imaginarla, por un instante, masacrando a los míos. Yo era turca entre turcos, iba a decir para los turcos: los hombres me parecían mucho más guapos que en París, pero no cedí a la tentación.

Y sin embargo, faltó poco. Un tipo me siguió en el gran bazar de Estambul donde estaba comprando regalos para mi familia. Acabó abordándome y proponiéndome que diese un paseo con él, pero no acepté la invitación.

Fui a rezar a la mezquita de Santa Sofía, que durante casi diez siglos, desde el año 537 hasta 1453, fecha de su islamización, fue el monumento más importante de la cristiandad. Era el último año que servía de lugar de culto antes de ser convertida en museo. Estaba extasiada. Me pareció ver algo de divino en la blancura luminosa que entraba por las ventanas hasta golpear las paredes de la cúpula.

Días más tarde, mi alegría se redobló cuando el barco llegó frente al puerto de Trebisonda, que se levantaba sobre un mar lechoso, mezclado con el cielo cubierto y cremoso.

Mi gozo se mezclaba a veces con esa sensación de angustia que se experimenta, la primera vez, antes del intercambio amoroso, cuando se abre la puerta de la habitación donde espera el lecho del placer. Salvo que en aquel caso sería un lecho de muerte.

Sabía a quién iría a ver, pero todavía no sabía qué iba a hacerle.

23. Un paseo en barco

TREBISONDA, 1933. Ali Recep Ankrun tenía tanta barriga como el tío Alfred, y poseía también una nariz que parecía un tomate del Cáucaso, estampado en plena cara.

Era manco y formaba parte de esos mutilados que se niegan a admitir que han perdido un miembro: de vez en cuando esbozaba giros con su codo, para subrayar sus frases si las consideraba importantes. Me resistí, no sin esfuerzo, a las ganas locas de preguntarle por qué se lo habían amputado.

Sudaba mucho, sobre todo por la cara, lo que le obligaba a tener siempre a mano un pañuelo a cuadros grande como un trapo de cocina con el que se secaba la cabeza. Pero olía bien. Un olor a pastelito de caramelo y leche de almendras que me produjo algo de hambre.

El alcalde de Trebisonda me había acogido precipitándose hacia mí con esa euforia vulgar y estúpida que caracteriza a los políticos, como si esperase mi visita desde el día en que nació:

—Hace usted muy bien en interesarse por nuestra ciudad.

—Cuando *Le Figaro* me propuso preparar un amplio reportaje sobre Trebisonda, acepté enseguida.

—Ésa es la prueba de que es un periódico muy inteligente, algo que ya sabía.

Después, bajando la voz, dijo con una sonrisa edulcorada:

—Habla usted muy bien el turco. ¿Dónde lo ha aprendido?

—En el colegio. Mi padre estaba fascinado por el Imperio bizantino.

—Sabrá usted sin duda que nuestra ciudad fue, durante más de doscientos años, la capital de otro imperio llamado precisamente Imperio de Trebisonda.

—Sí, también sé que su ciudad fue fundada por los griegos, mucho tiempo antes de nuestra era.

—¡Ay! Los griegos —suspiró—, no nos comprendimos bien. Son cristianos obtusos, obsesionados con su estúpida fe y maniacos de las cruces, las ponen por todas partes. Francamente, ahora que se han marchado estamos mucho mejor aquí.

Aunque me sentí tentada, no iba a responderle que el Gobierno turco había resuelto el problema griego de la misma forma que resolvió el problema armenio algún tiempo antes: mediante la erradicación. Entre 1916 y 1923, el genocidio de griegos había causado trescientas cincuenta mil muertes en la región. El cristianismo había desaparecido de la faz de esa tierra, las campanas habían sido borradas por los muecines.

No había venido para discutir con Ali Recep Ankrun, sino para otra cosa mucho más importante. Por eso le di la razón con expresión de niña sumisa y fascinada:

—Esa purificación permitió a su ciudad recomenzar sobre nuevas bases.

—«Recomenzar» no es la palabra exacta, yo hablaría más bien de renacimiento, e incluso de explosión económica. Estoy dispuesto a concederle una entrevista exclusiva para tratar de todo esto, así como de mis proyectos, que son muy numerosos en todos los ámbitos: industrial, educativo y religioso.

Presumió de las mezquitas de Trebisonda, que debía visitar antes que nada, para luego hablarme de la pesca, una de las principales actividades de la ciudad que, en su opinión, era la capital de casi todo. De la anchoa, del arenque, del mújol rojo y también de la avellana, del tabaco, del maíz y de la patata.

Pasó una hora, y después dos. Ali Recep Ankrun no tenía ganas de poner fin a nuestra entrevista. Un ujier asomaba regularmente la cabeza por una de las puertas de su despacho lanzándole miradas de reproche: la delegación de empresarios georgianos, que estaba en la sala de espera, se impacientaba, debía partir con premura a Erzurum, donde tenía otras citas.

Antes de terminar nuestro primer encuentro, el alcalde de Trebisonda me invitó a cenar esa misma noche, y yo acepté simulando una especie de escalofrío dorsal que, a juzgar por la dilatación de sus pupilas, le dejó en plena excitación.

Me pasé la tarde recorriendo las calles de Trebisonda, especialmente por Uzun Caddesi, llenándome los oídos de los gritos de los mercaderes de pescado y el olfato del buen olor a pan *lavash*. Al cabo de un rato, me sentí tan saciada de viento, de efluvios, de perfumes y colores que terminé olvidando para qué había venido.

Tantos muertos después, nada había cambiado en aquella ciudad que bullía como antes, al pie de su montaña. La vida había vuelto a su curso y me arrastraba junto a la atareada muchedumbre. A pesar de todas mis precauciones, había sucumbido a los encantos de Trebisonda. Me sentía como reconciliada conmigo misma.

Esa noche, en el mejor restaurante de la ciudad, donde me invitó Ali Recep Ankrun, tuve que resistir con tacto los avances del alcalde. Aparentemente, había decidido que yo pasaría por la piedra en cuanto terminase el postre. No quiero presumir, pero creo que me defendí bastante bien.

—Nunca en la primera cita —le dije mientras cogía su mano blanduzca—. Perdóneme pero... tengo siempre la necesidad de pensármelo un poco antes de comprometerme. Soy tan sentimental... Compréndalo. Además, estoy casada.

No sería más que un aplazamiento. Cuando Ali Recep Ankrun me invitó a un picnic al día siguiente en su barco, acepté sin dudarlo, con un rápido parpadeo, humedeciendo los labios para después emitir una especie de gruñido que, por no ser sutil, era aún más prometedor. Estuve a punto de decirle que estaba lista para el revolcón, pero fueron mis lumbares y mis glúteos los que, con unos cuantos ligeros temblores, se lo hicieron saber.

—No le hable de mí a nadie —insistí—. Quiero conservar a mi marido, no quiero escándalos.

—Yo tampoco. Seré muy discreto, descuide. A mí tampoco me interesa.

—Quiero que sólo estemos usted y yo en el barco. Nada de criados, ya sabe cómo es esa gente. Hablan demasiado.

—Eso por descontado, huelga decir que soy demasiado púdico para aceptar la presencia de otros cuando me declare a usted.

Después de eso, me guiñó un ojo, acompañado de una sonrisa pícara. Puse mi mano sobre la suya y la acaricié suavemente para confirmarle mis intenciones.

Comenzamos a tutearnos.

—Tengo tantas ganas de demostrarte mis sentimientos —dije.

—Te quiero.

—Creo que es una gran historia la que empieza.

Al día siguiente, cuando me subí a su barco a motor para nuestro pequeño crucero, llevaba la semiautomática Astra 400 en el fondo de mi bolso, pero no tenía intención de utilizarla. Como ya he dicho, había decidido improvisar.

En primer lugar le pedí que se dirigiese a alta mar, y el alcalde asintió sin rechistar cuando le precisé que, para no atentar a mi gran pudor, debía poner la mayor distancia posible entre la costa y nosotros antes de pasar a los preliminares.

Seguidamente, cuando estuvimos lejos de tierra firme, después de que detuviese el motor y dejase el barco a la deriva, le di lo que quería, era lo menos que podía hacer. El asunto acabó pronto, apenas el tiempo de un estornudo, pero creo que el alcalde estaba muy emocionado. Yo también, pero no por las mismas razones. Me sentía en el mismo estado febril que antes de mis partos.

Concluido el asunto, lamió mis pezones con la avidez de un lactante. Comprendiendo que tenía ganas de repetir, fingí que el amor me había abierto el apetito.

—De acuerdo —dijo—, comemos, repetimos, y así sucesivamente.

Ali Recep Ankrun sacó de su cesta tortitas turcas, en particular unas *pides* con feta y espinacas absolutamente deliciosas. Terminada la merienda, se colocó en la borda para mear, cosa que aproveché para empujarle con un remo de emergencia, tirándole al mar. Mientras se agitaba en el agua jadeando como un perro, le dije:

—Es por la muerte de mi padre.

—¿Tu padre?

—Un granjero de Kovata.

—No lo recuerdo.

—Un armenio. Lo mataste igual que mandaste matar a mi madre, a mi abuela y a mis hermanos. Tenías que pagarlo algún día. Por él y por los demás.

Su minusvalía le impedía mantenerse a flote y, además, apenas sabía nadar. Estaba perdiendo fuerzas y alarmándose. No podría decir si mugía, lloriqueaba o relinchaba pero, entre cada palabra, lanzaba horribles gritos de animal en el matadero.

—¿Gozabas cuando ibas a lanzar a toda esa gente al agua, a esas mujeres y niños?

—Cumplía órdenes.

A juzgar por la expresión de su boca, en la que el labio inferior estaba completamente abierto, me parecía que lloraba, pero no lo habría jurado.

—Si me salvas la vida —consiguió gritar en un último esfuerzo—, tendrás todo el dinero que...

Cloqueó algo más, pataleó todavía unos segundos, babeó gritites de conejo agonizante, desapareció bajo una ola y se hundió.

Sentí no haberle preguntado si había logrado echar mano al botín de la señora Arslanian. Parece ser que la gente dice siempre la verdad cuando sabe que va a morir.

Puse en marcha el motor del barco y, cuando volví a tierra, me fui al hotel para coger mis cosas y regresar al puerto, donde me subí al primer barco que zarpaba.

Una buena suma me bastó para conseguir una plaza de polizón. Era un carguero que transportaba uvas pasas, lana y pieles de buey. Su primera escala era Rumanía, desde donde volví a Francia en tren, inocente como un cordero recién nacido.

24. El judío que se ignoraba

París, 1938. Sucede con frecuencia que, cuando se ha sido feliz, nos damos cuenta demasiado tarde. Yo nunca tuve ese defecto. Aproveché tanto como pude los cinco años que siguieron y no tengo nada que decir de ellos, salvo que fueron hermosos. Hasta el drama que cambiaría nuestra vida, cuando un periódico acusó a Gabriel de ser judío.

Como decía el autor del artículo, había judíos por todas partes, no sólo en la banca o en la prensa, sino también «entre el pueblo, donde se les ha permitido integrarse» cambiando sus patronímicos.

Todo comenzó con el Imperio austrohúngaro. Para acabar con la práctica de los judíos de darse sobrenombres hereditarios, se les atribuyeron, voluntariamente o a la fuerza, patronímicos germánicos que, a menudo, sonaban bien, como Morgenstern (estrella de la mañana), Schoenberg (bella montaña), Freudenberg (monte de la alegría), así como nombres de ciudades: Bernheim, Brunschwig, Weil o Worms.

En Francia, el decreto napoleónico del 20 de julio de 1808 dio derecho a los funcionarios del estado civil a elegir ellos mismos el apellido de los inmigrantes judíos. Algunos fueron llamados arbitrariamente Anus, que ellos transformaron más tarde en Agnus. A otros se les atribuyeron, como en el otro lado del Rin, nombres de ciudades o pueblos: Caen, Carcassonne, Millau o Morhange.

Del mismo modo, el nombre de Picard no tiene relación forzosa con la Picardía. Se trata en muchos casos de una traducción libre de Bickert o Bickhard. Ese patronímico forma parte de los que, como Lambert o Bernard, versión francesa de Baer, pueden prestarse a confusión. Como escribió un día el tío Alfred, «los judíos se esconden por todas partes, incluso detrás de apellidos franceses».

A finales de los años treinta, ciertos autores célebres empezaron, a instancias de Henry Coston, a acorralar judíos en las trincheras patronímicas bajo las que se escondían. Hacían salir de su agujero a los Cavaillon, Lunel, Bédarrides o Beaucaire.

Nuestra desgracia fue que Gabriel se llamase precisamente Beaucaire. El 8 de enero de 1938 un artículo de Jean-André Lavisse en *L'Ami du peuple,* panfleto que durante mucho tiempo tuvo una tirada de un millón de ejemplares, denunciaba en primera plana y a tres cuartos de página en el interior los orígenes judíos de mi marido. Me caí de espaldas. Él también.

Bajo el titular «Búsquedas de judíos», el artículo, tan envenenado como informado, revelaba que Gabriel procedía, por rama paterna, de una larga estirpe judía, e incluía numerosos nombres y un árbol genealógico. Un trabajo aparentemente impecable que se remontaba hasta la llegada de sus ancestros a Francia, en 1815. Parecía una ficha policial.

L'Ami du peuple anunciaba que Gabriel preparaba a escondidas una hagiografía del «judío y calumniador del cristianismo Salomon Reinach». Lo acusaba también de haberse infiltrado «viciosamente» en los medios de extrema derecha por encargo de la LICA, la Liga Internacional Contra el Antisemitismo, y de estar en contacto con varios de sus dirigentes desde hacía mucho tiempo.

Según Jean-André Lavisse, Gabriel era un «indicador» que colaboraba con los servicios policiales del antiguo presidente del Consejo socialista Léon Blum, el «híbrido étnico y hermafrodita», a quien era cercano y para el que redactaba notas cuando no pasaba información de todo tipo a los enemigos de Francia, la LICA en primer lugar.

El periódico daba nombres y debo decir que conocía al menos uno, Jean-Pierre Blanchot, uno de los mejores amigos de Gabriel, quien me lo había presentado siempre como profesor de historia, pero nunca como lo que era: uno de los contactos obreros de la Liga.

El día de la publicación de *L'Ami du peuple,* Gabriel vino a verme de improviso a La Petite Provence. Yo estaba cascando huevos en un cazo de leche para preparar mi famoso flan de caramelo cuando entró en la cocina. Tenía el rostro descompuesto, y comprendí enseguida que la situación era grave. Cuando me explicó el problema, le pregunté:

—¿Sabías que eras judío?

—Claro que no. Nadie lo sabía en la familia. Si no, ¿crees que el tío Alfred, con lo antisemita que era, nos habría acogido como lo hizo?

—Hay algo en lo que no había pensado antes y que me intriga: tu nombre de pila. ¿No resulta extraño que tus padres te llamasen Gabriel?

—Hay muchos no judíos que se llaman Gabriel como el arcángel. Es un nombre que existe en el judaísmo, el cristianismo y el islam. Rose, yo sabía que eso te daba igual, pero de haberlo sabido, te habría dicho enseguida que era judío. ¿Dónde está el problema? ¿Y por quién me tomas?

Cuando le pregunté si había hecho doble juego con la extrema derecha, como aseguraban en *L'Ami du peuple,* Gabriel respondió con otra pregunta, cosa que hacía a menudo y que, según el tío Alfred, era una de las principales características de los judíos en sociedad:

—¿Me crees capaz de jugar un doble juego?

—La verdad, me extraña un poco... pero bueno, no te niego que lo hubiese preferido.

Gabriel no dijo nada más: simplemente me besó en la cara, en el lugar de costumbre, entre la sien y el ojo. Me atreví a creer que había interpretado de manera correcta el sentido de su gesto, pero no conseguí preguntarle, por temor a quedar decepcionada con su respuesta. Sobre todo, me sentía aturdida. Acababa de recibir una de las grandes lecciones de mi vida: nunca se llega a conocer a alguien, incluso si se vive con él.

Si había conseguido ocultarme sus verdaderas convicciones políticas, no estaba a salvo de otras sorpresas. Empecé a imaginar que Gabriel me engañaba. Mientras yo sudaba en mi cocina, nada le impedía poner su arte del disimulo al servicio de una doble vida sentimental, teniendo en cuenta además que, después de tantos años, sentía menguar su deseo.

Pasaba a la acción con menos frecuencia y, además, terminaba la tarea con mayor rapidez. Por las noches, mientras dormía a mi lado, fantaseaba sobre sus supuestas infidelidades, y en esas ensoñaciones le veía cabalgar a una de esas chicas fáciles que, en los cócteles, giraban a su alrededor comiéndoselo con los ojos.

Todavía podía soportar el espectáculo de sus agitaciones dentro de mi cráneo, pero no aguantaba ni los gruñidos ni los gritos de placer agónico en mi pensamiento. Esos suplicios nocturnos dejaban dentro de mí una especie de sopor atroz del que me costaba reponerme y que hacía que me levantara con cara de muerto viviente.

Cuanto más lo pensaba, menos dudaba de que tenía el perfil de marido adúltero. No me hablaba nunca de lo que hacía durante el día y además era como si no se sometiese a ningún tipo de horario. Trabajaba mucho, pero sólo cuando le parecía. Era, además, una persona de humor constante, lo que no era mi caso, y nunca olvidaba las pequeñas atenciones, como los ramos de flores, que sonrosaban mis mejillas y que nosotras las mujeres sabemos bien que permiten a los esposos volubles comprarse una buena conciencia por poco dinero. Sin embargo, la agencia Duluc Detectives de la rue du Louvre me confirmó, después de un mes de seguimiento, que Gabriel estaba inmaculado.

Tras las revelaciones de *L'Ami du peuple,* Gabriel se encontró de la noche a la mañana sin trabajo: antisemita para los judíos y judío para los antisemitas, estaba quemado en ambos bandos. Debo reconocer que fue sobre todo para tenerle vigilado por lo que acabé convenciéndole, no sin esfuerzo, de que trabajase conmigo.

Había traspasado el local de la rue des Saints-Pères para adquirir un nuevo restaurante, bastante más grande, que abrí semanas después, en la plaza del Trocadero, conservando el nombre de La Petite Provence. Allí fue donde Gabriel y yo nos convertimos, durante un tiempo, en los reyes de París junto a nuestro gato Sultán, que había comprado para que cazase ratones, tarea que cumplía con consumado arte y distinción sin igual.

25. Días despreocupados

París, 1938. Días después de que el artículo de *L'Ami du peuple* cambiara nuestras vidas, Adolf Hitler se anexionaba Austria. El tiempo justo de meter las tropas alemanas en el país natal del *Führer,* entre los aplausos de la población, y de que el Anschluss fuera decretado el 13 de marzo.

Mientras Hitler eructaba sus palabras victoriosas sobre el balcón del Hofburg, en la plaza de los Héroes de Viena, ante una muchedumbre enardecida, Himmler cerraba las fronteras dejando atrapadas a las ratas, los piojos, los judíos y todos los enemigos del régimen que pretendía erradicar de la faz de la tierra.

Ese acontecimiento no me afectó particularmente. Cuando Gabriel y yo hablábamos del nazismo, no llegábamos a inquietarnos. Berlín era un manantial de cultura del que soñábamos beber. La cultura alemana, en plena explosión creadora gracias a Thomas Mann o Bertolt Brecht, parecía protegerla de todos los males.

Estoy segura de no haber leído siquiera los periódicos que relataban las últimas tropelías de Hitler. Estaba tan confiada como desbordada. En el grueso libro de registro del restaurante donde anotaba todo he encontrado que, el día del Anschluss, recibía al diputado del distrito XVI, Édouard Frédéric-Dupont, que había reservado mesa para cuarenta personas. El gran defensor de las porteras, del que se decía que sería diputado hasta su muerte y luego senador.

Un personaje con cabeza de garfio, andares de ciempiés y mirada inquisidora. Le tenía en mucha estima y era un cliente asiduo de La Petite Provence. Si hacemos caso a la nota que figura en la parte inferior de la reserva, había pedido un único menú que incluía, como plato principal, mi inimitable brandada de ajo y patata. A mi edad, creo que ha llegado la hora de desvelar el secreto de mi receta: añado siempre un poco de guindilla al puré.

El 30 de septiembre de 1938, cuando se firmaron los acuerdos de Múnich que permitieron el desmantelamiento de Checoslovaquia en beneficio de la Alemania nazi, yo todavía tenía la cabeza en otra parte: era el cumpleaños de Garance y lo celebrábamos, como todos los años, en el restaurante, con mi inigualable suflé de cangrejo con salsa de langosta, que era su plato preferido. Todavía recuerdo que en la mesa de al lado estaba Yvette Guilbert, cenando con dos damas ancianas, y que cuando nuestra hija sopló las velas vino a cantarnos *Madame Arthur:*

> *Chacun voulait être aimé d'elle.*
> *Chacun la courtisait, pourquoi*
> *C'est que sans vraiment être belle*
> *Elle avait un je-ne-sais-quoi.*[*]

[*] Todos querían ser amados por ella. / Todos la cortejaban, ¿por qué? / Sin ser demasiado hermosa / Había en ella un no sé qué. *(N. del T.)*

Mientras yo daba de comer sin parar en La Petite Provence, al otro lado del Rin se precipitaban los acontecimientos. No puedo decir qué estaba haciendo durante la Noche de los Cristales Rotos, entre el 9 y el 10 de noviembre de 1938, cuando se levantó la veda de la caza de judíos en toda Alemania. Seguramente no hacía el amor con Gabriel, pues el tema se había convertido en algo bastante raro. La hipótesis más probable es que yo estuviese intentando ahogar mi insomnio en vino de oporto.

A simple vista, ese gigantesco pogromo me atravesó sin tocarme. Tras esos incendios de sinagogas, esos pillajes de tiendas y esos treinta mil judíos detenidos, al menos hubiese debido inquietarme por Gabriel. Tanto más cuando incluso los judíos alemanes fueron condenados a vender por sumas ridículas todos sus bienes, casas, empresas u obras de arte, antes del 1 de enero del año siguiente. Tanto más cuando, además, se les prohibió *ad vitam aeternam* ir a la piscina, al cine, a conciertos, a museos, al colegio, tener teléfono o permiso de conducir.

Vivíamos despreocupadamente, y si Gabriel y yo hubiésemos tenido que morir por algo, habría sido por nuestros hijos o el restaurante. Como los tres iban bien, todo iba bien y en el mejor de los mundos, por utilizar una expresión estúpida. Mi marido la repetía una y otra vez, y cuando me veía deslomarme en la cocina me recomendaba la lectura de los grandes sabios de la Antigüedad, como Epicuro, del que citaba a menudo esta frase: «El que no sabe contentarse con poco no sabrá nunca contentarse con nada».

Un día, le molesté respondiéndole con otra cita de Epicuro que le dejó sin aliento durante un buen rato: «Apresurémonos a sucumbir a la tentación antes de que se aleje».

Yo sucumbí a ella una noche que Gabriel se había quedado en casa cuidando de los niños. Fue con uno de los directores de las galerías Félix Potin. Un mocetón con hombros de leñador que olía a cigarro puro y agua de colonia, el tipo de hombre hecho para interpretar el papel de Maupassant en el cine. Comía siempre solo y, en esos últimos tiempos, parecía esperar el momento en que, antes del final del servicio, yo saludaba a todos los clientes. Me había dado cuenta de que iba detrás de mí una semana antes, cuando había puesto su mano sobre la mía y había balbuceado algo que creí comprender y que preferí no hacerle repetir.

Esa noche el servicio había terminado antes que de costumbre, yo había mandado a casa al personal antes de medianoche, cuando no quedaba más que un cliente que, en la sala, cerca de la puerta, fantaseaba ante su copa de armañac: Gilbert Jeanson-Brossard, que es como se llamaba mi tentación.

Me senté a beber un vaso de armañac con él y lo apuré en la cocina, después de que me hubiese tomado de pie y por detrás, apoyada en la encimera. No era de los que trataban con suavidad a su montura, pero me gustó mucho y, cuando se apartó, solté:

—Gracias.

—La mujer no debe agradecer nada, sino el hombre, porque la mujer da, y el hombre no hace más que recibir.

—Si me lo permite, me temo que es justo lo contrario.

—No. Aunque sí lo sea físicamente, no lo es en la realidad, lo sabe usted bien.

La frente alta, los rasgos regulares y el cabello castaño, Gilbert Jeanson-Brossard era un hombre muy guapo. El mejor hecho de los que he estrechado entre mis brazos. Sus grandes manos de trabajador físico me excitaban. Sólo con sentirlas sobre mí, bajo la blusa, me ponían la piel de gallina.

Aparte de los caballos, los restaurantes parisinos o la Costa Azul donde iba todos los veranos, tres temas que no agotaba nunca, su conversación era más bien corta. Era todo lo contrario a un intelectual. Había en Gilbert Jeanson-Brossard algo de rudo y animal que me trasladaba lejos de la deferencia de Gabriel. En dos o tres ocasiones dejó en mi cuello mordeduras violetas que me confirmaron que mi marido había dejado de mirarme, incluso si me cuidé de esconderlas bajo fulares incoherentes con la estación.

Gilbert Jeanson-Brossard tomó por costumbre venir todos los jueves por la noche, el día libre que se tomaba mi marido para dedicarlo a nuestros hijos. También él estaba casado, y aunque me encontraba hermosa y siempre muy deseable, no me pedía nada más que una monta semanal que añadía placer a mi felicidad.

26. Se declara la guerra

París, 1938. Durante varias semanas, Gilbert Jeanson-Brossard no solamente puso sal en nuestra pareja, sino que estrechó aún más, si aquello era posible, mis lazos con Gabriel. Al menos eso fue lo que creí.

Cada vez que me montaba, con sus maneras rápidas y salvajes, en la cocina del restaurante, volvía después a la habitación conyugal llena de amor hacia mi marido, al que solicitaba de inmediato bajo las sábanas, sin que mis esfuerzos fuesen siempre coronados por el éxito.

Descubrí así que la culpabilidad puede ser uno de los mejores fermentos del amor. A condición, no de darse, sino de prestarse a un adulterio en el que nunca se suelten las riendas: una relación de conveniencia, sin otro fin que el de gozar, como se dice en Marsella, respetando a todos. El general De Gaulle escribió que «el hombre no está hecho para ser culpable». La mujer, sí. Me gustaba sentirme espoleada por la sensación de que estaba haciendo algo malo.

No me disgustaba escuchar los reproches de Teo, cuyo acuario presidía entonces la cocina del restaurante y ante cuya mirada fornicábamos:

—¿Qué estás haciendo? ¡No se debe engañar al marido, joder! ¡En todo caso, no con treinta años! ¿Qué vendrá después?

Yo no tenía nada que decir en mi defensa, pero cambié el acuario de sitio para ahorrar a Teo el espectáculo de nuestros amoríos. A pesar de ello continuó recriminándome en un tono más moderado.

En su condición de *maître,* Gabriel conocía bien a Gilbert Jeanson-Brossard, que se había convertido en uno de los pilares de La Petite Provence, y les veía a menudo, no sin sentir escalofríos, charlar amigablemente. Parecían unidos por cierta complicidad secreta. Temía que esa complicidad aumentase a mis espaldas, pero nunca hubo, por parte de mi marido, ninguna insinuación ni sobreentendido del que pudiese deducir que tenía la mosca detrás de la oreja.

Hasta ese jueves memorable en el que anunció que se quedaba conmigo para el servicio de la cena.

—¿Y los niños? —pregunté.

—Lo he arreglado todo. Dormirán en casa de la niñera. Quiero tener tiempo para hablar contigo.

—¿Sobre qué? —dije con expresión falsamente asombrada, en desacuerdo con mis labios, que sentía temblar.

—Lo sabes muy bien.

Estoy segura de que aquella noche serví la peor comida de toda mi carrera de cocinera, al menos en lo que se refiere a los platos que no había preparado con antelación. Varios clientes se quejaron. Uno de ellos llegó incluso a devolver su pollo asado que estaba casi crudo, muslo y contramuslo nadando en un mar de sangre. Salí yo misma a la sala a excusarme ante un déspota con pajarita, disculpas que no aceptó:

—Por el precio que nos cobra, señora, sólo se puede decir una cosa: ¡esto es una vergüenza! ¡Una verdadera vergüenza!

Yo sabía cómo tratar a ese tipo de petimetres. Se calmó en cuanto le anuncié que invitaba la casa y que, a modo de compensación, le obsequiaríamos con una botella de champán.

Al final del servicio, durante mi vuelta por la sala, me detuve con naturalidad ante Gilbert Jeanson-Brossard, que murmuró, con la mano delante de la boca como si tuviese miedo de que Gabriel leyese sus labios:

—¿Qué hace él aquí?, ¿puedes decírmelo?

—No lo sé.

—¿Está al corriente de lo nuestro?

—Me temo lo peor.

—¿Quieres que me quede?

—No creo que sea una buena idea.

Cuando se fueron todos, Gabriel, tras cerrar la persiana metálica, entró en la cocina, donde yo estaba recogiendo con un vaso de Pinot Noir en la mano. Avanzó hacia mí y me abrazó por detrás como hacía Gilbert Jeanson-Brossard.

Terminada la cosa, me dijo mirándome a los ojos, mientras se subía el pantalón:

—¿Y bien?

—Ha estado bien —murmuré, aterrorizada, fingiendo una mirada amorosa.

—No tienes nada más que decir.

—No.

—¿No crees que me debes una explicación?

—Primero me gustaría saber de qué me acusas.

—Me has traicionado, Rose.

—No sé de qué me hablas.

—No pensarás que te voy a hacer un dibujo.

—Te estás imaginando cosas, Gabriel.

La mejor forma de hacerse perdonar las culpas es no confesarlas. No sé dónde lo aprendí, pero me ha servido mucho.

Insistió:

—¿Puedes decirme, mirándome a los ojos, que nunca me has engañado?

—Te lo puedo decir.

Me lo hizo repetir y le respondí de la misma forma. Parecía consternado.

—Estás mintiendo —soltó con voz monocorde.

No estaba mintiendo. Él era mi único amor, y eso incluía lo que hacía con Gilbert Jeanson-Brossard, tonterías que, en mi opinión, no tenían consecuencias: el amor con él no era amor.

Los desvíos no destruyen el amor. Al contrario, lo despiertan, lo nutren, lo conservan. Si los cornudos lo supiesen, serían menos infelices.

Es otra cosa que los hombres deberían comprender en lugar de ponerse como fieras, como Gabriel, por fruslerías adúlteras y aventuras sin consecuencias. En lugar de eso, se arruinan la vida y, de paso, también complican la nuestra.

—Siempre he sido fiel —le dije con la mirada pura de la buena fe.

—Sí, fiel a tu marido y a tus amantes.

No sé quién se lo había dicho, sin duda un camarero al que acababa de despedir, pero Gabriel sabía lo que pasaba los jueves por la noche entre Gilbert Jeanson-Brossard y yo. Lo sabía hasta en los detalles más crudos, como acababa de demostrarme, pero nunca me lo dijo, ni siquiera después de anunciarme con expresión de dignidad ofendida que me iba a abandonar y pedir el divorcio.

—Después de lo que me has hecho —dijo—, al menos debes dejarme a los niños.

—No tienes derecho —exclamé.

Empecé a temblar.

—Has cometido una falta, debes expiarla —insistió.

Yo temblaba cada vez más.

—No tienes derecho —repetí.

Se quedó un tiempo mirándome sin decir nada, y después:

—Te has pasado la vida haciendo concesiones. ¿No puedes al menos hacerme una a mí, sabiendo que te has equivocado?

Ya no conseguía controlar los temblores.

—Es una cuestión moral —prosiguió—. ¿Lo puedes comprender?

—Haré lo que tú quieras.

—Te dejo el restaurante y el piso, pero me quedo con los niños.

Me sentía destrozada. Ya no recuerdo la fecha exacta de nuestra ruptura, pero estábamos en los primeros días de septiembre de 1939 y no hace falta decir que me dio completamente igual que, el 2 de ese mismo mes, Francia y Gran Bretaña declararan la guerra a la Alemania nazi, que acababa de invadir Polonia.

Gabriel lo había previsto todo. Abandonó el domicilio conyugal esa misma noche y empezó a trabajar, al día siguiente, en uno de los grandes restaurantes de Montparnasse, Le Dôme. En cuanto a mí, lloré sin parar durante veinticuatro horas y luego, de forma intermitente, los días siguientes.

Después de aquello, hice todo lo posible para no pensar. Me lancé al estudio de la fitoterapia, la ciencia de las plantas medicinales, inspirándome especialmente en las enseñanzas de Emma Lempereur, de mi abuela, de Hipócrates y de Galeno, el médico del emperador Marco Aurelio. Creé, bajo la marca Rose, mi propia gama de pastillas para estar en forma o para dormir, con un logotipo floral dibujado por mí misma. Empecé a dar clases particulares de alemán y de inglés, que me impartía un deslumbrante joven ayudante de cátedra pero que no despertaba nada en mí. Estudié también italiano con un viejo profesor. Trabajaba horas y horas en el restaurante hasta que caía rendida, y me quedaba a dormir en la sala, en una cama plegable.

Nada que hacer. Una pena de amor es como la muerte de una madre o de un padre: no se cura jamás. Tantas décadas después, y la herida sigue sin cerrarse.

27. Para dar ejemplo

París, 1939. Después de que Gabriel se fuese de casa con nuestros hijos, una enorme bola empezó a pudrirse en mi estómago. Puse nombre a ese dolor que te roe la carne y que todos sufrimos dos o tres veces en la vida: el cáncer de la pena.

Había sembrado su metástasis por todas partes y sobre todo en mi cerebro, que, negándose a detenerse o concentrarse, daba vueltas en el vacío. Sin olvidar los pulmones, que respiraban a duras penas; el gaznate, que no dejaba pasar nada; ni las tripas, que se retorcían a menudo entre retortijones.

Cuando cesaron las crisis de llanto, la bola se quedó y la pena continuó. Décadas más tarde, sigo sintiendo el desgarro en el pecho, en un lugar muy preciso bajo los pulmones. Estoy segura de que ahí hay un tumor. A Dios gracias, nunca se ha extendido. Gracias a mi alegría de vivir. Gracias a Teo, que me ayudó a aguantar el golpe. Cuando le anuncié la noticia, mi salamandra me dijo:

—Te había avisado, estúpida.

—Nunca lo superaré.

—Espero que a partir de ahora me escuches. Así que sonríe, sonríe todo el rato y verás, todo irá mejor.

Fue lo que hice y funcionó un poco, aunque mucho tiempo después y hasta hoy mismo sigo sintiendo una desazón interior, una devastación íntima, una quemazón sentimental.

Iba a Notre-Dame dos veces por semana con la sonrisa puesta a encender velas para que Gabriel volviese. Sin éxito. Cada vez que oía un ruido en la escalera, pensaba que la Virgen me había escuchado y esperaba, con el corazón en un puño, el chirrido de la llave en la cerradura. Pero no, siempre era el vecino o una falsa alarma.

Cuando veía a Gabriel para devolverle o recoger a los niños, su cuerpo estaba tenso como un arco. Nunca pronunciaba una palabra más alta que otra, pero mantenía un gesto sombrío y hablaba con una voz gutural que no le conocía, con los dientes apretados, como un ventrílocuo. Por esa razón me costaba comprenderle y debía hacerle repetir a menudo lo que decía.

Dieciocho días después de nuestra ruptura, había recobrado cierta esperanza. Así que le lancé una mirada suplicante, que él imitó con una mueca de desprecio:

—No creo en la resurrección. Ni de los muertos ni del amor.

—Los renacimientos existen.

—No. El árbol muerto brota por la raíz, pero nunca vuelve a crecer bien.

Una vez más, Gabriel no había articulado en condiciones lo que decía y le pedí que me lo repitiese empleando esa expresión ya en desuso en la época y que, desgraciadamente, ha desaparecido desde hace mucho tiempo: «¿Mande?». Sonrió con una sonrisa indefinible en la que creí entrever ternura, y que me dejó pensar que no todo estaba perdido entre nosotros.

Ahora que no lo tenía a mi alcance, lo quería más de lo que nunca lo había querido. La prueba es que sentía la boca seca todo el día, como cuando la pasión se halla en su apogeo. No dejaba de pensar en Gabriel y había vuelto a serle fiel, interrumpiendo de la noche a la mañana toda relación con Gilbert Jeanson-Brossard, cuya sola visión me horrorizaba y que, a petición mía, dejó de frecuentar el restaurante.

Mientras Gabriel no volviese, para mí el amor había terminado. En cuanto algún hombre ponía en marcha alguna maniobra de aproximación, no sentía más que asco y le soltaba, con tono misterioso, para desanimarle:

—Disculpe, estoy con alguien.

Durante meses, escribí a Gabriel casi a diario para pedirle perdón, citando pasajes de los Evangelios que apoyaran mis argumentos. Nunca me respondió. Hasta un domingo de 1940 cuando, al llevarle a los niños por la tarde, me llevó aparte y me dijo:

—¿Por qué quieres que te conceda el perdón que me pides?

—Por la redención, Gabriel. Todos tenemos un deber de redención.

—A condición de que sea recíproco. Las bonitas palabras del Evangelio no son creíbles cuando salen de tu boca, Rose. Eres ruin y vengativa, siempre te ha asqueado la idea del perdón. ¿Cómo podría perdonar a alguien que ha sido siempre incapaz de perdonar?

—No comprendo lo que quieres decir.

A modo de respuesta, Gabriel lanzó un gran suspiro y citó el Deuteronomio: «No tendrás compasión del culpable, sino que le obligarás a devolver vida por vida, ojo por ojo, diente por diente, mano por mano, pie por pie».

—Ésa es tu filosofía, ¿no? —preguntó.

Gabriel me conocía demasiado bien. En aquel instante tuve una iluminación. Comprendí lo que necesitaba hacer para sentirme mejor. Sería cosa de dos o tres días, no más. Mi salud tenía un nombre, el del comandante Morlinier, que, por haber amargado los últimos años de los Lempereur tras haber condenado a su hijo a muerte, merecía figurar en lo más alto de la lista de mis odios.

Sabía dónde encontrarlo y aligerar así durante un tiempo mi bola de pena. Hacía años que recogía información sobre Charles Morlinier. Los plenos poderes que había alcanzado el mariscal Pétain, otro aprendiz de carnicero de la guerra del 14, de quien era compañero de batallas y correrías, habían relanzado su carrera. Tras haber sido nombrado por el nuevo jefe del Estado miembro del Consejo y comendador de la orden de la Legión de Honor, estaba a punto de ser presidente del consejo de administración de Correos.

Tiempo atrás, mientras vegetaba en un puesto subalterno en la Dirección de Aguas y Bosques, Charles Morlinier, ascendido a general en 1925, había presidido durante tres años la Asociación de Amigos de Édouard Drumont. Nos habíamos visto varias veces cuando, junto a Gabriel, preparábamos el «acontecimiento Drumont». Un personaje de pose rígida y rostro amarillento, con una nariz como un cuchillo de cocina y las orejas despegadas. Cuando se desplazaba, parecía que pasaba revista a las tropas. Se le oía siempre venir de lejos: los refuerzos metálicos de las suelas de sus zapatos castañeteaban como herraduras de caballo.

Sin ser aristócrata, al general Morlinier la palabra «nobleza» no se le caía de la boca, una boca de lameculos degenerado. Nobleza en el combate, nobleza de sentimientos, nobleza de la raza francesa. Hablaba desde el vientre, con aspecto crispado, como si tuviera un nido de víboras retorciéndosele dentro. Junto a eso, siempre la misma expresión de las falsas estatuas antiguas del siglo XIX.

Fue un asunto que llevé a cabo con suma eficacia. Tenía previsto dejar las llaves del restaurante a mi número dos en la cocina, Paul Chassagnon, un gordo pelirrojo. Con él estaba segura de que todo iría bien. Pero los acontecimientos se precipitaron, bullían demasiado dentro de mí, no pude controlarme. Me bastó una hora.

Charles Morlinier vivía en la rue Raynouard, en el distrito XVI de París. Disfrazada de matrona gorda, con unos cojines debajo del abrigo, y tocada con una peluca rubia, me planté antes del amanecer al pie de su edificio haussmaniano, con la idea de seguirle durante un día entero. Hacía fresco pero yo sentía calor, y las mejillas me ardían igual que si fuese a tener un orgasmo.

Salió de su casa a las siete y media, como un ladrón, y tuve que acelerar para que no se me escapase. Caminaba en dirección a la rue Passy, y cuando llegamos al cruce, corrí hasta él y le grité agarrándole de la manga:

—Jules Lempereur, el joven de Sainte-Tulle fusilado para dar ejemplo, ¿lo recuerda usted, general?

El general Morlinier no tuvo tiempo de contestar. No pude contenerme. Con aspecto de no entender qué pasaba, lanzó un grito extraño, una especie de balido, sus ojos se salieron de sus órbitas y su boca se quedó abierta, bajo el efecto de la sorpresa o del dolor, y después cayó de golpe como un paquete sobre la acera. Me pareció que había muerto antes de perder la sangre. Muerto de miedo.

Dudé si recuperar el cuchillo que le había clavado como una barrena en el pecho, pero al final lo dejé en medio de los borbotones sanguinolentos: no tenía ganas de mancharme.

Bajé inmediatamente por los jardines del Trocadero y lancé al Sena los guantes manchados, que tomaron en el agua la dirección de Ruan, y a continuación lancé la peluca, el abrigo y los cojines.

Después me dirigí al restaurante. Me sentía tan bien, como liberada del mal, que al llegar poco más tarde al trabajo Paul Chassagnon dijo:

—Señora, no sé qué le ha pasado pero es un placer verla de nuevo tan feliz.

28. Roja como un tomate

París, 1940. El 17 de junio, las tropas alemanas desfilaron por los Campos Elíseos como lo venían haciendo a diario desde su entrada en París, tres días antes. El aire temblaba, las calles estaban desiertas y amedrentadas.

Fue ese día el que eligió Heinrich Himmler para venir a cenar a La Petite Provence. Nunca entendí cómo acabó allí. El oficial alemán encargado de hacer la reserva y visitar el local había dicho que el *Reichsführer-SS* quería un restaurante con vistas a la torre Eiffel, lo que no era exactamente el caso de mi establecimiento, donde sólo se podía ver desde una única mesa en la terraza, y eso si estiraba el cuello.

Llegó sobre las diez, cuando ya había anochecido. Himmler no se preocupó por ver la torre Eiffel que, desde la explanada del Trocadero, parecía emerger como una nave de las tinieblas marinas. Resultaba evidente que el *Reichsführer-SS* no había venido a hacer turismo. Protegido por una decena de soldados y acompañado por otros tantos colaboradores, por no hablar de los cuatro camiones militares estacionados en la plaza delante del restaurante, trabajó hasta altas horas de la noche desplegando mapas y haciendo mucho ruido.

Los franceses teníamos prohibido circular en París entre las nueve de la noche y las cinco de la mañana, así que la mayoría de mis proveedores me habían fallado. Preparé la cena con lo que tenía. Fundamentalmente bacalao desalado y patatas.

Tras mi foie gras al oporto con compota de cebollas e higos como entrante, Himmler y sus compañeros degustaron mi célebre brandada de bacalao, seguida por una charlota de fresas, y por último mi festival de infusiones. Me había superado a mí misma.

Sin embargo, mi moral estaba a cero. A las doce y media de ese mismo día había escuchado por la radio el discurso del mariscal Pétain, que decía haber «otorgado a Francia el regalo» de su persona «para aliviar su sufrimiento», para después soltar con su voz de viejo estreñido su famoso: «Con el corazón encogido tengo que deciros que debemos cesar el combate». Numerosas unidades del ejército francés se rindieron de inmediato, así que el ministro de Asuntos Exteriores, Paul Baudouin, creyó necesario rectificar esa misma tarde las declaraciones del nuevo presidente del Consejo recordando que el Gobierno no había «ni abandonado la lucha ni depuesto las armas». Al menos, no aún.

Al final de la cena, Heinrich Himmler pidió verme. Me peiné y me maquillé rápidamente y me presenté a su mesa con el corazón acelerado, la boca seca y temblando como una hoja.

—Bravo —dijo Himmler, dando la señal para que sus colaboradores, que no le dejaban ni un momento, aplaudiesen.

—*Danke schön* —contesté con voz tímida.

Era la primera vez que veía a un mandatario nazi. Antes de la cena, Paul Chassagnon me había advertido que Himmler era el que se encargaba de hacerle el trabajo sucio a Hitler, un personaje repugnante que sembraba la muerte allá por donde pasaba. A primera vista, sin embargo, el *Reichsführer-SS* inspiraba confianza. De no haber sido por su enorme culo, parecía completamente normal, iba a decir humano, cosa que no puedo decir hoy, ahora que sabemos todo lo que sabemos. Creí incluso atisbar en su expresión una mezcla de respeto y compasión hacia nosotros los franceses.

Himmler me interrogó sobre mis infusiones y sobre las plantas medicinales a través de su intérprete. Mi alemán era demasiado rudimentario como para atreverme a responder en su lengua, todavía necesitaría unos meses para tenerlo a punto. Mientras tanto, impresioné al *Reichsführer-SS* por el nivel de mis conocimientos en fitoterapia.

—Está usted en lo cierto —dijo—. El futuro está en las plantas. Previenen, calman y curan. Puedo asegurarle desde ya que en el nuevo Reich que estamos construyendo habrá hospitales fitoterapéuticos. ¿Le parece una buena idea, señora?

Le di la razón. Tenía la mirada iluminada por un fervor interior, creía tanto en lo que decía que no daban ganas de contradecirle.

Para continuar seduciendo al *Reichsführer-SS* le dije que mis conocimientos se debían en buena parte a una gran alemana del siglo XII, Santa Hildegard von Bingen, que escribió mucho sobre plantas, y cuyas obras completas yo poseía. Para demostrarle que sabía de qué hablaba, añadí que el *Libro de las obras divinas* era uno de mis libros de cabecera.

Hizo una mueca extraña, como si se hubiese comido una gamba en mal estado o hundido sus escarpines en el barro. Yo no sabía todavía que Himmler tenía cuatro enemigos en la vida, por este orden: los judíos, el comunismo, la Iglesia y la Wehrmacht.

—El cristianismo —dijo con mirada severa— es una de las peores plagas de la humanidad. Sobre todo su rama oriental. Una religión que decreta que la mujer es un pecado que nos lleva a la tumba. Nos libraremos de él. No se salva nada, ni siquiera Hildegard von Bingen, que no era más que una benedictina histérica y frígida...

Compensé mi torpeza citando el *Ben Cao Jing* chino que, tres mil años antes de Jesucristo, inventariaba las plantas medicinales y celebraba el ginseng, que, al estimular la sexualidad de los machos, tanto ha hecho por la reproducción del género humano.

Se rio con la risa de un padre de familia después de que su hija le contara un chiste. Todos sus colaboradores le imitaron, pero con esa risa nerviosa y artificial que yo llamo risa del coro.

—Yo, en todo caso —exclamó poniendo a todos por testigos—, ¡no necesito ginseng!

—Nunca viene mal, ¿sabe?

Pedí al *maître* que fuese a buscar un surtido de una decena de mis frascos de pastillas. Por la mañana, cuando hay que tonificar el organismo, se toman las que están hechas a base de ajo, ginseng, jengibre, albahaca y romero. Por la noche, cuando hay que calmar los ánimos, las que son una mezcla de hipérico, melisa, valeriana, verbena y amapola de California.

Himmler me felicitó por la belleza de mis frascos y sus etiquetas a la antigua.

—*Es ist gemütlich* —dijo, y la mayoría de los oficiales repitió la última palabra. Rodeándole, parecían beber sus frases.

Tras anunciarme que quería continuar el «intercambio» conmigo, el *Reichsführer-SS* pidió a uno de sus colaboradores, un larguísimo fideo pálido, que apuntase mis señas.

—Volveré —dijo al marcharse—. No me gustan las cenas militares en los palacios. Me gusta mezclarme con pueblos como el suyo con los que vamos a trabajar para construir un mundo mejor, más limpio, más puro, con gente hermosa como usted.

Me puse roja como un tomate.

29. El hombre que nunca decía que no

París, 1942. Heinrich Himmler no dio más señales de vida durante cerca de dos años. Hasta que una mañana, dos SS se presentaron en el restaurante y arrasaron con mis existencias de píldoras Rose para estar en buena forma y para dormir. Eso sí, se empeñaron en pagarlas sin olvidarse de añadir una jugosa gratificación.

Volvieron dos meses más tarde. Los mismos: un retaco mofletudo y un delgaducho anguloso a los que llamaba Don Quijote y Sancho Panza. Llegué a la conclusión de que Himmler quintuplicaba las dosis, cosa que, sin embargo, no me parecía su estilo, por lo que sabía de su carácter organizado y metódico, que tomaba todo en serio, incluyendo, estoy segura, la posología que había impreso en los frascos.

A partir de ahí tuve que rendirme a la evidencia: con mis píldoras, que favorecían la energía y el descanso de uno de los grandes jefes nazis, estaba trabajando muy a mi pesar por la victoria final de Alemania.

Pero ¿qué podía hacer? Les ahorraré las broncas que me echaba mi salamandra: Teo estaba furiosa conmigo y, por una vez, debía darle la razón. Pensé por un momento en añadir arsénico o cianuro a mis píldoras, pero habría sido una estupidez: como todos los industriales de la muerte, el *Reichsführer-SS* era un gran paranoico; se beneficiaba, con toda seguridad, de los servicios de un catador, lo que podía explicar en parte el consumo excesivo. En realidad, para quitarlo de en medio, no veía más que un método: la trampa amorosa.

Yo era del agrado de Himmler, se veía a kilómetros, o al menos lo veía yo, y las mujeres no se equivocan en esas cosas. Ya que el amor hace perder la razón, pensaba que me bastaría dejar que el *Reichsführer-SS* viniese a mí, echarle el guante en el momento adecuado y llevarlo a un sitio tranquilo para liquidarlo. Eso me permitiría recuperar a Gabriel, que caería en mis brazos cuando le dijese, sin aliento tras haber subido seis pisos con setenta mil SS pisándome los talones:

—Cariño, acabo de matar a Himmler.

Estoy segura de que no hubiese podido resistirse. El reencuentro habría comenzado por un beso ardiente, antes de continuar, una vez los niños se hallasen en su dormitorio y la puerta del nuestro cerrada con llave, con una noche de pasión que habría terminado en el suelo o en la cama. Las circunstancias me llevan a pensar que elegiríamos la primera opción, después de que él me susurrara al oído, molesto por que gimiera como una loca:

—No hagas ruido. No olvides que los niños están al lado.

Lo había intentado todo para volver con Gabriel. Romper a llorar, suplicarle de rodillas, amenazar con suicidarme; hacer propósito de enmienda, para que aceptase empezar de cero. Sin éxito. Al final concluí que sólo el asesinato de Himmler podría encender de nuevo la llama extinta.

Era una idiotez, pero necesitaba encontrar algo. No conseguía hacerme a la idea de que mi causa estaba perdida y tenía varias razones para no creerle. Por ejemplo, persistía en llamarle «cariño», a veces «mi amor», y a él no le disgustaba. Un enrojecimiento en sus mejillas traicionaba incluso sus sentimientos cuando me humillaba a sabiendas, diciéndole «mi amor», con tono lastimero, en cada uno de nuestros encuentros.

—Te echo de menos todos los días que Dios me da. Al despertar, por instinto, mi mano todavía se mueve bajo las sábanas buscando tu espalda, tu cuello, tu brazo. Cuando vuelve de vacío se me encoge el corazón.

Un domingo decidí jugarme el todo por el todo. Había propuesto a Gabriel pasar el día en el Jardín de Plantas con los niños, y empezamos visitando el zoo. Era un bonito día de otoño en el que el sol, cansado del verano, se doraba en su blando cielo.

Estábamos en el pabellón de los monos, con los que conversaban los niños, cuando me llevé a Gabriel aparte y le propuse retomar el curso de nuestra historia donde lo habíamos dejado. Él se negó de una manera poco convincente:

—No estoy seguro de que sea bueno para nosotros, Rose. No nos precipitemos, dejemos pasar el tiempo.

—No somos nosotros los que decidimos el tiempo que nos queda. Es el destino. Sabes bien que no se puede confiar en él.

No me dijo que no. Es verdad que Gabriel nunca decía no, por miedo a herir. Me parece que nunca escuché esa palabra salir de su boca.

—Vamos a reflexionar —murmuró.

—El amor no se reflexiona —me indigné—. Se vive.

—Tienes razón. Pero tampoco se vuelve a poner en marcha con un chasquido de dedos. Cuando ha sido herido, hay que dejarle tiempo para recuperar las fuerzas.

—Deberíamos dejar de hacernos daño, tú y yo. Estamos hechos el uno para el otro. Asumamos las consecuencias —le cogí de la mano—. ¿Estás con alguien? —pregunté.

—No, con nadie.

—Entonces, me gustaría que me dieses una segunda oportunidad.

—En la vida no hay segundas oportunidades, Rose.

—La vida no merecería ser vivida si no hubiese segundas oportunidades.

—Pues bien, precisamente yo me pregunto cada vez más si lo merece.

—No tienes derecho a hablar así, querido.

Cogí su rostro con ambas manos y besé a Gabriel con una fogosidad que su resistencia hacía ridícula. Tenía la boca seca. Me dejó un regusto a humus, un aroma a hojas viejas en descomposición.

—Gracias —dije cuando retiró sus labios—. ¿Me has perdonado?

Negó con la cabeza y me eché a llorar. Sacó del bolsillo un pañuelo a cuadros y me secó el rostro con una sonrisa de sufrimiento.

Menuda cara tenía. A Dios gracias, los niños estaban demasiado ocupados tirando cacahuetes a los monos.

—Si continúo rechazándote así —murmuró mientras terminaba de secar mis lágrimas—, soy yo el que acabará sintiéndose culpable.

—No des la vuelta a las cosas, Gabriel. Cuando pienso en lo que hice, me doy asco. Estoy terriblemente avergonzada. Yo soy la única culpable.

—No, seré yo si me niego a pasar página. Pero lo haré, necesito que me dejes dos o tres meses y creo que entonces podremos amarnos de nuevo, como los primeros días.

Nos quedamos un instante en brazos el uno del otro. Pero eso no gustó a los niños, que empezaron a separarnos tirando cada uno por un lado. Querían ir al pabellón de los cocodrilos.

Esa noche, cuando volví sola a casa, me parecía que el aire era música.

*

Las semanas siguientes, Gabriel continuó usando conmigo la estrategia de evitarme, que no hacía tanto tiempo me horrorizaba y que a partir de ese momento me enternecía. Su mirada se volvía cada vez más huidiza. A veces, queriendo decirme algo, se acercaba a mí y se quedaba paralizado, con la boca abierta, como si las palabras se hubiesen estancado. Fingía no estar nunca libre para pasar un domingo conmigo y los niños en el Bois de Boulogne o en otra parte. Pero mentía tan mal que resultaba patético.

Todas eran señales que demostraban que había en Gabriel una gran ebullición interior, y aquello no me disgustaba: iba por el buen camino. Pasaba lo mismo cuando se quejaba de migrañas o me daba cuenta de que había perdido una decena de kilos. El día que me informó de que sufría dolor de estómago, pensé que lo tenía en el bote. En varias ocasiones, estando yo en la cocina, me quemé la mano o la muñeca adrede, porque pensaba que era la mejor forma de acelerar su regreso. Mi superstición me decía que había que sufrir para obtener lo que se quiere.

Otra vez dejé una piedra en el zapato durante un día entero y cuando, para poner fin a mi calvario, me la quité antes de ir a acostarme, tenía la plantilla llena de sangre.

Una noche me clavé un tenedor en el dorso de la mano y me dañé uno de los cinco huesos del metacarpo: me avergüenza decirlo, pero creí escuchar una voz que susurraba que Gabriel volvería si lo hacía.

La voz me había engañado. Un domingo, cuando fui a buscar a los niños para pasar el día con ellos, Gabriel les pidió que fuesen a jugar a su habitación y me anunció en voz baja que había decidido irse a vivir con ellos a Cavaillon.

—No puedes hacerme eso —protesté—. ¿Qué voy a hacer sin ellos?

—No tengo elección, Rose.

—Si se van a la Provenza, no podré verlos, imagínate cómo será mi vida.

—Te lo vuelvo a repetir, tengo que marcharme. Hay una campaña en la prensa contra mí.

—¿Dónde?

—En los periódicos donde hacen estragos nuestros antiguos supuestos amigos. ¿No estás al corriente?

—No lo sabía.

—Me llaman judío, semita, cerdo y traidor en todas las columnas.

Fue a buscar un periódico a su habitación y volvió declamando:

> Édouard Drumont evocaba antaño al «oblicuo y cauteloso enemigo» que ha invadido, corrompido y atontado Francia hasta el punto de «romper con sus propias manos todo lo que la había hecho antaño poderosa, respetada y feliz». Entre los que mejor se corresponden con esta definición, uno de los primeros rostros que me vienen a la mente, está Gabriel Beaucaire, falso amigo, falso escritor, falso patriota y falso *maître,* pero auténtico traidor ante el Eterno. Reúne todas las características del semita: codicioso, intrigante, sutil y astuto. Su traición sin límites ha permitido a ese vil personaje integrarse entre los nuestros para espiarlos y revender después sus supuestas informaciones, sin vergüenza alguna, a nuestros peores enemigos. Ha llegado el momento de acabar con los individuos de esa clase en general y con éste en particular, que, para desgracia de sus vecinos, está domiciliado en la rue Rambuteau, 23.

Agitaba el periódico como si fuese un trapo lleno de ácido que le quemara las manos:

—Toda la prensa antisemita se ha puesto manos a la obra. *Je suis partout* y los demás. Desde hace tres días. Un auténtico bombardeo, me extraña que nadie te lo haya comentado.

—No leo esa basura...

—Ahora entenderás mejor mi inquietud, ¿verdad?

—Claro que la entiendo, y puedes contar conmigo, querido.

Yo temblaba y transpiraba como una enamorada antes del primer beso, pero Gabriel se mantenía a distancia con una expresión de asco en el rostro, y dio un paso atrás en cuanto yo di otro en su dirección. Es cierto que un olor a orín y a vinagre flotaba a mi alrededor. Me quedé inmóvil para no expandirlo.

Reconocí enseguida ese olor: era el del miedo, el que sentía por él y por mis hijos. Mi cáncer de la pena atacaba de nuevo, y permanecería conmigo hasta el final de la guerra.

—En el trabajo, esta campaña de prensa ha puesto a mis jefes en una posición incómoda —dijo—. Son más amables que de costumbre, siento que me apoyan. Pero no podrán aguantar indefinidamente. Prefiero adelantarme a los acontecimientos y marcharme lo antes posible. Lo siento.

—Puedo quedarme con los niños —dije con voz suplicante.

—No sería buena idea, Rose. La sentencia de divorcio decidió lo contrario y sabes muy bien que no vas a tener tiempo de ocuparte de ellos. Una infancia en la Provenza, en medio de la naturaleza, es lo mejor que podemos ofrecerles.

Fingí que tenía una idea brillante:

—He encontrado la solución, querido. Puedo alojaros y esconderos en mi casa, bueno, nuestra casa, en la rue du Faubourg-Poissonnière, inmediatamente, hasta que pase el temporal.

—¿Me estás proponiendo volver a casa?

—No temas. Si no tienes ganas de mí, sabré aguantarme: no te violaré ni te tocaré.

—Eso espero. Pero tengo miedo de no poder resistir la tentación.

Sonrió, y yo adoré aquella sonrisa.

—De todas formas, algún día tenías que volver.

—Tenía, sí...

Hubo un silencio. Mi corazón parecía desbocado y podía oír el latido de la sangre en mi cabeza. Acabó suspirando:

—Quedarse es absurdo: París es una ratonera.

—Todos los fugitivos te dirán que París es mejor escondite que la provincia.

—No en tiempo de guerra, Rose. Estoy fichado como judío. Si me quedo en París, tendré que llevar la estrella amarilla a partir del 7 de junio.

—¿La semana que viene?

—Sí, acaban de promulgar la orden. Los niños y yo seremos corderos en la boca del lobo, incluso cuando no tengo intención de llevarla.

—¿Por qué no vas a explicar al ayuntamiento que no eres judío?

—Sabes bien que no es tan simple: si las autoridades han decidido que soy judío, por culpa de mi nombre o de cartas de denuncia, no puedo aportarles la prueba de lo contrario. Mi cara y mi sonrisa no bastarán para convencerlos. En los tiempos que corren, cuando eres judío es de por vida.

—Sólo te pido un favor —dije—. Quédate hasta el día de mi cumpleaños.

Balanceó la cabeza con esa seductora sonrisa que siempre me había vuelto loca:

—Treinta y tres años, no puedo dejarlos pasar.

—Tienes razón, sólo sucede una vez.

—Sólo tengo que mudarme sin tardar para fundirme en la masa. Hace unos días vi un apartamento de alquiler cerca de tu casa, en la rue La Fayette. Si todavía está libre, lo cogeré y me mudaré con un nombre falso.

Me acerqué para besarlo, pero Gabriel se metió en su habitación para dejar el periódico en la mesilla de noche.

30. Una comida campestre

MARSELLA, 2012. Cuando Samir el Ratón llamó a mi puerta, era más de la una de la mañana. Mamadou acababa de dejarme en casa y yo estaba preparándome un baño. Antes de meterme en el agua, me desnudaba escuchando una canción de Patti Smith, *People Have the Power*.

Si pudiese rehacer mi vida, la suya me habría gustado: cantante, músico, pintora, poeta, drogadicta, fotógrafa, activista, escritora, madre de familia; Patti Smith lo ha hecho todo. Estoy segura de que grabará su nombre en la Historia de las mujeres, esa que los hombres lamentan vernos escribir.

Una noche que Patti Smith dio un concierto en Marsella, vino a mi restaurante después del espectáculo y me hice una foto con ella y su sonrisa de dientes podridos. Figura en un lugar destacado en mi Panteón de Grandes Mujeres.

Hice esperar a Samir el tiempo de ponerme un albornoz y cerrar el grifo de la bañera y, cuando le abrí, estaba ostensiblemente enfurruñado. Forma parte, hasta la caricatura, de lo que yo llamo la generación «todo-y-ahora-mismo». La que parece que siempre tiene trenes y aviones que perder cuando en realidad tienen todo el día libre. La que no sabe, al contrario que la mía, saborear cada gota de vida que Dios le da.

Samir tenía su *tablet* digital en una mano y me tendió la otra con aire pretendidamente amenazador:

—Mi investigación avanza. Tengo algo increíble que enseñarte.

—Enséñamelo.

—Antes, quería contarte la última historia que circula en la Red.

Entró y se sentó en el sofá del salón sin que le invitase.

—¿Qué pasa —comenzó— cuando una mosca cae en una taza de café durante una reunión internacional? —dejó pasar un instante de silencio y continuó—: El americano ni lo toca. El italiano tira la taza con el café. El ruso se bebe el café con la mosca. El chino se come la mosca y tira el café. El francés tira la mosca y se bebe el café. El israelí vende el café al francés, la mosca al chino, y se compra otro café con el dinero. El palestino acusa a Israel de haber puesto una mosca en su café, pide un préstamo al Banco Mundial y, con ese dinero, compra explosivos para volar la cafetería en el mismo momento en que los demás están pidiendo al israelí que le compre otra taza de café al palestino.

Sonreí:

—Es un chiste judío.

—Gracias, ya lo sabía. Gracioso, ¿no?

—No puedo decir lo contrario.

Patti Smith cantaba entonces *Because the Night*, su mayor éxito, escrito por Bruce Springsteen. Se metía tanto en la canción que ya no se podía dudar, al escucharla, que las mujeres han llegado a ser hombres como los demás.

Samir el Ratón se levantó y se acercó a mí, diciendo con ironía:

—Mira bien, tengo dinamita para ti. Es una foto que he encontrado en una página de archivos de la última guerra.

Me dio la *tablet* y me reconocí en la foto. Estaba de pie, detrás de Himmler sentado a la mesa, con una gran bandeja entre las manos. Creo recordar que llevaba pollo asado con puré a la albahaca, una de mis especialidades: al *Reichsführer-SS* le encantaba. La cabeza ligeramente girada hacia mí, me miraba con una sonrisa apenas perceptible y unos ojos no exentos de ternura. En último término, un parterre de flores y, más lejos, una arboleda con muchas coníferas. Era una comida campestre en Gmund, en Baviera.

Samir el Ratón me lanzaba la misma mirada del policía que, en las películas de cine negro, enseña las fotos de la escena del crimen al asesino para hacerle confesar, pero me resistí:

—¿Qué es?

—Eres tú.

—¿Yo? Perdona, pero yo era mucho más guapa.

—Déjate de cuentos, Rose.

Hubo entre nosotros un silencio que, por suerte, llenaba Patti Smith, sobre la que concentré mi atención.

—Ese tipo —dije por fin— ¿no es Himmler?

—Aparentemente.

—¿Y qué tengo yo que ver con Himmler?

—Eso es lo que me pregunto.

—Grotesco —protesté.

—Inquietante.

—Creo que deberías dejar de investigar sobre Renate Fröll.

—No tengo intención.

—Este asunto —concluí— no te saldrá bien.

No estaba convencida de que fuese lo suficientemente corrupto como para dejar de husmear en mi pasado a cambio de un soborno. Al contrario, corría el riesgo de excitarle más. Preferí mandarlo a su casa y me levanté para indicarle la salida.

—Es tarde, Samir. A mi edad, debería estar acostada hace mucho y todavía tengo que bañarme.

Se quedó sentado y soltó:

—Aún tendrás que explicarme qué hiciste entre 1942 y 1943. Entre esas dos fechas, no hay ningún rastro de ti en ninguna parte, desapareciste de todos los radares, antes de desaparecer de nuevo después. Resultan extrañas, ¿verdad?, todas esas desapariciones.

—Es normal: estaba escondida en la Provenza.

—Sin embargo, la policía no te buscaba.

Me volví a sentar.

—La policía me buscaba porque buscaba a mi exmarido, el hombre de mi vida, el padre de mis hijos, que era judío. ¿Estás satisfecho?

—Me estás ocultando cosas, Rose, y cuando se ocultan cosas, es que son interesantes.

—Soy una mujer muy anciana a la que le gustaría que la dejasen tranquila y a quien deberías, si no es mucho pedir, respetar más.

Cuando se marchó Samir, me metí en la bañera. El agua estaba ardiendo y, como tengo por costumbre, la recalentaba a intervalos regulares. Me estuve cociendo dentro mucho tiempo, con los ojos cerrados y las orejas sumergidas, dejando surgir los recuerdos que, mezclados con el vapor, flotaban por encima de mí.

Cuando salí del baño, estaba blanca como la carne del pescado hervido.

31. Dientes blancos tan hermosos

París, 1942. El verano siempre se adelanta. Todo el mundo sabe que nunca empieza el 21 de junio, sino varios días antes. Ese año llegó incluso antes que de costumbre, cuando los robles, esos holgazanes de la Creación, apenas acababan de reverdecer.

Cercana a los treinta y cinco años, seguía encadenada a la abstinencia como me había aconsejado Teo, aunque crecía dentro de mí lo que antaño se llamaba el deleite, avivado por la subida de las temperaturas, presagio de la carrera hacia la fornicación que pronto se apoderaría de la naturaleza.

Una mañana de junio, probablemente a finales de la primera semana del mes, los dos oficiales de las SS de costumbre, Don Quijote y Sancho Panza, entraron en el restaurante. El personal estaba acabando de poner las mesas y yo estaba vigilando el final del horneado de cuatro grandes tartas de albaricoque sobre las que acababa de espolvorear virutas de almendra y cuya parte superior amenazaba con quemarse mientras, por debajo, el hojaldre se caramelizaba. Me tenía de los nervios.

Sancho Panza me pidió que fuera con ellos de un modo que no admitía discusión. Rogué a los SS que esperasen dos o tres minutos hasta que las tartas estuviesen en su punto y, tras sacarlas del horno, los seguí. No sabía adónde y dudaba si preguntarlo, pues no ignoraba que ese tipo de convocatoria no presagiaba en general nada bueno.

Cuando, en el coche, los interrogué en alemán sobre nuestro destino, no respondieron. Me imaginé las peores hipótesis, especialmente en relación con Gabriel, hasta que Sancho Panza comentó:

—No ess grafe perro ess imporrtante.

—¿No pueden decírmelo?

—Ssecrreto militarr.

Yo hablaba en alemán y él respondía en francés. Llegué a la conclusión de que se sentía culpable de ocupar Francia, tanto que siempre me miraba con expresión de perro apaleado, a diferencia de su compañero.

Me llevaron hasta la rue de la Faisanderie, 49, en el distrito XVI, donde encontré a Heinrich Himmler presidiendo una mesa Luis XIV, en una gran habitación artesonada, reunido con tres viejos oficiales SS sentados ante él, con documentos en las rodillas. A sus cuarenta y un años, los dominaba por completo. Se comportaban igual que perros falderos.

En cuanto me vio, Himmler se levantó con precaución, como si sufriese una ciática, dando a entender así a sus oficiales que la reunión había terminado. Hicieron mutis por el foro sin hacerse de rogar, dejando tras ellos un fuerte olor a sudor y a tabaco que me recordó el de las conejeras de Sainte-Tulle. Tras darme la mano, el *Reichsführer-SS* me invitó a sentarme a su lado en un sofá.

Yo estaba muy nerviosa y él se dio cuenta enseguida. Por esa razón empezó tranquilizándome, en alemán:

—He venido de incógnito a París. Tengo algunos asuntos urgentes que resolver. También quería tener con usted una conversación estrictamente privada —recuperó el aliento y prosiguió—: Me gusta usted mucho, y desde nuestro primer encuentro, hace dos años, no dejo de pensar en ello. De noche, de día, en cuanto cierro los ojos, se me aparece su rostro. Me gustaría vivir con usted.

Yo mecía la cabeza y experimentaba los síntomas de un síncope vagal, dicho de otro modo, una ralentización del ritmo cardiaco y una caída de la tensión arterial. Él creyó que asentía.

—Me gustaría vivir con usted hasta el fin de mis días —prosiguió—. No soy muy pesado, ¿sabe? Voy y vengo, viajo todo el tiempo. Lo que me pide Hitler, me lo tomo como un sacerdocio. No me detengo nunca, es un delirio, no sé lo que haría sin sus píldoras. Pero necesito saber que es mía, por completo, durante los raros momentos de descanso que me deja mi trabajo.

Sus ojos azul grisáceo estaban clavados en mí, iba a decir dentro de mí, porque me parecían colmillos. Estaba esperando a que dijese algo, pero estaba petrificada. Tenía la impresión de que nunca jamás conseguiría despegar la lengua del paladar.

—La honestidad me obliga a decirle que no podré casarme con usted —prosiguió—. En primer lugar, Hitler está en contra del divorcio, nos prohíbe divorciarnos, se ha enfadado con mucha gente que, como Hans Frank, quiso rehacer su vida. Segundo, tiene usted orígenes arios a juzgar por sus ojos azules y su pelo rubio, pero estoy seguro de que su sangre estará mezclada.

—Soy armenia —dije en un alemán que había mejorado mucho desde nuestro último encuentro.

—Lo sé. Posee usted, pues, una buena base, la de una de las ramas más puras de la raza aria. El drama es que, como todos los pueblos originarios del Cáucaso, los armenios se mezclaron con los mongoles o los turanios que los invadieron, violaron y esclavizaron.

El *Reichsführer-SS* me miró de arriba abajo, me examinó detenidamente y después dijo:

—No he tenido mucho tiempo para leer libros o visitar exposiciones, pero soy muy sensible a la belleza. Creo como el poeta John Keats que «la Belleza es Verdad y la Verdad, Belleza».

—Mi madre adoptiva adoraba a Keats.

—Pues bien, yo también. Sepa que me parece usted guapa, sublime. Pero como siempre, la belleza, para destacar, necesita defectos. Los suyos son evidentes, se lo diré francamente: tiene usted algunos rasgos característicos de los mongoles. Los pómulos altos, los ojos rasgados, las cejas finas, la piel mate.

Enrojecí.

—Estoy seguro de que tiene usted la mancha mongola —añadió—. Una mancha gris azulada, situada a menudo justo encima de las nalgas, muy cerca del coxis. ¿Me equivoco?

—No, no se equivoca.

—Pues ya ve, mi intuición era buena.

Himmler sonrió, adulador:

—Personalmente, sus rasgos mongoles no me molestan. Me atrevo a decir que me gustan, sobre todo porque, repito, su base aria está por encima sin duda alguna.

Me sentía horrorizada por su mirada, la de un carnicero contemplando un entrecot o un solomillo sangrando en su expositor, y al mismo tiempo no me disgustaba que sus ojos me redujesen a una simple cosa a su merced. Aquélla fue la primera vez que sentí algo por él: un deseo depravado de rebajarme y castigarme por todos mis pecados, entre los que mis infidelidades con Gilbert Jeanson-Brossard no habían sido los más pequeños.

Como los tímidos que intentan ganar confianza, Himmler tosió antes de quitarse las gafas, lo que de pronto le hizo más humano. Tras los cristales, sus ojos estaban húmedos, y creí ver en ellos una súplica, cierto sufrimiento indescriptible. Pasaron unos treinta segundos, en un silencio sepulcral, hasta que el deseo y el miedo alcanzaron su paroxismo.

Tras limpiarse las gafas, Himmler prosiguió:

—Tengo una tercera razón para no casarme con usted: ha estado casada en primeras nupcias con un judío.

—¡Mi exmarido nunca ha sido judío!

—Ésa no es la información de la que dispongo. Es judío, aunque intentara ocultarlo.

—Verifíquelo, no es cierto...

—Lo verificaré. Pero no cambiará nada. Lo que le propongo a usted es convertirse en mi compañera...

—Me resulta muy difícil responderle inmediatamente —dije con voz temblorosa y un nudo en la garganta—. Apenas nos conocemos...

—Venga a probarme a Alemania, cuando quiera —bromeó—. No la decepcionaré...

—Debo pensarlo.

—Piense deprisa. Si no, me hará sufrir.

Me tendió una tarjeta de visita en la que figuraba el número de teléfono de su secretaría en Berlín. Si me hubiese besado, me avergüenza decirlo, me habría abandonado con toda seguridad, además teniendo en cuenta que sus blancos dientes, de una blancura resplandeciente, presagiaban un aliento soportable, aunque los dientes blancos no impiden en algunos casos las malas sorpresas.

Pero, terminado nuestro encuentro, el *Reichsführer-SS* se contentó con estrecharme la mano, una mano blanda que provocó en mí un malestar que ahogué, de vuelta a mi restaurante, bebiendo, el corazón desbocado, tres cuartos de una botella de Saint-Julien.

Esa noche, una pareja muy simpática vino a cenar al restaurante: Simone de Beauvoir, una hermosa mujer que era directora de programación en Radio Vichy, la emisora nacional, y Jean-Paul Sartre, de quien había leído y apreciado su novela *La náusea* antes de la guerra. Fumaban y hablaban mucho.

A Sartre le gustó tanto mi cocina que se propuso escribir un artículo sobre el restaurante en el semanario colaboracionista *Comoedia,* al que ofrecía textos de vez en cuando. Todavía estoy esperando ese artículo.

32. Mi peso en lágrimas

PARÍS, 1942. Al día siguiente de mi encuentro con Heinrich Himmler, llamaron a la puerta a las seis de la mañana. Una voz de falsete gritaba en la escalera: «¡Abra! ¡Policía!».

La voz pertenecía a un personaje bajito, provisto de una nariz y unos pies muy grandes, lo que era un buen augurio si es cierto que son proporcionales a la talla del órgano reproductor. A pesar del estado de penitencia sexual en el que languidecía desde hacía mucho tiempo, no sentí sin embargo ni la menor pizca de deseo.

El hombre me fusiló con la mirada, y después exclamó:

—¡Comisario Mespolet!

Era su forma de presentarse.

—¿Nos conocemos? —pregunté.

—Creo tener ese honor.

Apenas había cambiado desde nuestro último encuentro, en Manosque. Seguía teniendo la misma cara de momia, iluminada por una sonrisa descompuesta, coronando un cuerpo de polichinela. Sin olvidar su nariz mango de martillo.

Entraron en el piso cuatro policías para registrarlo todo. Iba a protestar, pero el comisario me enseñó la orden de registro y me preguntó con tono chillón:

—¿Sabe usted dónde se encuentra su marido?

—Ya no tengo contacto con él.

—Pero tienen ustedes hijos.

—Tampoco tengo ninguna noticia suya.

—Permítame que no la crea. Se ha dictado orden de arresto contra su marido, lo buscan todas las policías de Francia. Si se niega a cooperar con nosotros, podría acusarla de complicidad.

—No veo qué podría impedirme cooperar con usted. Sepa que Gabriel no se ha portado bien conmigo.

Había hecho café y le invité a una taza. Nos sentamos en la cocina mientras sus hombres vaciaban los cajones o movían armarios y cómodas con el fin de, me imagino, descubrir pasadizos secretos o accesos subterráneos que condujesen a las cavernas de Sion.

—¿Qué ha hecho ahora ese imbécil? —pregunté con falsa exasperación.

Nos metía a Gabriel y a mí en el mismo saco, a juzgar por sus ojos acusadores, mientras enumeraba los cargos:

—Es un agente del extranjero que siempre ha querido hacerse pasar por un buen ciudadano francés. Un chantajista, un usurpador de identidades y un calumniador profesional que, en inmundos libelos, ha hecho mucho daño a gente importante de nuestro país.

—¿A quién en particular?

—La lista es larga...

El comisario Mespolet parecía agobiado. Suspiró y se bebió su café de un trago. Cuando volví a servirle, me las arreglé para dejar caer sobre sus hombros unos mechones de pelo, que en aquella época llevaba largo, acariciar su nuca con mi aliento y rozar mi brazo con el suyo. De repente se volvió más locuaz cuando volví a preguntarle los nombres de los demandantes:

—Primero está Jean-André Lavisse, un gran escritor y uno de los grandes periodistas de nuestra época, un hombre admirable que no haría daño a una mosca. Se dice que ingresará pronto en la Academia Francesa. Pues bien, merece estar allí desde hace mucho tiempo, créame. Nos hemos visto en varias ocasiones, resulta muy impresionante. Si todos los franceses fuesen como él, nuestro país no estaría como está, no nos habríamos derrumbado frente al ejército alemán. Tiene cultura, rigor, energía. Sin duda ha leído su libro, *Pensamientos de amor*...

Sacudí la cabeza con una mueca de disgusto. Se trataba de ese individuo que, en *L'Ami du peuple,* había empezado la campaña de prensa contra Gabriel.

—Debería, ese libro hace mucho bien —prosiguió Claude Mespolet—. En todo caso, la gran integridad de Jean-André Lavisse no impidió a su exmarido acusarlo de haber adquirido bienes judíos de forma ilícita. Esos supuestos trapicheos sólo existen en su cabeza de judío rencoroso. Pura y simple difamación, mi querida señora. Germaine, su mujer, no pudo soportar esos desenfrenos contra su esposo. Intentó suicidarse con gas y ahora tiene secuelas. Se comenta que no durará mucho.

—¡Qué horror! —exclamé.

—Un horror —confirmó—. Y figúrese que lo peor está por llegar. La señora Lavisse es la sobrina de Louis Darquier de Pellepoix, descendiente del astrónomo, que acaba de sustituir a ese inútil, debo decirlo, de Xavier Vallat, en la Comisaría General de Asuntos Judíos. Este hombre admirable, vástago de una gran familia francesa, es otra víctima de su exmarido, que escribió sobre él un librito monstruoso. Una sarta de mentiras y basura, en la que se habla de altas personalidades de nuestro país en términos que la decencia me prohíbe pronunciar; cuando pienso en ello se me hiela la sangre. El tipo de obras que atentan no sólo contra las buenas costumbres, sino también contra la seguridad del Estado.

De vez en cuando, me pasaba la lengua por los labios entreabiertos lanzándole miradas de admiración. Raros son los hombres que saben resistirse a la admiración de una mujer.

—Hay algo más grave —continuó el comisario—. Sabemos de buena fuente que su exmarido está escribiendo un libro del mismo calibre sobre el Mariscal, que tanto ha sacrificado por Francia.

—¡Qué horror! —exclamé—. ¿Por qué hace eso, caramba?

—Es un perverso, un judío perverso que se deja guiar por sus viles instintos. Hay que ponerlo a buen recaudo para que deje de hacer daño, por su propio interés. Por esa razón debe usted ayudarme a localizarlo.

—Haré todo lo posible, se lo prometo.

Me tendió su mano derecha para que la estrechase, cosa que hice.

—Ayúdeme. Es vital. Por el Mariscal. Por Francia.

Sentía que su mano pronto cogería la mía y se la dejé ofrecida, sobre la mesa. En ese momento, uno de los cuatro agentes entró en la cocina:

—No hemos encontrado nada, señor comisario.

Claude Mespolet se levantó lentamente, y volvió a sentarse:

—¿Han dejado todo recogido como estaba?

—Lo cierto es que no... no es ésa la idea cuando se realiza un registro, ¿sabe?

—Quiero que dejen este piso en el estado en que lo encontraron. ¿Comprendido?

—Considérelo hecho.

Aunque el comisario Mespolet tenía tendencia a la irresolución, conseguí mi propósito: cuando por fin puso su mano sobre la mía, me invitó a cenar al día siguiente.

—A las seis y media en mi restaurante —respondí—, será más práctico. Lo siento, pero nunca puedo ni antes ni después: estoy en la cocina.

—Su hora será siempre mi hora.

Empezaba a atraerme de verdad. Me gustaba la perspectiva de destruirme arrastrándome por el fango junto a él. En el quicio de la puerta, le susurré al oído:

—Es usted mi reencuentro más hermoso desde hace mucho tiempo.

No enrojeció, pero sus ojos parpadearon enloquecidamente.

Cuando se marcharon, me vestí rápidamente y, después de comprobar que no me seguían, fui a prevenir a Gabriel del peligro que corría. Tras la puerta de su nuevo piso de la rue La Fayette, 68, los niños reían a carcajadas: les estaba ofreciendo un espectáculo de marionetas.

Le resumí mi conversación con el comisario Mespolet, y Gabriel me dijo que no había que ponerse nervioso. Estaba todo organizado para que él y los niños pasasen a zona libre; no cambiaría sus planes y se quedaría en París hasta mi cumpleaños para marcharse al día siguiente.

Cuando les dije adiós, los niños se abrazaron a mis piernas. Me costó mucho contenerme cuando Édouard exclamó:

—Mamá, quédate un poco con nosotros, ¡no queremos que te vayas!

Pero en cuanto cerré la puerta me puse a sollozar. Creo que, ese día, lloré mi peso en lágrimas.

33. La estrategia Johnny

París, 1942. La tarde siguiente, el comisario Mespolet llegó a La Petite Provence con el gesto cerrado, la boca seca, la mirada perdida. Pensé que era el amor e hice, desde el aperitivo, todo lo posible por tranquilizarlo.

—Por todo lo que vamos a hacer juntos —dije, haciendo chocar mi copa de champán contra la suya.

—Por nosotros —murmuró, la cabeza gacha.

—Cuidado, hay que mirarse a los ojos. Si no, son siete años sin sexo.

—¿Lo cree de verdad?

—Soy supersticiosa.

Tuvimos que brindar de nuevo.

—*Prost* —dije con aire provocativo, alzando mi copa.

Ni siquiera sonrió. El comisario Mespolet no era el mismo hombre que la víspera. Tenía la expresión del que está perdiendo el tiempo: no paraba de mover las piernas, que tocaban el tambor bajo la mesa, y mostraba algunos tics, como las miradas furtivas que lanzaba sin cesar a su alrededor.

Cuando terminamos la parmesana que había servido de entrante, el silencio se hizo tan sólido que acabé preguntándole qué marchaba mal.

—Es muy sencillo —contestó sin dudarlo—. Me ha decepcionado...

—¿Por qué?

—Ha traicionado usted mi confianza.

—Pero ¿qué he hecho?

—Apenas nos marchamos se presentó usted en casa de su exmarido...

Me hice la tonta:

—Perdone, ¡pero eso es una insensatez!

Es lo que llamo la estrategia Johnny, una estrategia que Johnny Hallyday me contó que había utilizado una vez que todo estaba en su contra. Una escapatoria tan grosera que desconcentra al contrario. Una negación primaria, el nivel máximo del desmentido.

Hace unos diez años, después de un concierto, el cantante vino a cenar y se quedó hasta muy tarde en mi restaurante actual, en Marsella. Me cayó bien desde el principio. Un hombre herido, consagrado a matarse a base de alcohol desde hace décadas, pero sin conseguirlo. Estaba borracho perdido, lo que en su caso es un eufemismo. Salvo cuando canta.

Con voz pastosa, y por tanto sincera, Johnny Hallyday me contó una historia estupenda que me recordó mi actitud, hacía ya tanto tiempo, ante el comisario Mespolet. Una noche, cuando empezaba su carrera, volvió a casa tarde, completamente ebrio, con una joven que se había encontrado Dios sabe dónde. Se metieron en la habitación de matrimonio y ya estaban desnudándose en la oscuridad cuando, de pronto, se encendió la luz. Era la mujer de Johnny. Gritó, indignada, a la chica medio desnuda:

—¿Qué hace usted aquí?

Entonces Johnny, igualmente indignado, se volvió hacia ella:

—Es cierto. ¿Qué hace usted aquí?

Recuerdo que, de pronto, los ojos del comisario Mespolet me hicieron ponerme en guardia. Vi en ellos el reflejo del filo de la navaja, su pálida cara expresaba un odio inexorable.

Mi corazón empezó a latir más deprisa. No podía controlarlo.

—Si sabe la dirección de Gabriel y los niños —pregunté al comisario—, ¿quiere decir que los han arrestado?

—Secreto profesional.

—¿No puede usted responderme y demostrar un poco de humanidad? —exclamé temblorosa.

Se levantó y se marchó con un gesto de cabeza que apenas tuve tiempo de ver. Me puse en marcha inmediatamente, y apenas salí del restaurante llamé, en la plaza del Trocadero, a un taxi que me condujo hasta el 68 de la rue La Fayette.

De camino nos cruzamos con muchos Torpedo, camiones de transporte, furgones negros y autobuses abarrotados. No comprendí lo que pasaba, sentía un gran cansancio y, al mismo tiempo, algo que gritaba dentro de mí...

Una vez en el número 68, subí las escaleras de cuatro en cuatro. En el quinto piso, pulsé temblorosa el timbre de la puerta. No hubo respuesta. Volví a bajar, sin aliento, a pedir noticias a la portera, que respondió, compasiva:

—Lo siento, señora, vino la policía a arrestarlos. Un comisario me dijo que era el día de limpieza de judíos, de todos los judíos.

—¿También los niños?

—Los niños también, ¿qué se creía? La policía se lleva todo lo de los judíos. Los niños, los viejos y las joyas, todo excepto los gatos. Siempre dejan los gatos. Y es un problema. He recogido ya cinco, y con los míos suman siete, ya no puedo adoptar más. Por suerte, el señor ese suyo no tenía gato. Hubiese sido un fastidio.

Lanzó un gran suspiro y prosiguió:

—¿No querría usted un gato?

—Ya tengo uno.

—Es mejor tener dos. Y tres aún mejor.

Cuando le pregunté si Gabriel y los niños se habían marchado con policías o milicianos, fue incapaz de responder.

—Son los mismos —dijo—, y el resultado siempre es igual, mi querida señora: se dejan los gatos.

Ella misma tenía cara de minino pero sin bigote, por eso hablaba de ellos con tanta pasión, lo que no le impedía simpatizar con mi desgracia.

Bajó la mirada:

—No debe hacerse ilusiones, se han ido por mucho tiempo. Llevaban equipaje y la policía pidió al señor que cerrara los contadores de agua, gas y electricidad.

Me invitó a entrar en la portería para sentarme y beber un ponche. Le respondí que ya tenía suficiente calor y me marché de inmediato a la comisaría del distrito IX.

Después de esperar tres horas sin obtener ninguna información, me encaminé hacia la prefectura de policía, que encontré cerrada, y finalmente volví al restaurante para llamar a Heinrich Himmler a su cuartel general en Berlín.

Como ya había terminado el turno de la cena, Paul Chassagnon, mi segundo, me esperaba cerca de La Petite Provence sentado en un banco que ya no existe, fumando un cigarrillo.

—¿Les ha pasado algo a los niños? —preguntó.

—¿Cómo lo sabes?

—Me dijeron que te habías marchado rápidamente sin decir nada. Me imaginé que se trataba de los niños.

—Una redada. Voy a telefonear a Himmler.

Cuando pronuncié el nombre del *Reichsführer-SS* con voz colérica, como si tuviera cuentas que ajustar con él, no era consciente de lo ridículo de la situación. Pero me hallaba en un estado de realidad paralela: revivía la pesadilla de mi infancia, perdía la razón, me había convertido en puro escalofrío.

Heinrich Himmler no estaba en su despacho, era el último sitio del mundo donde hubiese podido encontrarlo. Sin duda estaba en viaje de inspección en Rusia, en Bohemia, en Moravia o en Pomerania, supervisando ejecuciones en masa. Me respondió uno de sus ayudas de cámara, un tal Hans. Tras exponerle la situación, exclamó con un tono tan escandalizado como el mío:

—Se trata de un tremendo error. Se lo comunicaré al *Reichsführer-SS* en cuanto pueda llamarle. Las autoridades francesas tienen buenas intenciones, pero no hacen más que tonterías, si me permite decirlo. Se equivocan en las fichas, confunden los nombres, deberían dejarnos hacer a nosotros...

En cuanto colgué, me derrumbé en los brazos de Paul Chassagnon, que me dijo que el servicio de la cena se había desarrollado relativamente bien, aunque con cierta escasez de casi todo. En especial, de pan.

—¿Y qué me importa eso? —exclamé, para después disculparme y echarme a llorar.

Me moría. Me estuve muriendo durante mucho tiempo. Todos los que han perdido hijos saben que todavía hay vida después de la muerte. Me agarraba a esa vida para intentar encontrarlos.

Como temía que Himmler me llamara en mi camino a casa y luego no me volviese a llamar, preferí esperar en el restaurante. Cuando Paul Chassagnon se ofreció a quedarse conmigo, acepté: necesitaba sentir sus fuertes brazos velludos a mi lado. Además, no tenía nada que temer de él. Era homosexual.

Nos acostamos al pie de la caja, cerca del teléfono, sobre un colchón de manteles doblados. Posó su brazo sobre mi vientre, algo que me sentó muy bien, pero aun así no pude dormir en toda la noche. Recibí demasiadas visitas: bajo mis párpados hinchados por las lágrimas desfilaron hasta el amanecer Garance, Édouard, Gabriel, mi madre, mi padre, mi abuela, mis hermanos... todos arrastrados por el torrente de abominaciones del siglo XX.

Al alba, Heinrich Himmler seguía sin llamar.

34. Víctimas de la redada

París, 1942. El 17 de julio, al día siguiente de la que se conocería como la Redada del Velódromo de Invierno, volví a casa en un estado de enajenación para asearme y, en el cuarto de baño, me quedé horrorizada al ver mi rostro reflejado en el espejo. Parecía un viejo búho de papel maché, con enormes bolsas malvas bajo los ojos.

No soy muy dada al maquillaje. Hasta entonces me bastaba con un toque de polvos de arroz en las mejillas, pero esa vez, tras beberme el café, me puse de todo. Tenía en mi armario un frasco redondo de base de maquillaje Bourjois que databa de antes de la guerra y que nunca había abierto. Me puse tanto que tuve la sensación de estar oculta tras una máscara. Después, me dibujé una boca bermellón con lápiz de labios y no escatimé en rímel, con el que me embetuné las pestañas, incluso sabiendo que todo aquello empezaría a chorrear bajo los efectos del calor estival.

Ya saben lo supersticiosa que soy. No podía correr el menor riesgo: antes de llamar a Heinrich Himmler debía ponerme guapa, rezar un pater nóster, llevar en la oreja la concha que en Provenza llamaban la «oreja de la Virgen» y embadurnarme el pecho con un agua purificadora en la que había sumergido una planta de verbena.

Cuando llamé al cuartel general de Himmler, el ayuda de cámara me dijo que el *Reichsführer-SS* sentía no haberme devuelto la llamada, pero había tenido «una velada muy cargada»: en aquel momento estaba reunido, «una reunión muy importante», y se pondría en contacto conmigo al final de la mañana, hacia el mediodía. Por temor a que lo hubiese perdido, dicté a Hans el número de La Petite Provence.

—No se inquiete —dijo Hans con tono irónico—. Sus números de teléfono están en una hoja de papel muy destacada sobre la mesa del *Reichsführer-SS*. Y tengo una copia sobre la mía.

De camino al restaurante, en bicicleta según mi costumbre, me pareció que París estaba de luto. Flotaba en las calles una atmósfera de honda tristeza. Cuanto más respiraba, más oprimida me sentía. Más tarde, tras la detención de 12.884 judíos, un tercio de ellos niños, un informe de la prefectura de policía de París definiría bien esa especie de consternación que aquel día se leía en todos los rostros: «Aunque la población francesa sea en su conjunto y de forma general bastante antisemita, no juzga de forma menos severa estas medidas que califica de inhumanas».

No soportaba, añadía el informe, que las madres fuesen separadas de sus hijos. Los que ese día oyeron los gritos de los niños no pudieron olvidarlos jamás.

En cuanto llegué al restaurante, Paul Chassagnon se precipitó sobre mí para anunciarme que Gabriel y los niños estaban, con toda probabilidad, en el Velódromo de Invierno, adonde habían llevado a muchos judíos. Decidí ir hasta allí con él en cuanto hubiese hablado con el *Reichsführer-SS*.

Con esa puntualidad que iba a la par de su amabilidad, Himmler me telefoneó a las doce en punto.

—Puede contar conmigo —dijo tras haberle resumido la situación.

—Se lo ruego —supliqué.

—Cuando me conozca mejor, Rose, sabrá que soy alguien que dice lo que hace y que hace lo que dice. La volveré a llamar muy pronto.

Cerré el restaurante y encargué a Paul que fuese al Velódromo de Invierno mientras yo permanecía cerca del teléfono.

Heinrich Himmler me llamó sobre las seis de la tarde. No había encontrado nada:

—Hay algo que se me escapa —comenzó—, y no me gusta lo que no entiendo: los nombres de su antiguo marido y de sus hijos no figuran en la lista de fichas de arresto de judíos extranjeros entregadas por las autoridades francesas.

—¿Qué conclusión saca de eso?

—Ninguna. Según todos los indicios, fueron detenidos en el marco de la operación «Viento primaveral», llevada a cabo por los franceses para nosotros. Como son judíos, nos los envían.

—¡Pero si no son judíos!

—Son considerados como tales. Cuando se tienen al menos dos abuelos judíos, como es su caso, se consideran *Mischlingue*. Medio-judíos, luego judíos. Normalmente, deberían estar bajo nuestro control.

—Entonces, ¿por qué no los encuentran?

—Tiendo a pensar que debe de ser culpa de la desorganización de los servicios franceses. No es que les falte buena voluntad, pero son demasiado febriles, demasiado nerviosos, compréndalo. También demasiado seguros de sí mismos. Son unos aficionados, no profesionales. Con ellos todo son problemas.

—¿Piensa usted que los tienen retenidos?

—Con los franceses podemos imaginarnos cualquier cosa, incluso lo peor. Tienen tal complejo de superioridad que se creen geniales. Siempre están dispuestos a parlotear. Pero en cuanto hay que pasar a la acción, ya no queda nadie. No se esfuerzan en concentrarse, hacen chapuza tras chapuza, no tienen remedio. ¿Su antiguo marido y sus hijos llevan la estrella amarilla?

—No.

—¿Tenían el sello de «judío» estampado en sus documentos de identidad?

—Tampoco.

—Si son judíos que no han sido fichados como judíos, ésa puede ser la razón de que hayamos perdido su rastro...

Informé a Himmler de mi conversación con el comisario Mespolet. Había que interrogarle: si alguien podía saber dónde encontrar a Gabriel y los niños, ése era él.

—Le tiraremos de la lengua —dijo—, pero no creo que sirva de mucho: la clave de este asunto es sin duda la confusión de nombres y expedientes. Me ocuparé de ello personalmente.

Por miedo a no estar cuando llamase, volví a dormir en el restaurante con Paul Chassagnon, que había pasado una parte del día dando vueltas al Velódromo de Invierno buscando información sobre Gabriel y los niños. Me describió las quejas, los sollozos y las risas, y se echó a llorar. Para consolarlo, lo estreché entre mis brazos y lo besé. Cuando nuestras bocas se mezclaron, me gustó el sabor a nuez moscada de la suya. Como él se declaraba homosexual, estaba segura de que aquello no tendría consecuencias, pero todo se desencadenó a nuestro pesar.

Me encandiló su manera de tomarme, con delicadeza y prudencia. Artista del preámbulo, acariciaba bien y no intentaba nada sin preguntar. Había en él un cierto tacto de Gabriel que nunca volví a encontrar en nadie. Por culpa de Paul Chassagnon me sentí después tan atraída por los homosexuales, con la esperanza de encontrar en ellos todo el placer que me había dado. Pero jamás pude conseguir nada con ello. Para eso hace falta una guerra o una gran desgracia.

Himmler me llamó al día siguiente, a media tarde. A la vista de ciertas informaciones que, según él, debían ser verificadas todavía, Gabriel y los niños habían sido deportados desde la estación de Drancy. Estaba haciendo todo lo posible para recuperarlos por el camino y ponía un avión a mi disposición para reunirme con él en Berlín, donde podría supervisar la búsqueda a su lado.

Para sentirme mejor, llevé conmigo mi salamandra en una gran lata de galletas en la que podía desplegar su cola. Con más de un cuarto de siglo de vida, Teo empezaba a ser imponente. A Dios gracias, podía esperar vivir todavía unos años más. La necesitaba más que nunca: en adelante sería mi única familia.

35. Un piojo en un pajar

Berlín, 1942. Hans me esperaba al pie del avión. Se mantenía rígido como la muerte, con su uniforme de las SS. Más tarde me enteré de que había combatido en el frente ruso en la Panzer-Division Wiking, donde, tras una brillante actuación, había formado parte de los cincuenta y cinco militares condecorados con la orden de caballero de la Cruz de Hierro.

De no haber sido por la horrible cicatriz que atravesaba su mejilla derecha, Hans me habría parecido un hombre guapo. Lo era, pero sólo del lado izquierdo. El derecho tenía algo de monstruoso: un lanzallamas le había masacrado completamente tanto la mejilla como la oreja.

Cuando me preguntó cuáles eran mis aficiones, respondí:

—Dios, el amor, la cocina y la literatura.

—¿Y el deporte?

—Me gustaría empezar.

Me aconsejó mantenerme en forma practicando las artes marciales, en las que estaba dispuesto a iniciarme. Acepté y, sin duda porque le atormentaba el dolor, no volvió a abrir la boca hasta que el coche se detuvo ante una hermosa casa de piedra gris en el centro de Berlín. Era el domicilio oficial del *Reichsführer-SS*.

Yo todavía no sabía que Himmler tenía otros domicilios. Un piso en Berlin-Grunewald para alojar a su amante, Hedwig Potthast, a la que, gracias a los fondos del partido, instaló más tarde junto a sus dos hijos cerca de Schönau, a orillas del lago Königssee, mientras su legítima iba y venía entre un domicilio en Berlín y su propiedad en Gmund, Baviera, donde vivía con su hija, Püppi.

Tras haberme hecho visitar la residencia y haberme enseñado mi habitación, Hans me propuso tomar algo. Champán y salmón ahumado o marinado a la *gravlaks* con blinis y nata.

—Preferiría esperar al *Reichsführer-SS* para comer —objeté.

—El *Reichsführer-SS* no tiene hora de llegada. Es un esclavo del trabajo, no se detiene nunca: es posible que vuelva muy tarde.

—Es más educado esperarle —insistí.

—Me pidió que le diese de comer en cuanto llegase. Es una persona muy sencilla. Este tipo de cursilerías no le van, pero le gusta que le obedezcan.

Tras ceder a su insistencia, me ocupé de Teo yendo a buscar algunos gorgojos al jardín con ayuda de Hans. Mi salamandra sólo comió uno.

—¿Qué te pasa? —le pregunté—. ¿Estás enfadada?

—No me gusta este sitio.

—Ésa no es razón para dejarse morir de hambre.

—Francamente, los nazis me cortan el apetito.

—Pues a mí me gusta este planeta, Teo, y nadie me impedirá adorarlo, ni los hombres ¡ni los nazis!

Cerré su lata y me dormí sobre la cama.

—¿Ha tenido buen viaje? —era la hermosa voz viril de Himmler, que me despertó tres horas más tarde. Estaba inclinado sobre mí, y su aliento ácido cosquilleaba mi nariz—. Estoy muy feliz de verla —susurró.

—Yo también. ¿Tiene usted noticias?

—Sí —dijo incorporándose—. Creo saber dónde están sus hijos: en un tren que hemos desviado no lejos de Stuttgart. En este momento están registrándolo.

Me miró fijamente a los ojos.

—Cuidado, Rose. Nada de falsas esperanzas. No es más que una pista.

—¿Y Gabriel?

—Lo estamos buscando.

Me dijo que tenía hambre y fue hasta la cocina para ver qué había en el frigorífico que pudiese aplacarla. Le acompañé y le propuse hacerle un plato de pasta con salmón ahumado.

Le pregunté si podría ir a Stuttgart. Himmler me respondió, con cierto tono irritado:

—En cuanto hayamos encontrado a sus hijos.

Me di cuenta de que era mejor cambiar de tema, pero no pude evitar volver a preguntarle:

—¿Es usted optimista?

—El pesimismo no lleva a ningún lado, es la enfermedad de los inútiles y de los parásitos. Tenemos la voluntad, eso es lo esencial. Así que lo conseguiremos.

—¿Y Gabriel?

—No puedo hacer más de lo que he hecho.

Estaba empezando a exasperarle. Tras proponerme una cerveza, Himmler se bebió dos botellas una tras otra, para después emitir un ruido extraño: parecía un gato importunado por un perro o algo parecido. Con la excepción de su rostro, que exudaba felicidad.

—¿Ha pensado usted en traer algunas de sus píldoras mágicas? —preguntó.

—Tengo reservas para varios meses.

—Gracias, Rose. Es usted perfecta.

El *Reichsführer-SS* se acercó a mí. Pensaba que me besaría y me estremecí igual que el cordero delante del cuchillo, pero sólo me dio una palmadita amistosa en la mejilla. Tuve un escalofrío de miedo al tiempo que me sentía ebria de gratitud.

Sabía lo que quería, pero era el tipo de hombre que se tomaba su tiempo. Nada lo inmutaba, salvo la tentación. Cuando ascendía, se crispaba: las palabras y los gestos se hacían más torpes. Tanto mejor.

Era yo la que debía tomar la iniciativa y, por supuesto, no tenía intención alguna. Hans me había dicho que dormiríamos en dos habitaciones contiguas en el primer piso. Ahora sabía que podría dormir tranquila: no tenía nada que temer de Himmler.

Tosió antes de preguntarme, mientras yo trabajaba en la cocina, si había tenido aventuras después de mi divorcio. Olvidando a Paul Chassagnon, mentí con voz cortante:

—No, me daría asco de mí misma...

—Es usted una verdadera mujer. Goethe lo dejó claro cuando dijo que el hombre es polígamo por naturaleza, y la mujer, monógama.

Me sisó tres daditos de salmón que saboreó al tiempo que citaba.

—Nosotros los hombres —prosiguió— estamos hechos para la conquista. Ustedes las mujeres, para la protección. El hogar, los niños, la administración.

Al decirle que había venido con un invitado sorpresa, mi batracio Teo, Himmler sonrió:

—Me encantan los animales. Enséñemelo.

Cuando se lo llevé, dijo:

—Este animal necesita agua.

—Me ocupo de ello. Le doy varios baños diarios.

—Mañana lo pondremos en un acuario. Es un hermoso animal. Francisco I lo convirtió en su enseña. Lástima que haya sido a menudo asociado al pueblo judío por ser tan pegajoso.

Sostuvo a Teo en la mano mientras yo volvía a la cocina. Una vez cocida la pasta, la escurrí y la puse a calentar en la cacerola con el salmón ahumado cortado en dados, el zumo de un limón, aceite de oliva, una cucharada de mostaza, otra de nata, gruyer rallado y un diente de ajo aplastado que había dorado en la sartén. Lo salpimenté todo y lo serví adornado con algunas hojas de eneldo fresco que había encontrado en la cesta de verduras del refrigerador.

Con el primer bocado, Himmler dejó salir un suspiro de alegría, una especie de gruñido como los que se escapan al hacer el amor. Con el segundo y el tercer bocado, lo repitió.

Tras el cuarto, me dijo mirándome fijamente a los ojos:

—Tengo una idea, ¿y si se quedase aquí como cocinera? Sería una buena coartada: después de todo, es su profesión, y eso evitará que la gente murmure mientras proseguimos la búsqueda, que puede ser larga por culpa de los gigantescos movimientos de población que se están realizando a través de Europa.

—Pero antes me había dicho que creía haber localizado a los niños.

—Le repito que eso es sólo una pista, y se refiere únicamente a sus hijos. Nuestra búsqueda puede durar mucho tiempo. Es como buscar un piojo en un pajar.

¿Por qué había dicho un piojo y no una aguja?

36. El hombre que comía sin cuchara con el Diablo

Berlín, 1942. A la mañana siguiente, muy temprano, bajé a la cocina para preparar el desayuno. La víspera, Himmler me había dicho que le gustaban los *crêpes* flambeados con ron. Todo estaba listo, la masa y la botella, cuando apareció en la cocina sobre las seis menos cuarto, vestido y afeitado, la cabeza enharinada, la mirada atontada de una vaca pariendo.

Aunque conocía la respuesta, le pregunté de todos modos:

—¿Ha dormido bien?

—En absoluto, pero no tiene importancia. He leído y trabajado. Tendré todo el tiempo del mundo para dormir cuando hayamos ganado la guerra. El teléfono ha sonado varias veces durante la noche, ¿no le habrá molestado?

—He dormido como un tronco —mentí.

Leyéndome el pensamiento, declaró:

—Todavía no hay noticias de su familia.

Tras lo cual, el *Reichsführer-SS* se quejó de su estómago, que durante la noche le había hecho sufrir de forma atroz. Unos calambres repetidos de los que se ocupaba regularmente su masajista estonio de «origen alemán», al que había formado un gran maestro tibetano, el doctor Ko. Se llamaba Felix Kersten y había cuidado de varios miembros de la familia real de Holanda. «Un encanto de hombre.»

—Vendrá a cenar esta noche —dijo Himmler—. Estoy seguro de que Felix y usted se llevarán bien. Son de una especie cada vez más rara, la de los seres auténticos.

Cuando le pregunté si era razonable que con ese dolor de estómago se comiese los *crêpes* que le estaba cocinando, el *Reichsführer-SS* protestó de forma irónica:

—Sería inhumano privarme de ellos.

Hundió el dedo en la masa, la lamió y declaró:

—Si no consigo digerir estos *crêpes,* pediré a Felix que repare los daños. Sólo con sus manos es capaz de terminar con dolores abominables contra los que la morfina no puede hacer nada. A veces son tan violentos que me desvanezco: parecen un cáncer en su paroxismo, como el que afectó a mi padre en las glándulas salivares. ¿Cree que podría ayudarme también con su medicina a base de plantas?

Asentí con la cabeza: existían muchas plantas que podrían aliviarle. Por ejemplo, el anís, el eneldo, el cilantro y el hinojo, muy eficaces contra la acumulación de gases.

—Yo no tengo gases —dijo.

—Todo el mundo tiene. Pero si los dolores proceden del estómago y de los intestinos...

—Ése es mi problema.

—Pues bien, en ese caso, la melisa y la menta piperita pueden ser muy eficaces. Le prepararé unas píldoras.

Aprovechando la ocasión, le recomendé revisar toda su alimentación y evitar la grasa, las verduras crudas, la fruta y los quesos.

—Pero entonces ¿qué voy a comer? —preguntó desesperado.

—Arroz, pasta, puré.

—Digo que soy vegetariano para hacer como el *Führer,* pero ya ha visto los resultados en él: hay algo en su régimen que le fatiga mucho, ya no puede más, está agotado. Para sentirse bien hace falta hierro, y el hierro está en la carne. A veces la como, pero discretamente.

—La carne no es buena para la salud. Al menos en un primer momento, le aconsejo que se limite a los pescados bajos en grasa y a la verdura hervida.

—¿Y la sopa de guisantes? ¡Adoro la sopa de guisantes!

—Deberá evitar los guisantes secos.

Después de que Himmler se fuese, me pasé el resto de la jornada preparando la cena. Allí no tenía otra cosa que hacer, salvo desesperarme pensando en Gabriel y en los niños.

Una vez compuesto el menú, fui a comprar las provisiones con tres de los soldados SS que custodiaban la casa. Las calles y comercios de Berlín estaban invadidos por nubes de moscas excitadas y zumbonas que parecían no haber comido desde hacía mucho tiempo y se lanzaban sobre cualquier cosa, incluido el sudor que me cubría el rostro.

—Es lo nunca visto —suspiró uno de los soldados.

—Quizás sea una señal —dije—. O más bien un castigo.

No contestó. A mediodía volví a la cocina para no volver a salir hasta el final de la tarde cuando mi menú, salvo el plato principal, estuvo listo.

Para comenzar, varios entrantes:

Pastel de berenjenas, alcachofas y gruesos langostinos con albahaca.

Después, el plato principal:

Bacalao al ajo, con leche y eneldo.

Por fin, el festival de postres:

Tarta de manzana sin masa, suflé helado al Grand Marnier y melocotones flambeados con kirsch.

Me atrevo a decir que, viendo mis platos sobre la mesa de la cocina, sentía bocanadas de una felicidad que no estaba nada justificada teniendo en cuenta que, veinticuatro horas después de mi llegada a Berlín, seguía sin noticias de Gabriel y los niños. Cuando a nuestro alrededor todo va mal, no hay nada mejor que la cocina, todas las mujeres lo saben.

*

Felix Kersten llegó a las ocho. Empezó excusándose por llegar puntual. Era alguien que necesitaba que le perdonasen las faltas que no había cometido.

Como en la víspera, Himmler llegaba con mucho retraso y tuvimos tiempo de hablar mientras le esperábamos. El doctor Kersten era un buen hombre grueso y sudoroso, que sin embargo parecía flotar dentro de su ropa. Resoplando como un buey e invadido por una especie de picor permanente, se rascaba la cara, el estómago, los brazos, los muslos, cuando no metía las manos en los bolsillos de su chaqueta para remover o juguetear con los papeles que llevaba encima. Si se añaden las moscas que espantaba con furor, el masajista del *Reichsführer-SS* estaba siempre en movimiento.

—¿Es usted nazi? —me preguntó inmediatamente después de presentarse.

—No, he venido en busca de mis hijos y de mi antiguo marido, que han sido deportados.

—Encantado —dijo, estrechándome la mano—. Yo tampoco soy nazi. Pero sepa que aunque Himmler lo sea, y de los mayores, puede confiar en él cuando se trata de temas personales. He hecho la prueba —luego dijo, bajando la voz—: Creo que está siempre un poco del mismo ánimo que la última persona que acaba de ver. Si sale del despacho de Hitler, es aburrido. Pero si acaba de verme a mí, entonces es muy diferente...

El tío Alfred Bournissard decía a menudo que «los héroes son unos inútiles». Felix Kersten era la viva encarnación de esa fórmula. La primera vez que lo vi, agitado y desordenado, no hubiese podido creer que sería considerado más tarde uno de los personajes más extraordinarios de la Segunda Guerra Mundial, hasta el punto de ser canonizado, por así decirlo, por uno de los grandes historiadores de ese periodo, H. R. Trevor-Roper.

El doctor Kersten era en efecto una especie de santo laico, capaz de comer sin cuchara con el Diablo para robarle algunas vidas. Gracias a sus manos de masajista, tomó el control del cerebro de Himmler y obtuvo muchas cosas de su paciente, sobre todo cuando se encontraba mal. Tras la guerra, al final de una violenta polémica, quedó establecido que en 1941 había evitado que tres millones de holandeses, llamados «irreconciliables», fueran deportados a Galitzia o a Ucrania. Además, el Congreso Judío Mundial acreditó oficialmente que había salvado a sesenta mil judíos. Sin mencionar a todos los prisioneros o condenados a muerte que supo retirar de las garras del Tercer Reich.

Me aconsejó desconfiar de todo el mundo, salvo de él y de Rudolf Brandt, el secretario de Himmler, «un hombre sin personalidad, pero un tipo valiente».

—Al final —dijo—, hay una única cosa que permite soportar todo esto. Beber.

Dicho esto, me pidió akvavit, que le serví en un gran vaso antes de seguir, armada con un matamoscas, a la caza de bichos volantes.

Apoltronado en el sillón, empezó a galantear, la voz dulce y la mirada amorosa. Era pesado, pero me sentaba bien.

Se tomó otros tres o cuatro vasos y cuando llegó el *Reichsführer-SS,* sobre las once de la noche, el doctor estaba completamente ebrio. No tenía importancia. Con Himmler no era necesario mantener conversación: siempre era él quien hablaba. Durante la cena, nos dio una conferencia sobre el sacrificio y el honor a partir del ejemplo edificante de Federico Guillermo I, rey de Prusia de 1713 a 1740, que vivió con humildad en dos residencias en el campo tras haber recortado de manera drástica los gastos de la corte.

Un «monarca soldado» que cambió Prusia, reorganizó el Estado y desarrolló el ejército hasta doblar sus efectivos. Cuando su hijo, el futuro Federico II al que se llamaría el Grande, un letrado conmocionado por la incultura enciclopédica de su padre, estuvo tentado de huir a Inglaterra, no dudó en encarcelarlo en una fortaleza y hacer decapitar ante él a su amigo Hans Hermann von Katte. «Cuando se trata de los más allegados —concluyó Himmler con la boca llena de suflé al Grand Marnier—, los castigos deben ser excepcionales, pero justos y severos».

*

Los días pasaron, y después las semanas. Seguía sin tener información sobre Gabriel ni sobre los niños. Heinrich Himmler parecía desolado, creo que sobre todo se sentía humillado, él, el rey de los policías, por no poder resolver mi problema.

De vez en cuando, Hans, el ayuda de cámara, pasaba por la casa y, conforme a su promesa, me instruía en las técnicas de combate cuerpo a cuerpo llamadas hoy krav maga y que le había enseñado en su juventud un amigo judío, compañero de universidad originario de Bratislava, del que no tenía noticias desde hacía mucho tiempo.

Eran métodos de autodefensa ideados por los judíos de Eslovaquia, que los utilizaban en los años treinta para protegerse de las ligas fascistas y antisemitas. Consistían en actuar muy deprisa, sin correr riesgos personales, atacando, con las manos o con cualquier objeto cercano, las partes más sensibles del enemigo: los ojos, la nuca, la garganta, las rodillas y los genitales.

—Es como en la vida —repetía Hans—. Todos los golpes están permitidos.

Me había acostumbrado a su doble rostro, Adonis por un lado, Frankenstein por el otro. Me fascinaba la herida de su brazo, con un trozo de carne arrancada, cerca del codo. Había en él algo que me atraía.

Un día, sin duda porque Himmler se lo prohibió, Hans dejó de venir a la casa. Aquello me desoló, y cuando le pregunté qué había pasado con mi pretendiente de la cara rota, el *Reichsführer-SS* pareció molesto.

—Está en una misión —respondió.

Me daba cuenta de que el *Reichsführer-SS* se sentía atraído por mí, pero tardaba en declararse. Una noche, su hermano Gebhard vino a cenar a la casa. Himmler parecía muy contento de verlo y yo me había superado en la cocina: en concreto mi pastel de berenjenas había sido objeto de repetidos elogios.

Antes de subir a acostarse, el *Reichsführer-SS* me invitó a dar un paseo junto a él en el jardín, y comprendí que tenía algo importante que decirme.

Había llovido recientemente y Berlín estaba muy verde. El aire olía a hierba tibia. Me gustaba ese olor; me llenaba de felicidad pero también de nostalgia: era el mismo que en Sainte-Tulle cuando las tormentas refrescaban la tierra, que parecía resucitar.

Himmler me invitó a sentarme en un banco de piedra, después dijo con tono penetrante, los ojos perdidos en las estrellas:

—Me siento desesperado por el hecho de que nuestra búsqueda lleve tanto tiempo. Si tuviésemos que hacer autocrítica, diría que, en nuestro intento de rediseñar el mapa demográfico de Europa, Adolf Hitler y yo hemos actuado demasiado rápido y hemos intentado abarcar demasiado. Lo que hemos llevado a cabo es del todo sobrehumano, pero no hemos preparado suficientemente esos desplazamientos de población.

—Pero todavía existen esperanzas de encontrar a mi familia, ¿verdad?

—Eso espero.

Sentado a mi izquierda, Himmler cogió mi mano derecha y acarició la palma con su índice. Era su primera tentativa seria desde la noche de mi llegada, y mis carnes temblaban como el cuerpo de un animal recién sacrificado.

—¿Cómo hace para estar tan resplandeciente? —murmuró acercando ligeramente su rostro—. No sé qué me pasa con usted pero...

No terminó la frase. Yo preferí cambiar de conversación.

—¿No tiene ninguna pista nueva?

Sentí que le irritaba, aunque continuó acariciándome la palma mientras canturreaba una canción que no conocía. Temblorosa y resignada, me dije que el momento tan temido había llegado, pero llevó mi mano a sus labios y posó sobre ella un beso delicado antes de liberarla.

—Siempre repite la misma pregunta, le responderé cuando sepa más. Su antiguo marido está forzosamente en alguna parte de nuestro continente, que por la fuerza del destino se ha convertido en una inmensa leonera. Piense que en pocos meses hemos trasladado masas de personas de origen alemán a Rumanía, Besarabia, Rusia, Lituania y muchos otros países. Y lo mismo con los judíos. Ellos son nuestra auténtica cruz. Ay, los judíos...

—Nada permite aprobar lo que hacen ustedes con ellos —me atreví a murmurar pensando que Teo, si me hubiese escuchado, habría estado orgullosa de mí.

Himmler volvió a cogerme la mano, la estrechó muy fuerte y dijo:

—Habla usted como Felix, se deja intoxicar por su propaganda. Debe comprendernos. En lugar de dejar que los judíos pudran el alma europea, hemos decidido hacer frente al problema. De nada sirve intentar germanizar a los judíos, ¿sabe? Son ellos los que nos judaízan. No se les puede cambiar, siempre estarán a sueldo del Imperio judío, su única y verdadera patria, que se ha propuesto liquidar nuestra civilización. Sé que esta política es cruel, pero de ella depende la preservación de la raza germánica. Habría preferido que les dejásemos construir su propio Estado lejos de nosotros, pero, bajo la presión de Goebbels, el *Führer* ha decidido algo distinto y, lo digo sin ironía, el *Führer* tiene siempre razón...

Himmler parecía cada vez más febril. Quizás era el amor, pero también el placer de hablar, su actividad preferida. Incluso muerto, en el fondo de su ataúd, ese hombre habría continuado hablando. Hijo del director del célebre instituto de Wittelsbach en Múnich, había comenzado su vida como criador de gallinas, pero tenía alma de profesor y yo me comportaba, para su gran satisfacción, como una ardiente alumna. Era un asesino, pero también un pedagogo. Esa noche me dio un curso de historia sobre Carlomagno:

—Desde el punto de vista patriótico, tengo todas las razones para odiarle. Masacró a los sajones, que sin embargo eran lo más puro de la raza germánica. Pero fue gracias a eso que pudo construir un imperio que resistió a las hordas asiáticas. No olvide esto nunca, Rose: en muchas ocasiones en la Historia, es el Mal el que genera el Bien.

37. El beso de Himmler

BAVIERA, 1942. Himmler me besó por primera vez en Gmund. Un beso ligero como una mariposa, que duró apenas el momento de un roce.

De todas las ciudades que he visitado, Gmund es sin duda una de las más limpias, diría incluso que la más lustrosa. Con los nazis al igual que bajo todos los regímenes, siempre ha parecido, vista de lejos, un ramillete de casas de muñecas pulcras y cuidadosamente dispuestas al borde del lago Tegernsee, rodeado de montañas cubiertas de abetos.

Pasamos seis días en el chalé de Himmler con parte de su familia, incluidas su esposa legítima, Marga, una vieja envarada que parecía bautizada con vinagre y que detestaba a todo el planeta porque su marido la engañaba, y su hija Gudrun, llamada Püppi, un bicho nazi de rizos dorados de trece años y que sufría, como su padre, dolores de estómago.

Sólo cuando paseaba en compañía de Himmler me libraba de que me siguiera una escolta de la guardia negra con casco de las SS. Él apreciaba nuestra intimidad, como solía decir con amplia sonrisa. Tenía siempre la misma idea en la cabeza, pero la retrasaba sin cesar hasta el día siguiente.

Esa noche, tras haber acostado a Püppi, Himmler me llevó hasta el bosque y, durante todo nuestro paseo a la luz de la luna, me habló de Federico II de Prusia, llamado Federico el Grande, el «rey filósofo», hijo de Federico Guillermo I, el «monarca soldado» del que ya me había hablado.

Durante su larguísimo reinado (1740-1786), Federico el Grande había convertido un pequeño reino en una gran potencia anexionándose sobre todo la Silesia y un pedazo de Polonia. Por muy culto que fuera, sabía hablar a sus soldados, como, por ejemplo, cuando les dijo, un día que se habían batido de manera lamentable en retirada: «¡Perros! ¿Queréis vivir eternamente?».

—Había en Federico el Grande —me dijo Himmler tomándome del brazo— ese rigor y esa constancia que tanto nos faltó después. Como yo, no dejaba nada al azar y se ocupaba de todo, incluso de cuestiones secundarias. Eso es Prusia.

—Así fue como Prusia se convirtió en Prusia —aprobé servilmente.

—Pero Prusia arrastra una rémora: Baviera. Los prusianos y los sajones serán siempre superiores a los bávaros, y se lo dice un bávaro.

—¿Por qué?

—Porque tienen los ojos claros y el pelo rubio mientras que los nuestros, por desgracia, son negros como la muerte. Una especie de maldición, y eso que mido mis palabras. Nos obliga imperiosamente, a nosotros los bávaros, a hacer más y a no rechistar ante los sacrificios que requiere el ideal germánico. Me hubiera gustado tanto tener el tipo nórdico como usted... ¿Ya le han dicho que es irresistible?

De pronto, el *Reichsführer-SS* me agarró la cabeza con las dos manos y se unió a mi boca en un beso más intenso que el primero. Yo, resignada a mi suerte, me veía ya montada en el sotobosque, sobre un lecho de hojas y musgo, por uno de los personajes más importantes de nuestra época y que iba quizás a ser el salvador de mis hijos, pero Himmler retiró súbitamente sus labios de los míos:

—Perdóneme, creo que no estamos siendo razonables.

—Es cierto.

Había decidido estar siempre de acuerdo con él, pero, en esa ocasión, lo estaba de verdad...

—Tengo demasiada presión en este momento —se excusó.

En el camino de vuelta, agarró mi mano y yo estreché la suya. Sesenta años después, cuando los hechos están prescritos, puedo decir que tuve ganas de gritarle a la cara: «Tómelo, aprovéchelo, es gratis, estúpido, absurdo: sólo es amor».

Obsesionada por la suerte de Gabriel y los niños, estaba dispuesta a llegar hasta el fondo de lo abyecto con tal de que los encontrase. Por inmunda que fuese, no podía dejar pasar esa oportunidad.

*

Sin duda Himmler sabía lo que les había pasado a Gabriel y a los niños, pero fingía estar esperando todavía los resultados de la búsqueda cuando las primeras hojas caídas anunciaron el otoño.

La última vez que había abordado el tema con él, había terminado montando en cólera. A partir de entonces, evitaba hablar de ello. Acabé comprendiendo por qué: si me hubiese dicho la verdad, habría vuelto a París. Pero no tenía intención de dejarme marchar. No podía estar sin mí: con mi dieta y mis píldoras se sentía bastante mejor, aunque todavía recurriese a las manos del doctor Kersten.

Una noche, Himmler me dijo que creía, antes de que yo entrase en su vida, que sus calambres estomacales eran de origen psicosomático, pero yo había dado prueba de lo contrario. Era, en parte, una cuestión de alimentación, aunque fuese innegable que las preocupaciones seguían repercutiendo, de una u otra manera, en su vientre, su punto débil.

Sus cumplidos no podían bastar. Sabía que yo no me contentaría mucho más tiempo con preparar sus cenas en una casa donde sólo venía a dormir dos o tres veces por semana. Mi salud mental estaba en juego.

Por esa razón me nombró consejera de su Estado Mayor, encargada de coordinar la investigación que se llevaba a cabo fundamentalmente en el centro de estudios de la nutrición, cerca de Salzburgo, o en el laboratorio de cosméticos y cuidados del cuerpo, al lado de Dachau. De esa forma se me autorizó a viajar, con escolta, por supuesto.

Además, Himmler me puso también bajo la protección del *Standartenführer* Ernst-Günther Schenck, inspector de nutrición de la Waffen-SS, y me pidió que velase por la aplicación de las instrucciones que le había dirigido a él y al gran patrón de su Administración el *Obergruppenführer* Oswald Pohl, sobre la alimentación de los soldados.

Conocía bien esas instrucciones, y con razón. Las había redactado junto a Himmler la noche del 11 al 12 de agosto de 1942. Entre sus directivas estaban:

—tostar el pan de los soldados para que sea más digestivo;

—aumentar las raciones de nueces, frutas con pepita y copos de avena;

—reducir el consumo de carne «lenta y discretamente, de forma razonable», para deshabituar a generaciones futuras.

Prácticamente yo se las había dictado, aunque él no estaba de acuerdo en la necesidad de comer fruta con pepitas, que, en su opinión, no eran eficaces. Pero Himmler, el arquitecto de la Solución Final, no tenía carácter alguno. Se descomponía ante el menor comentario descortés de Hitler y raramente contradecía al doctor Kersten o a mí misma.

Por esa razón lamento no estar de acuerdo con mi filósofa de cabecera, Hannah Arendt, cuando, tras haberle calificado erróneamente de filisteo inculto, defiende que Himmler era «el más normal» de todos los jefes nazis. Sin duda el *Reichsführer-SS* estaba rodeado de paranoicos, extravagantes, histéricos y sádicos que poblaban las altas esferas del Estado nazi, pero era un pobre cervatillo sufriente, un blandengue, débil de cuerpo y espíritu, como he conocido pocos en más de cien años. ¿Eso es ser un hombre normal?

38. El dossier Gabriel

BERLÍN, 1942. Una noche, Heinrich Himmler entró con un grueso dossier que me entregó solemnemente, sin decir palabra, cuando yo estaba en la cocina preparándole un *fondant* al chocolate. Me lavé las manos y leí, con el corazón desbocado, las notas que contenía, empezando por la más larga, firmada por Claude Mespolet.

INFORME AL PREFECTO DE POLICÍA

Gabriel Beaucaire es un individuo turbio que ha estado engañándonos durante más de quince años haciéndose pasar por un patriota que creía en los valores de nuestra civilización, mientras trabajaba a escondidas para los pontífices de las Doce Tribus y la diabólica Liga Contra el Antisemitismo. Sobrino político del llorado Alfred Bournissard, supo aprovechar las relaciones de su tío para infiltrarse en los medios nacionales.

El 11 de mayo de 1941 participó en la inauguración del Instituto de Estudios de Cuestiones Judías, en la rue de La Boétie, 21, donde no pintaba nada, al igual que el editor Gilbert Baudinière, al que el capitán Paul Sézille, futuro presidente del Instituto, se enfrentó violentamente, pues su nariz ganchuda era en efecto más que sospechosa.

El 5 de septiembre siguiente, Gabriel Beaucaire se infiltró entre las personalidades en la inauguración de la exposición «El judío y Francia» en el Palacio Berlitz, organizada por el Instituto de Estudios de Cuestiones Judías. Una exposición que, nunca se repetirá lo bastante, registró doscientas cincuenta mil visitas en París y cerca de cien mil en Burdeos y en Nancy. Bajo el seudónimo de Francis Aicard, publica un elogio en *La Gerbe,* en la que colabora con regularidad fingiendo llamarse realmente Frémicourt, lo que le permite hacerse pasar por un pariente del primer ministro de Justicia del Mariscal.

Aunque conserva apoyos incomprensibles en ciertos medios de la Revolución nacional, es un demostrado agente israelita, como lo atestiguan sus relaciones con los adoradores de Adonai que frecuenta o frecuentaba asiduamente en el entorno de la prensa, que ahora por fin se está arianizando. Tenía especial relación con los judíos Offenstadt, Boris, Berl, Cotnaréanu y Schreiber.

Los orígenes judíos de Gabriel Beaucaire están demostrados por la pertenencia de sus dos abuelos maternos, como muestra el documento adjunto, a la comunidad israelita de Cavaillon. Sin embargo, este impostor profesional rebate efusivamente todos los indicios que confirman su sangre judía. El gran periodista Jean-André Lavisse fue el primero en desenmascararle en un artículo del periódico *L'Ami du peuple,* artículo que este personaje desvergonzado se atrevió a denunciar.

Para continuar el proceso, que amenaza con alargarse, pedí un estudio en profundidad al profesor de antropología George Montandon, que, debo señalar, con su habitual abnegación no deseó ser remunerado. Lo adjunto al dossier y verá que no tiene discusión.

Tras una larga investigación, conseguimos por fin localizar a este peligroso individuo. Espero sus instrucciones. En ausencia de respuesta por su parte, lo haré detener mañana a primera hora.

ANÁLISIS DEL DOCTOR GEORGE MONTANDON, PROFESOR DE LA ESCUELA DE ANTROPOLOGÍA

Tras haber examinado a Gabriel Beaucaire, confirmo que es del tipo judíceo y que posee los caracteres más corrientes de esta raza:

—Nariz muy convexa con prominencia inferior en el tabique nasal.

—Labio inferior prominente.

—Ojos húmedos, poco hundidos en las órbitas.

—Hinchazón bastante pronunciada en las partes blandas del rostro, especialmente las mejillas.

Debo añadir otros rasgos que he enumerado en mi obra *Cómo reconocer al judío:*

—Hombros ligeramente encorvados.

—Caderas amplias y grasientas.

—Gesto ganchudo.

—Andar desgarbado.

Desde el punto de vista antropológico, este individuo es pues judío al 100%.

¿Qué entendía el profesor Montandon por «judíceo»? ¿Era una errata? ¿Una nueva denominación? Me hice la pregunta mientras, de pie a mi espalda, el *Reichsführer-SS* leía las hojas por encima de mi hombro, y sentía su aliento en mi cuello. De vez en cuando, lanzaba un suspiro para transmitirme su compasión.

Los otros documentos no tenían gran interés. Notas de búsqueda. Fichas de escuchas telefónicas. Informes policiales. Lo sobrevolé todo febrilmente, hasta que las lágrimas emborronaron mi visión. Dejé el dossier sobre la mesa de la cocina y me derrumbé sobre una silla donde estallé en sollozos y pregunté:

—¿Qué quiere decir esto? ¿Cree que nunca encontrará a Gabriel?

—No sé más que usted. No he podido sacar más de la estúpida policía francesa.

—¿Y los niños? —sollocé.

—Igual. He hecho todo lo posible, Rose. Hemos perdido su rastro.

Se sentó también y puso la mano sobre la mía.

—Sepa que estoy con usted. Con todo mi corazón.

Lloré con más fuerza aún, tosí y luego estornudé:

—Discúlpeme, Heinrich. Es demasiado duro.

Entonces ya le llamaba por su nombre de pila. Sólo habíamos intercambiado dos besos, el primero furtivo y el segundo algo más largo, pero sentía que pronto haríamos el amor: una fuerza me atraía hacia él, una fuerza llena de energía negativa, como un agujero negro.

Es cierto que, en aquella época, desconocía su cara más horrible. La Solución Final, decretada en la conferencia de Wannsee el 20 de enero del mismo año, estaba alcanzando su velocidad de crucero bajo su dirección. Pero debo decir, incluso si me invade la vergüenza escribiendo estas palabras, que su timidez me conmovía, así como el cansancio de su espíritu que tan a menudo, como a todos los débiles, le convertía en un quejica. Cuando no se quejaba de estar sobrepasado de trabajo, se lamentaba de las humillaciones que le hacía sufrir Hitler, que sólo tenía ojos para Goebbels.

Esa noche fue la de nuestro tercer beso, un beso ostentoso, mezclado con la mucosidad y las lágrimas que inundaban mi rostro hinchado, sembrado de manchas rojas o violáceas. Una forma de probarme que me amaba por y a pesar de todo. Incluso fea. Incluso destrozada por la pena.

Después, Heinrich bajó a la bodega a buscar una botella de Château-Latour 1934 que me presentó con orgullo antes de abrirla:

—Es el mejor año que conozco, junto a las cosechas de 1928 y 1929. Un vino bastante fuerte, con un gusto a nueces frescas, muy equilibrado.

Tras brindar, cuidando de mirarnos a los ojos para ahorrarnos los siete años de abstinencia sexual con los que se castiga a los transgresores, Heinrich suspiró:

—El único punto sobre el que estoy de acuerdo con la Biblia es cuando aconseja beber vino.

Después de tragarnos tres cuartas partes de la botella, volvió a bajar a la bodega y, esta vez, subió con vino blanco, una botella de Chassagne-Montrachet, para acompañar mi plato principal: una receta de mi invención, picadillo Parmentier de cangrejo a la trufa y el ajo.

—Heinrich —insistí—, le aseguro que se puede beber vino tinto tanto con el cangrejo como con el pescado.

—No conmigo. Existen reglas en la vida y hay que seguirlas. Si no, no seríamos mejores que los animales.

Se tragó el primer bocado de mi picadillo con un gruñido de satisfacción.

—La semana que viene —dijo— partiré una docena de días al frente del Este.

—¡Heinrich, nunca está aquí! —protesté.

—Tengo cosas que supervisar allí. Cosas muy importantes. Pero creo que no es necesario que se quede aquí esperándome. No le sienta bien. Le propongo pues marchar a Baviera en misión oficial. Realizará allí un informe sobre todos los trabajos que he realizado en materia de farmacología para dar más energía a mis SS y calmar las angustias de los deportados.

—De acuerdo —murmuré tras un instante de duda.

—Y después tengo una gran noticia para usted: el *Führer* nos invita a pasar dos días con él en Berchtesgaden, un fin de semana. Ha oído hablar de usted y de sus logros como cocinera.

Tras la cena, Heinrich me besó de nuevo para después retirar bruscamente sus labios y sus manos y volver a su habitación con la excusa de que necesitaba dormir sin falta. Mientras subía la escalera, se detuvo al cabo de cuatro o cinco escalones y repitió, con tono inspirado, una frase que decía haber oído días antes de la boca del *Führer,* y que me permitía comprender mejor su comportamiento: «Tengo miedo de traer la desgracia a las mujeres, tengo miedo de encariñarme».

39. El aliento del Diablo

BERCHTESGADEN, 1942. Era un paisaje que dejaba sin aliento, y no sólo en sentido figurado: me costaba respirar. Mientras atravesábamos Baviera desde el aeródromo de Ainring, en el que había aterrizado nuestro trimotor Ju 52, hasta Berchtesgaden, el refugio de Hitler, tenía la impresión de encontrarme en una escena pintada por Gustave Doré inspirado por Richard Wagner, de cuya obertura de *Tannhäuser* me parecía oír fragmentos en el viento que golpeaba los cristales del coche.

Los jerarcas nazis debían de estar completamente ciegos para seguir declarándose ateos ante tanta belleza natural, sobre el Nido del Águila de Hitler, frente al lago Königssee, cuyos reflejos verde esmeralda se filtraban entre las montañas dominadas por el Watzmann, entre acantilados, bosques, pastos, cascadas y glaciares.

Un entorno de esos en los que es inútil buscar en el cielo para descubrir a Dios. Está por todas partes. La luz que atraviesa una nube, la tormenta que lo abate todo o el velo de oro en la noche estrellada nos dicen más que los textos sagrados. Basta con mirarlos. Era curioso que me encontrara en ese lugar divino al lado de Heinrich, martillo y asesino de curas, a quien no habría hecho falta animar mucho para que asegurase que era Hitler, y no el Señor, el que había creado el universo.

Mientras se ocupaban de nuestro equipaje y Himmler se dirigía a la gran sala del Berghof, la residencia de Hitler, con su ventana de ocho metros por cuatro, fui conducida hasta las cocinas, donde una brigada uniformada, compuesta sobre todo por mujeres jóvenes, preparaba la comida. Me saludaron respetuosamente, esbozando una especie de reverencia, antes de volver al trabajo con la cabeza baja. Al contrario de lo que hubiese creído, fui muy bien acogida por la chef, una señorita regordeta cuyo nombre he olvidado, pero que no era ni Marlene von Exner ni Constanze Manziarly, las dos dietistas que trabajaban para el *Führer*. No podría jurarlo, pero me parece que se llamaba Traudl.

Parecía una carmelita. No había en su mirada ni en su expresión un solo rastro de vicio. El tipo de mujer que hace perder la cabeza a los hombres: tras esa inocencia aparente imaginan, a menudo equivocadamente, una prometedora perversidad. Aunque no perteneciese al sexo opuesto, debo reconocer, no sin sentirme incómoda, que Traudl me excitaba, como también excitaba, lo supe más tarde, a Martin Bormann, a quien su dominio de la cortesía había llevado mucho más alto que sus méritos en la jerarquía del Reich, y que ejercía sin freno su derecho de pernada en las habitaciones del Berghof, ante las narices de su mujer.

Cuando pregunté por los gustos culinarios de Hitler, Traudl me llevó aparte:

—Le encantan los dulces. Por lo demás, es muy complicado, su alimentación es un auténtico quebradero de cabeza...

Le pregunté si Hitler seguía algún régimen y murmuró:

—Sufre continuas flatulencias y calambres de estómago. Muchas veces, justo después de las comidas, se tumba bruscamente por culpa del dolor. Es horrible ver a alguien sufrir así.

—Horrible —asentí.

—Es como si recibiera un flechazo en el vientre, y empieza a transpirar abundantemente. El pobre vive una pesadilla, ¿sabe?

Me guardé mucho de responder: «Igual que Heinrich», aunque no me faltaron las ganas. Me limité a declarar:

—Ya he cocinado para personas con problemas digestivos. En esos casos, sé lo que hay que hacer.

—Estamos aquí para servirla. Pero deberá informar de todo a Herr Kannenberg.

Pronunció ese nombre con una voz tan solemne que comprendí la importancia del personaje. Ese antiguo restaurador, un cuarentón regordete, era el mayordomo de Hitler. En Berghof le llamaban el Doble-Grasa.

Cuando Doble-Grasa apareció de repente, precedido por la risa que hacía estremecer su bigote, las dudas se disiparon. Imponente, Arthur «Willi» Kannenberg lo era en efecto, tanto en sentido estricto como figurado. Había en él esa euforia sumada a una autoridad natural que se da en los grandes gastrólatras que, décadas después de haber venido al mundo, siguen sin poder ocultar su alegría por estar en la tierra. No se acostumbran: se diría que la desgracia nunca se ha abatido sobre ellos.

—Bienvenida al paraíso —dijo estrechándome enérgicamente la mano—. Bueno, no es el paraíso para todo el mundo. Cuento con usted para introducir felicidad en el vientre del *Führer*. Su estómago le está dando mucha guerra en este momento.

—¿Qué es lo que no soporta Herr Hitler?

—Pues bien, muchas cosas, salvo zanahorias, huevos cocidos o patatas.

—Es triste.

—Así es. Como sigue la dieta Bircher-Benner, sus únicas fantasías son las nueces, las manzanas y el *porridge,* no digo más. El resto del tiempo está condenado a la fruta y las verduras crudas.

—Las verduras crudas son perjudiciales para lo que tiene.

—Eso se lo explicará usted. De todas formas, en este punto, está dispuesto a probarlo todo.

Para que pudiese preparar mi menú de la cena con conocimiento de causa, Kannenberg me hizo visitar los gigantescos invernaderos que aseguraban la producción de verduras para Hitler y sus invitados. Había de todo. Incluso tomates tardíos, salpicados en su parte superior por pequeñas manchas pardas. Era como una alegoría del nazismo, que soñaba con la autarquía y la autosuficiencia.

Me enamoré de los puerros. En Berghof, me dijo Kannenberg, acababan sus días en la sopa junto con las patatas. Yo los serviría de entrada, con una vinagreta a la trufa.

Para el plato principal no lo dudé: ante esa profusión de verdura, se imponía la lasaña vegetariana. La presentaría como una milhoja veteada de distintas composiciones, en las que siempre reinaría la zanahoria, la más digestiva de las verduras, rallada y ligeramente hervida.

En la despensa de frutas había manzanas a porrillo. Opté pues por una tarta de manzana con un dedo de ron, un pellizco de vainilla molida y dos cucharaditas de zumo de limón. Una receta de mi invención que luego ha sido muy copiada.

La comida debía estar lista una hora antes de ser servida para que las probadoras de Hitler comiesen una parte de los platos que le estaban destinados y tuviesen tiempo de verificar que ningún veneno actuaba sobre su organismo.

Tuve un éxito rotundo. Como los nazis eran bastante gregarios, bastó que Hitler apreciara la cena sin verse atacado por calambres durante el postre para ser consagrada reina de una noche. Heinrich vino a buscarme y toda la mesa me aplaudió, empezando por el *Führer*.

Veinte minutos más tarde, mientras contemplaba desde la ventana de mi habitación cómo se desencadenaba una tormenta, Heinrich entró con el rostro deshecho:

—El *Führer* quiere verla.

—Bien, ¿y?

—Debe usted jurarme que no le hablará de sus hijos y su antiguo marido. Si supiese que ha estado casada con un judío, no me perdonaría haberla traído aquí.

—Quizás lo sabe ya.

—No. Ese tipo de información sólo pasa a través de mí.

Heinrich me condujo hasta el despacho de Hitler. Parecía tan tenso que, en el pasillo, para relajarle, acaricié su brazo y después su nuca. Me sonrió.

La puerta estaba abierta y permanecimos un momento en el vano. Sin duda Hitler nos había oído llegar, pero no podía vernos. Estaba sentado de espaldas a nosotros, frente a la ventana, acariciando con una mano a su perro, un pastor alemán, mientras que en la otra sostenía un documento que estaba leyendo.

—Entren —acabó diciendo sin volverse.

No están obligados a creerme, pero les aseguro que en el preciso instante en el que nuestras miradas se cruzaron un relámpago iluminó la ventana antes de desplomarse sobre el flanco de la montaña, con un estruendo al que sucedieron ecos y ruido de desprendimientos. Hitler bromeó:

—He preparado esto para impresionarla.

Tras haber señalado a Heinrich que podía retirarse, me invitó a contemplar con él la tormenta por la ventana. El espectáculo era grandioso.

—Me pregunto —dijo levantándose— qué habría pensado Pannini de esto. Otra obra maestra, sin duda.

El *Führer* me explicó que Giovanni Paolo Pannini, pintor italiano del Barroco, aficionado a las escenografías y a los efectos monumentales, era uno de sus artistas preferidos.

—Me encanta ese pintor —dijo— porque no tiene miedo. Los verdaderos artistas nunca tienen miedo. Los grandes hombres tampoco. Los demás no valen nada.

Hitler me cogió del brazo y me llevó hasta el sofá de la esquina. Nos sentamos en el mismo sofá de cuero negro.

—Tengo aquí telas de Pannini —prosiguió—. Ruinas romanas. Tengo que enseñárselas.

Su aliento hizo estremecer mi nariz. No creo haber sentido nunca un olor tan inmundo, incluso durante el genocidio armenio, cuando bordeaba el río de Trebisonda, donde flotaban montones de cadáveres.

Me sentía incómoda. Para relajarme o hacerme hablar, Hitler me invitó a un vaso de licor de ciruela. Me bebí tres seguidos, lo que explica que no recuerde lo que se dijo después.

Joseph Goebbels se unió a nosotros. Un hombrecillo de pelo negro y engominado, que cojeaba y no se estaba quieto. Aún no sabía que era uno de los pilares del Tercer Reich y el director de escena del culto a Hitler, por quien, anticristiano fanático, decía profesar «un sentimiento sagrado». Pero su histeria de aquella noche permanece grabada todavía en mi memoria.

Goebbels me hizo beber más aún. Esta vez kirsch. No lo juraría, porque mis recuerdos son muy confusos, pero me parece que salí del despacho de Hitler con él.

¿Qué hicimos después? Nada, que yo recuerde. Deambulé un rato zigzagueando por los pasillos hasta que me crucé con un grupo de hombres entre los que creí reconocer a Martin Bormann, el jefe de la Cancillería. Hubo empujones y risas, y después uno de ellos me llevó hasta una habitación donde, tras empujarme contra la ventana, me forzó.

Cuando el hombre se apartó de mí, me sentía como desmayada y permanecí mucho tiempo en esa posición, jadeante y alelada, mirando por la ventana.

Me arreglé el vestido y, minutos más tarde, no había nadie en la habitación. Me tumbé en la cama y dormí un poco.

40. Tres dedos en la boca

BERCHTESGADEN, 1942. No volví a ver a Hitler. Me encargué de la cena del Berghof tres días seguidos y, a juzgar por los cumplidos de los comensales, tuve un éxito rotundo, aunque al *Führer* no le hiciesen demasiada gracia mis postres. Sólo le gustaban los pastelotes de mantequilla y nata montada, que nunca han formado parte de mi repertorio. Parece ser que se comía tres trozos seguidos. En cambio, no repitió ni de mi tarta del primer día, ni de mi charlota de peras del día siguiente, ni de mi babà al ron del último.

Hitler se declaraba vegetariano en nombre del sufrimiento animal y evocaba a menudo, sobre todo en presencia de su amante Eva Braun, gran carnívora, una visita a los mataderos ucranianos que lo había traumatizado. Pero Willi, su cocinero, me confió bajo alto secreto que el *Führer* no despreciaba siempre la carne: las salchichas bávaras y los pichones rellenos le volvían loco. Como vegetariana, me sentí muy feliz de saberlo.

Terminada la cena, los invitados del Berghof veían a menudo una película en el salón tras haber tomado un té o un café repantingados en los sillones, mientras escuchaban al *Führer* hablar del tiempo o de las últimas aventuras de Blondi, su pastor alemán. Eso si no les soltaba una pesada charla sobre Wagner, el comercio de huevos o los avances de la ciencia. Todo el mundo le escuchaba con una atención que revelaba abnegación. Yo pensaba que un pueblo capaz de aburrirse hasta ese punto, sin rechistar, conservando la sonrisa, era forzosamente invencible: tenía el sentido de la eternidad y lo demostraba a cada instante.

La última noche tuve la idea de servir después de la cena, a modo de sorpresa, unos *scones* con sésamo, uvas pasas y confitura de fresa. Como se comían untados con mantequilla o rellenos de crema, al *Führer* le encantaron. Hasta el momento en que preguntó qué eran. Al descubrir el origen inglés de mis pastelitos, emitió un gruñido equivalente a una condena.

Heinrich no soportaba el clima de ociosidad que reinaba en Berchtesgaden. A pesar del aire de los Alpes, todo allí era emoliente. Las jornadas eran una sucesión de comidas interminables, paseos digestivos y tentempiés de dulces. Nada cansa más que el ocio, que transforma a los más férreos en blandengues.

La primera noche, cuando me visitó en mi habitación cerca de las doce para tirarme de la lengua sobre mi entrevista con Hitler, yo todavía seguía bajo los efectos del alcohol, a pesar del litro y medio de agua que había bebido. Según se sentaba en mi cama, Heinrich declaró:

—Tiene la mirada de alguien que ha bebido.

—Creo que tiene mucha razón.

—No hay gran cosa que hacer aquí. ¡Qué aburrido es esto! ¡El pueblo alemán es el único pueblo al que le parece normal aburrirse, Rose! —se acercó a mí—: Los alemanes harían mejor dedicándose a ganar la guerra lo antes posible, ¿no cree?

Su inquietud me hizo enrojecer de alegría. Resulta que nada estaba perdido para nosotros. Yo estaba convencida, hasta ese instante, de que los nazis habían ganado la guerra. No sabía que las cosas iban peor de lo previsto en el frente ruso.

—Estamos convirtiéndonos en una nación que ya no da miedo —gimió—. Hitler acaba de recibir a Laval, el presidente del Consejo francés, una especie de excremento ennegrecido que se ha reído de él negándose a declarar la guerra a Inglaterra y a los Estados Unidos con el pretexto de que Pétain se opondría. No comprendo cómo le han dejado marcharse vivo. Un poder débil es un poder muerto.

De pronto, clavó sus ojos en mí:

—Apesta usted a aguardiente. ¿Ha sido con Hitler con quien ha bebido tanto?

Preferí no mentir.

—La ha obligado a beber para que le hablase de mí, ¿verdad?

Le respondí que habíamos hablado de cocina y del pintor Pannini.

Más tranquilo, se incorporó, me cogió del antebrazo, me atrajo hasta la cama y, cuando caí sobre él, me besó. Un beso fuerte en la boca, potente, con cuerpo, rico en alcohol, con un gusto a champán al principio, luego a queso de oveja, madera podrida, avellanas frescas, ron añejo y pimienta gris al final.

Me introdujo tres dedos en la boca. Dedos finos de pianista que besé con una fogosidad que pronto le turbó. Luchaba contra sí mismo, se veía en sus ojos huidizos: detestaba perder el control de sus sentimientos.

De pronto, Heinrich se levantó, se aclaró la garganta, se ajustó el cuello de la camisa, frotó sus mangas para quitarles las arrugas, me saludó y salió.

*

Cuatro días más tarde, dos trimotores Ju 52 nos esperaban en el aeródromo de Ainring, a unos veinte kilómetros de Berchtesgaden. Uno para llevar a Heinrich a Berlín, desde donde partiría de inmediato hacia el frente ruso. El otro con destino a Múnich: allí debía reunirme con Felix Kersten, el masajista del *Reichsführer-SS*, para ir a visitar con él el centro de estudios cosméticos y homeopáticos.

Con aspecto abrumado y el rostro casi tan arrugado como su abrigo azul marino, Felix Kersten me recibió con una mezcla de efusividad y seriedad que no auguraba nada bueno. Me había dicho que estaba presionando al Estado Mayor de las SS para obtener noticias de Gabriel y los niños. En cuanto me crucé con su mirada, supe que las tenía.

Murmuró, mirando al suelo, una frase que no comprendí. Sólo escuché: «Dachau». Ese nombre me hizo estremecer. Creado por Himmler en 1933, el año de la llegada al poder de los nazis, Dachau era el único campo de exterminio cuya existencia conocía. De golpe, todo empezó a palpitar con fuerza en mi interior. El corazón, las sienes, los tímpanos. Me convertí en un pálpito en el vacío.

—Su marido murió en Dachau. Los niños murieron en un tren.

Algo explotó dentro de mí. Cuando volví a la consciencia, Felix me estaba dando palmaditas en las mejillas.

Me ayudó a incorporarme sobre la banqueta, se encogió de hombros con aire fatalista y me acarició el antebrazo a modo de consuelo. Lloré aún más fuerte.

Ya no recuerdo lo que pasó después en el centro de estudios. No volví a emerger hasta el final del día, cuando me reuní en el hotel, cerca de Max-Joseph-Platz, con Felix Kersten, que había pasado parte del día en Dachau. Me confirmó que Gabriel había muerto, lo había verificado en un registro, el 23 de agosto de 1942.

—No conozco los detalles—murmuró—. Perdóneme.

No pude saber nada más. Él no quería hablarme de otra cosa que no fueran los experimentos médicos que tanto le habían traumatizado, como la inoculación de malaria en prisioneros sanos para probar nuevos fármacos, porque la quinina era demasiado escasa y demasiado cara. O la inmersión de prisioneros en barreños de agua helada, a veces hasta la muerte, para estudiar los efectos de la hipotermia y diseccionarlos después como ranas, abriéndoles el cráneo y el pecho. También me habló de las inyecciones de pus que se habían practicado a una cuarentena de eclesiásticos, en su mayoría polacos, y que les habían provocado enormes flemones purulentos, con el fin de identificar el remedio más eficaz contra las infecciones. Las cobayas en sotana eran divididas en grupos como los ratones de laboratorio y tratadas, según los casos, con sulfamidas o comprimidos bioquímicos, los preferidos de Heinrich.

Los curas medicados con sulfamidas se restablecían con bastante rapidez, así que los más vigorosos recibían otra inyección intravenosa de pus de sus propios flemones, lo que falseaba los resultados del experimento pero evitaba al *Reichsführer-SS* la humillación. Cuando no estaban inconscientes, los sobrevivientes se retorcían en su cama gimiendo, presos de atroces dolores.

—No hay palabras para describir lo que he visto —murmuró Felix, la voz ahogada y la cabeza baja—. Es un auténtico torbellino de abominaciones. Voy a decírselo a Himmler, no tiene derecho a hacer eso.

—¿Acaso cree que no está al corriente?

—¡Me da igual, con tal de salvar vidas! Pero sé, aunque no le disculpe, que Himmler no está siempre a gusto con lo que ocurre.

Felix me contó que mientras asistía a una ejecución en masa en Minsk, el 15 de agosto de 1941, Himmler estuvo a punto de desmayarse. Fue su bautismo de sangre. Erich von dem Bach-Zelewski, *Gruppenführer* de Bielorrusia, responsable directo de doscientos mil asesinatos, estaba a su lado. Contó después que su jefe, «blanco como la cera», miraba al suelo en cada salva, y que había gritado, desquiciado, mientras unos SS se entretenían antes de rematar a dos jovencitas que agonizaban en la fosa: «¡Dejen de torturar a esas mujeres! ¡Mátenlas!».

Guardando las distancias, comentó Felix, Himmler era como esos devoradores de carne roja que no soportan los métodos que se usan para sacrificar a los animales.

Tres meses más tarde, mientras su masajista le esperaba para una sesión, Himmler volvió destrozado de la Cancillería. Era el 11 de noviembre de 1941, Felix recordaba la fecha con precisión. Mientras el *Reichsführer-SS* deseaba sólo proceder a la «evacuación» de los judíos, Hitler acababa de pedirle que organizara su «exterminio».

Himmler estaba deprimido y Felix, horrorizado. Cuando su médico denunció, durante el masaje, la inhumanidad de esa solución, el *Reichsführer-SS* objetó: «Los judíos dominan la prensa, las artes, el cine y todo lo demás. Son los responsables de la podredumbre y la proletarización sobre las que prosperan. Han impedido la unidad de Europa y han derribado una y otra vez sistemas de gobierno con guerras o revoluciones. Deben rendir cuentas por los millones de muertos de los que son responsables a través de los siglos. Cuando el último judío haya desaparecido de la faz de la tierra, habrá terminado la destrucción de las naciones y las generaciones venideras no sufrirán futuras masacres en los campos de batalla en nombre del nihilismo judío. Para alcanzar la grandeza hay que saber caminar sobre cadáveres. Es lo que han hecho los americanos con los indios. Si queremos crear una nueva vida, es necesario limpiar el suelo para que pueda, un día, dar fruto. Ésa es mi misión».

En ese instante de su relato, Felix me cogió la mano y, estrechándola, me transmitió una sensación de frío:

—Días más tarde, Himmler por lo menos reconoció, antes de defender el principio, que el exterminio de pueblos era antigermánico —lanzó una risa falsa—. Si nos vemos reducidos a contar con un hombre como Himmler para salvar judíos —añadió—, es que aquí abajo está todo verdaderamente podrido.

Felix y yo experimentamos la misma mezcla de pánico, cansancio y abatimiento. No nos quedaba más que beber, y nos emborrachamos de forma metódica, a la alemana: con cerveza y *schnapps*.

Al día siguiente regresamos a Berlín. Al volver a mi habitación, me dirigí directamente al acuario y le relaté los últimos acontecimientos a Teo, de quien se habían ocupado muy bien en mi ausencia los guardias SS. Al final de mi relato, mi salamandra exclamó:

—¿Qué haces acostándote con nazis?

—¡No es lo único que he hecho!

—¡Pero lo has hecho, y me da asco!

—Si he venido a Alemania ha sido para salvar a mis hijos a cualquier precio.

—¿Y has visto el resultado, mi pobre Rose? ¡Te has prostituido por nada!

—¿Y qué quieres que haga?

—¡Que te respetes, joder!

—¿Cómo quieres que una mujer se respete cuando le han quitado a sus hijos?

Me pasé la noche llorando en mi almohada.

41. El embrión que no quería morir

BERLÍN, 1942. Durante la semana que estuve en la casa de Berlín esperando a que Heinrich regresara, pasaba sin cesar del terror al abatimiento. Lo había puesto en el pelotón de cabeza de la lista de mis odios.

El que no me hubiese dicho la verdad sobre la suerte de Gabriel y los niños revelaba para mí su doble moral y la pura traición. Había decidido pedirle que me dejase regresar a París. Mientras tanto, intentaba matar el tiempo bebiendo infusiones de hipérico, ocupándome de Teo, paseando por Tiergarten, el gran parque de Berlín, o leyendo unas obras completas de Shakespeare, publicadas en 1921 y traducidas al alemán por Georg Müller, que había encontrado en la biblioteca de Heinrich. Pero Gabriel y los niños me atormentaban, no conseguía pensar en otra cosa.

Durante su viaje, Heinrich me llamó varias veces por teléfono. Su voz era cavernosa, lo que significaba que había bebido mucho o dormido poco, y su conversación carecía de interés, como la del empleado que viene a hacer la lectura del contador. Si no me equivoco, yo debía de ser la cuarta mujer de su lista, detrás de su mujer, su hija y su amante.

En cuanto al doctor Felix Kersten, que había vuelto a Holanda tras el episodio bávaro, me llamaba todas las noches y me hacía siempre, con voz inquieta, las mismas preguntas, sin esperar respuesta:

—¿Qué tal? ¿Está segura de que está bien? ¿Puedo hacer algo por usted?

Todo cambió el día en que Heinrich debía volver de su gira. Por la mañana, al despertar, observé que mis pechos se habían agrandado. Sin querer presumir, siempre he tenido un balcón respetable, pero entonces, francamente, era excesivo.

Me levanté y me miré en el espejo del cuarto de baño. Al palpar mis grandes senos rellenos, constaté que las glándulas de Montgomery habían crecido también y que la areola se había oscurecido. Aproveché para acariciarme el pecho que, a cada roce, se estremecía de placer.

La víspera, después de orinar, había descubierto pequeñas hemorragias marrones en el retrete. En ese momento no había prestado atención pero entonces salí de dudas: lancé un largo grito de espanto que hizo subir precipitadamente hasta el cuarto de baño a dos de los guardias SS encargados de la protección de la casa.

—Déjenme —les dije—. No es nada. Me he pillado el dedo con la puerta.

No soportaba la idea de dejar crecer en mi vientre la semilla de un nazi. Me sentía como la cigarra en la que la avispa ha inoculado su huevo tras haberla encerrado en el fondo de un agujero, tapado con una piedra, y a la que la repugnante larva comerá viva, hasta el último filamento de su carne, una vez salga de su membrana.

Para librarme del intruso, estaba dispuesta a todo. Cucharadas de aceite de ricino. Infusiones de perejil, de absenta, de artemisa, de laurel y de sauce blanco. Inyecciones de agua jabonosa o introducción de plantas abortivas en el útero. Correr, saltar a la comba, darme puñetazos en el vientre.

Ante la hipótesis aterradora de que el feto permaneciese agarrado a pesar de todo, debería encontrarle un padre sustituto, y, para interpretar ese papel, sólo se me ocurría Heinrich. Así que tenía que consumar mi relación con él lo más rápidamente posible, puesto que mis tentativas de aborto parecían destinadas al fracaso.

Esa noche, cuando Heinrich volvió a casa tras su gira por el Este, se sentó en el sofá suspirando y, tras haber pedido que me acercase, sacó una cajita de su bolsillo. Era un anillo de compromiso: un enorme rubí de Birmania, rodeado de una corona de diamantes.

Una vez me puse la sortija, me arrodillé ante él. Le abrí el pantalón, desabotoné su bragueta, extraje su miembro del calzoncillo y, tras rodearlo con mis labios, di a Heinrich lo mejor de mí, mi vida, mi dignidad, mi ciencia, como sólo las mujeres saben hacerlo, hasta que una descarga de Santa Crema me refrescó la boca y después la garganta.

Cuando me levanté, Heinrich estaba aplastado, los brazos extendidos sobre el respaldo del sofá, la cabeza ligeramente hacia atrás, con una amplia sonrisa de plenitud. Me tuteó por primera vez:

—Eres realmente la mujer de mi vida.

No iba a devolverle el cumplido. Me comportaba así porque necesitaba un progenitor para el niño que llevaba dentro. Sólo podía ser Heinrich, debía penetrarme urgentemente. Si no, me enfrentaría a graves problemas.

Además, me parecía que el paso al acto era el mejor medio para alejarlo de mí, porque en muchos casos son los amores imposibles los que permanecen eternos. En cuanto consumáramos el nuestro, era de esperar que Heinrich se cansase de mí y me dejase marchar en los siguientes días, lo que me habría permitido abortar en París.

Le encontraba cierto encanto con su aspecto tranquilo, que contradecían sus cejas interrogantes, por no hablar de la ironía que, intermitentemente, tensaba sus labios. De no ser por su bigote, demasiado arreglado, y sus labios tan finos, habría sido un hombre guapo. Pero desde que sabía lo que había sucedido con Gabriel y los niños, cada vez sentía más ganas de matarle.

Al final de la cena, cuando le anuncié que quería volver a Francia, me respondió con voz cavernosa y una expresión siniestra:

—Ni hablar.

*

Las noches que Heinrich venía a dormir a casa, le hacía un regalito según el mismo ritual: el *Reichsführer-SS* se sentaba en el sofá, le servía un vaso de oporto en una bandeja y después, mientras bebía los primeros tragos, me arrodillaba ante él.

No me disgustaba sentir su mano sobre mi cráneo para guiarme. Tampoco me privaba de jadear de placer cuando me agarraba por las mandíbulas para hundir su aparato en mi garganta o cuando introducía sus dedos en los agujeros de mi nariz para impedirme respirar.

Empezaba a sentir pánico. Los días pasaban y seguía sin conseguir hacerle pasar al acto. Mi devoción no servía de nada, sólo aceptaba inseminar mi boca y nada más. Sin embargo, para que Heinrich no pudiese dudar de que era el padre de mi hijo, debía acostarme con él, y no tenía tiempo que perder.

Comencé a hacerme a la idea de que mi resistente embrión no se dejaría matar en el útero. Hacía cinco semanas que intentaba erradicarlo de mi vientre, sin éxito. Ni con los saltos de tres escalones que daba en la escalera. Ni levantando y desplazando muebles sin cesar con la esperanza de provocarme un aborto.

Una noche, Felix Kersten vino a cenar a casa tras haber negociado el mismo día, mientras masajeaba al *Reichsführer-SS*, varias liberaciones de judíos en Holanda. Si mi memoria es buena, fue el 19 de diciembre de 1942, el día del cumpleaños de Emma Lempereur, por quien había ido a rezar esa misma mañana a la catedral de Santa Eduvigis, cuyo abad había muerto de camino a Dachau por haberse puesto del lado de los judíos tras la Noche de los Cristales Rotos.

Felix llegó, según su costumbre, con una hora de adelanto. Tuvimos tiempo de hablar frente a una botella de *schnapps.* Tras confesarle que estaba embarazada, suspiró:

—¿Y de quién?

—No lo sé.

—¿Cómo puede no saberlo?

—Estaba tan borracha que casi no recuerdo nada.

Se levantó y se acercó a mí.

—Le aconsejo firmemente no mentir a Himmler —murmuró—. Sólo diciéndole la verdad ganará su libertad.

—Le daré asco, ¿verdad?

—Más de lo que cree. Está obsesionado con las enfermedades sexuales, le aterrorizan. Y con razón —Felix dudó un instante antes de proseguir en voz baja—: Se sabe que Hitler contrajo la sífilis hace unos veinte años —se detuvo de pronto y apuntó su índice al techo, como si tuviera oídos, y después susurró—: No se lo diga a nadie, ¿me lo promete?

—A nadie. Le escucho.

—Desde hace cinco años, Hitler tiene toda clase de síntomas que demuestran que su sífilis, aunque fue curada en su época, continúa royéndole el cuerpo —bajó aún más el tono y con un hililllo de voz enumeró los síntomas del *Führer*—: El informe no deja lugar a dudas: Hitler sufre parálisis progresiva de los miembros, temblores en las manos, insomnio crónico y dolor de cabeza. A eso hay que añadir ataques de demencia y megalomanía. Son señales de que la sífilis continúa destruyéndole. Las únicas que faltan todavía en la lista son la mirada fija y la confusión verbal, aunque sus discursos me parecen más deshilachados que antes...

—¿Cree que Hitler va a morir? —susurré.

—Himmler está muy inquieto. Hay que oírle hablar de la enfermedad de Hitler. Él, tan higiénico, tiembla de asco.

—Así que va a dejarme tranquila.

—No tiene nada que temer. Himmler cree que toda la jerarquía nazi está infectada de sífilis. La pondrá en cuarentena.

Durante la cena, mientras disfrutábamos de mi sopa de alcachofas y trufa, Felix empezó a perorar contra la política antijudía del Reich. Puso a Heinrich muy en guardia contra el juicio que la posteridad ofrecería sobre él.

—Pero si no soy yo el responsable de todo esto —respondió Heinrich—. Es Goebbels.

—No, es usted —insistió Felix.

—Al contrario que Goebbels, nunca quise exterminar a los judíos, sólo quería expulsarlos de Alemania. Con todos sus bienes, vale, ¡pero que se largasen y pudiésemos olvidarnos de ellos! Por vía diplomática pedimos a Roosevelt que nos ayudara acogiéndolos en su país, tiene sitio en América, territorios vírgenes, pero ni siquiera se dignó a responder a nuestra demanda. En 1934, con el fin de evitar la masacre, propuse al *Führer* crear un Estado independiente para instalar allí a todos los judíos, lejos de nosotros.

—¿En Palestina? —pregunté.

—No, está demasiado cerca. Yo pensaba en Madagascar, donde hay un clima cálido como les gusta a los judíos. Y no hablemos de los abundantes recursos naturales: grafito, cromita o bauxita. Pues bien, todo el mundo se opuso a mi proyecto.

Me asqueaba su tono quejoso y desaparecí un momento en la cocina, dejando a Felix continuar su asalto. Me sentía tan irritada que rompí un plato de porcelana de Moustiers.

Felix también estaba bastante enfadado. En términos parecidos, relató esa conversación en sus *Memorias.*

Tras la cena, cuando conté a Heinrich que había sido violada en Berchtesgaden y me había quedado embarazada, todo pasó como Felix había previsto. Abrumado por la impresión, fue a buscar al mueble bar una botella de *schnapps* de la que bebió un buen cuarto a morro, y después dijo:

—Ésas no son formas. Göring, Bormann, Goebbels, son todos iguales. Unos cerdos sifilíticos. Dan mal ejemplo...

—¿No sería mejor que abortase?

—¡Ni lo sueñes, Rose! Necesitamos sangre nueva para el Reich.

Bebió otro largo trago:

—Ahora dejarás que me ocupe de todo y me prometerás no decir nada a nadie.

Se lo prometí. En el momento de darme las buenas noches, no me besó en la boca. Simplemente me dio una palmadita en el hombro como habría hecho con un animal de cría, para desearle buen provecho.

42. El graznido de un ave enferma

Berlín, 1942. Con Heinrich todo ocurrió como me había anunciado Felix. Se mantuvo a distancia durante toda nuestra conversación y no dejó ni una vez que su asco aflorara por encima de su ironía habitual. Al final, tras la palmadita en mi hombro, no subió a su habitación. Se marchó a dormir a otra parte. Yo le horrorizaba como si también fuese sifilítica.

No volví a ver a Heinrich y no volvió a dar señales de vida. No lo lamenté: no me quedaba dignidad cuando le conocí; tampoco me quedaba cuando nuestra historia terminó. Ya no sentía ni amor ni indulgencia hacia mí. Se lo agradezco. Creo que nuestra propensión al narcisismo y al engreimiento es de lo peor, porque nos rebaja. Gracias a ese vacío dentro de mí, que él excavó, me convertí en invencible.

Me mantuvieron confinada en nuestro antiguo nido de amor hasta el parto, siete meses y medio más tarde. Mi monstruosa excrecencia parecía ser considerada por los nazis como algo sagrado. Me atendía un médico de las SS que venía a examinarme una vez a la semana, y me cuidaba las veinticuatro horas del día una enfermera taciturna que dormía en la habitación de Heinrich.

Se llamaba Gertraud. Una mujercita pequeña, con la chepa curvada, que parecía asustada de todo. Comprendí por qué el día en que me contó que era una prima lejana del carpintero Johann Georg Elser, quien, el 8 de noviembre de 1939, había intentado matar a Hitler colocando una bomba de efecto retardado en la cervecería de Múnich, la Bürgerbraükelle, donde el *Führer* conmemoraba todos los años su golpe fallido de 1923.

Elser había programado el reloj del explosivo para las 21.20, pero Hitler abandonó la cervecería a las 21.07 junto a todo su cortejo, escapando así del atentado que a pesar de todo mató a ocho personas.

Estaba claro que Gertraud no pensaba nada bueno del Tercer Reich, aunque prefería mantener la boca cerrada, y su mirada compasiva me fue útil y me ayudó a aguantar durante toda aquella prueba.

Todos los días rezaba a Cristo, a la Virgen y a los santos para que muriese lo que había en mi interior. Hacía votos y encendía velas. En el tercer mes, llegué incluso a clavarme una aguja de tejer.

Era evidente que se habían dado instrucciones a Felix Kersten para que no me llamase ni viniese a verme. Sin duda habían cambiado el número de teléfono de la casa. A partir de entonces no se me permitió comunicarme con nadie ni salir, salvo para dar un paseo ritual, bien vigilada, por el barrio de Wannsee, con el fin de que mi feto tomase el aire.

Me gustaba caminar por la playa del gran lago que el hielo hacía crujir bajo mis pies. Llegué a pasar también ante la gran villa blanca donde, como supe más tarde, había tenido lugar el 20 de enero de 1942 la conferencia de Wannsee. En ella varios dignatarios nazis, bajo la batuta de Reinhard Heydrich, el brazo derecho de Heinrich, decidieron las modalidades de exterminio de los judíos.

También me gustaba pasear al borde del pequeño lago donde el poeta Heinrich von Kleist se suicidó en 1811 tras haber matado a Henriette Vogel, la mujer de su vida, enferma de cáncer. Visitaba a menudo sus tumbas, una gran piedra para el escritor y una pequeña placa para la amante. Pensaba que habrían estado mucho mejor juntos, bajo la misma lápida.

En primavera, íbamos a veces a la isla de los Pavos, donde, alrededor del castillo romántico construido por Federico Guillermo II para su amante, las aves se pavoneaban anunciando a gritos su afán fornicador.

Alrededor del lago me parecía recuperar los paisajes de Trebisonda, especialmente por la mañana, cuando la bruma dormía sobre el agua y un suave oleaje abombaba la tierra antes de ser desgarrado por un viento tímido que abría ventanas cada vez más grandes hacia el cielo azulado. Era para mí la imagen del paraíso perdido.

Lo que más me indisponía durante esos paseos era ver niños. Enseguida pensaba en los míos y me echaba a llorar. Así que en cuanto mis guardias SS veían alguno venir hacia nosotros, me conducían en otra dirección. Nunca me sentí tan cerca de Édouard y Garance como en ese periodo. Bastaba con cerrar los párpados para que apareciesen en mi cabeza.

Durante uno de mis últimos paseos por el lago Wannsee solté a Teo, con la que llevaba enfadada varias semanas.

Un día, después de darle de comer, mi salamandra me había anunciado que quería recobrar su libertad:

—Ya no puedo hacer nada por ti.

—Eso es falso, Teo. Vivir es duro, pero sobrevivir lo es más.

—No soy más que tu mala conciencia. Te las arreglarás muy bien sin mí. Tengo casi treinta años, la edad límite para las salamandras, y no tengo ganas de morir en un acuario en el domicilio de un dirigente nazi.

Cuando me acerqué al lago, mi salamandra saltaba de alegría. Se metió en el agua sin darse la vuelta.

*

Heinrich había decidido que, en cuanto naciera, mi bebé sería internado en un *Lebensborn,* una de esas guarderías donde el Estado SS criaba niños nacidos de madres «racialmente válidas» que habían pasado un test de pureza.

Unos diez mil niños nacieron en esos *Lebensborn,* pero se cifra a veces en doscientos cincuenta mil el número de los que fueron secuestrados en territorios ocupados para ser «germanizados» en esos centros de educación nazi. Elegidos según criterios raciales, estaban destinados a convertirse en la aristocracia del pueblo de los germanos nórdicos, que según el *Reichsführer-SS* alcanzaría los ciento veinte millones de individuos en 1980.

Rubia con ojos azules, el tronco no demasiado largo, los muslos bien perfilados, las piernas rectas, yo era la reproductora ideal.

Dicho sea de paso, me costaba comprender la obsesión por lo rubio de una jerarquía nazi en la que ninguno de sus pilares, salvo Göring, tenía un solo pelo claro en el cráneo. Casi todos morenos, tirando a negruzcos, eran la antítesis del pueblo que Hitler decía desear: «Sufrimos todos la degeneración de la sangre mezclada y corrupta. ¿Qué podemos hacer para expiarnos y purificarnos? La vida eterna que confiere el Grial sólo está reservada a aquellos realmente puros y nobles».

Con el tinte mate, su complexión delgada, el mentón débil, los ojos almendrados y sus párpados caídos, Heinrich estaba lejos del canon. Sus enemigos decían a veces que se correspondía con la descripción de los judíos en los panfletos nazis. Quizás era por eso por lo que no me había parecido tan repugnante.

El día de nuestra última conversación, Heinrich me había explicado la filosofía del *Lebensborn*. Primero, pensando que me consolaba, me había dicho que nunca sería hombre de una sola mujer.

—Sacralizando el matrimonio —prosiguió—, la Iglesia, con sus principios satánicos, ha hecho bajar dramáticamente nuestra tasa de natalidad. Es normal: en cuanto se casan, las mujeres se descuidan y la indiferencia invade a las parejas. Por culpa de eso faltan millones de niños en nuestra demografía.

—¿Así que tú propones que los hombres puedan tener otra mujer? —pregunté, horrorizada.

—Exacto. La primera esposa, a la que llamaríamos la «Domina», conservaría un estatuto particular, pero habría que acabar con esas tonterías de la cristiandad y dejar al hombre reproducirse a voluntad. El *Lebensborn* es una primera etapa de nuestra política familiar: el hijo ilegítimo deja de estar marcado por el sello de la infamia, se convierte incluso en élite del pueblo germánico. Tu hijo será feliz, Rose.

No le dije lo poco que me importaba. Sólo tenía un deseo: librarme para siempre de la hidra que crecía dentro de mí y que vino definitivamente al mundo el 14 de agosto de 1943.

—¿Quiere usted verlo? —me preguntó la enfermera.

—Por nada del mundo —respondí cerrando los ojos.

Recuerdo bien su grito. Nunca había oído nada igual. Una especie de graznido de ave enferma, algo desgarrador. Es el único recuerdo que conservo de él. Partió enseguida en dirección al *Lebensborn* más cercano.

Los días siguientes permanecí sola en casa hasta que los dos guardias SS me llevaron al aeropuerto para meterme en un avión con destino a París, conforme a la promesa de Heinrich.

43. El crimen estaba firmado

París, 1943. Un año después, nada había cambiado salvo la muerte de mi gato Sultán, atropellado por un camión militar en la plaza del Trocadero. En mi ausencia, Paul Chassagnon, mi brazo derecho en el restaurante, había tomado las riendas de La Petite Provence, que iba tirando. Había pagado las facturas que yo había ido recibiendo en mi apartamento, donde, para mi gran sorpresa, no había una sola mota de polvo, ni en el aire ni sobre los muebles. A petición suya, mi asistenta, una virtuosa de la escoba, había continuado pasando por mi casa dos veces a la semana.

Al volver a París, sufrí durante varias semanas calambres en el estómago. A juzgar por los síntomas, eran del mismo tipo que los que atormentaban a Hitler y a Himmler. Con reflujos de bilis que me abordaban en medio de una frase y que tenía que tragarme, y que además me dejaban, a primera hora de la mañana, marcas oscuras en las comisuras de los labios. Mis píldoras de plantas no me hacían efecto alguno. Era una enfermedad metafísica.

Intenté curarla trabajando como una bestia en el restaurante o yendo a visitar las tumbas de los padres de Gabriel, muertos durante mi estancia en Alemania, en el cementerio de Cavaillon. No me había recuperado del verano del 42. Permanecía anclada a mi pasado y, como las viejas locas, hablaba sin parar con mis muertos: Gabriel, Édouard y Garance.

—Sé lo que queréis —les decía—. No vale la pena repetírmelo una y otra vez, lo haré.

—No nos olvides —suplicaba Gabriel.

—¡Pero si no pienso más que en vosotros!

Y en ese instante, Paul Chassagnon aparecía, con expresión interrogante y un cazo en la mano:

—¿Qué pasa, Rose? ¿Algún problema?

—No, nada —respondía, roja de vergüenza.

Un cliente del restaurante se preocupó una noche por mi estado: Jean-Paul Sartre, que había venido a cenar con Simone de Beauvoir. El filósofo había alzado su rostro hacia el mío y me había resoplado a la cara, junto con un fuerte olor a tabaco, café y alcohol:

—Debe descansar, querida. Está agotada, parece una muerta viviente. ¿Puedo hacer algo por usted?

Negué con la cabeza, aunque por ejemplo sí que habría hecho el amor con él, incluso a pesar de que había muchas cosas que me repugnaban de su persona, empezando por su voz, que parecía proceder de una fábrica de cuchillos. Pero me derretía ante sus enormes ojos húmedos y saltones, y desde mi regreso a París había sido la primera persona, aparte de Paul Chassagnon, que me había leído el corazón.

También Sartre estaba compungido. Estrenada semanas antes en el antiguo teatro Sarah-Bernhardt, «arianizado» bajo el nombre de teatro de la Cité, su obra *Las moscas,* con escenografía de Charles Dullin, había sido un fracaso.

Tras la guerra, la sociedad biempensante decretó que la obra de Sartre, aun autorizada por la puntillosa censura alemana, era un acto de resistencia, cosa que nunca pudo probarse, al contrario que las buenas relaciones de Dullin con el ocupante y el apoyo al espectáculo por parte de *La Gerbe* o *Pariser Zeitung*, dos periódicos nazis. Sin mencionar la pequeña fiesta en la que, tras la representación de *Las moscas*, el autor había brindado, en compañía de Beauvoir, con varios oficiales alemanes como los *Sonderführer* Baumann, Lucht y Rademacher.

Por suerte, no hubo ningún fotógrafo que inmortalizara la escena: Jean-Paul Sartre bebiendo champán con los nazis. Aquello no impidió al filósofo participar, tras la Liberación, en el comité de depuración, mientras Sacha Guitry, partidario convencido de Pétain, es verdad, iba derecho a la cárcel por haber brindado con ellos.

Sartre era mejor de lo que se creía, mejor y peor. Le perdonaría todo, su astucia, sus mentiras, sus anatemas, por haberme dicho ese día, con tanta humanidad, posando su mano sobre mi brazo:

—Le vendría bien despejarse.

Tenía razón. Por culpa de la pérdida de mis hijos, estaba perdiendo el gusto por la vida, que, además, no valía gran cosa en aquella época. Resumiendo bien el estado de ánimo general, una canción de Charles Trenet me daba vueltas en la cabeza continuamente:

Que reste-t-il de nos amours?
Que reste-t-il de ces beaux jours?
Une photo, vieille photo de ma jeunesse.

Que reste-t-il des billets doux,
Des mois d'avril, des rendez-vous?[*]

Canturreaba tres versos en particular que me parecían haber sido escritos para mí:

Bonheur fané, cheveux au vent,
Baisers volés, rêves mouvants.
Que reste-t-il de tout cela?[**]

Estoy segura de que los canturreaba la mañana de otoño en la que me presenté en casa de Jean-André Lavisse, rue Auguste-Comte, cerca del Jardín de Luxemburgo. El cielo era como una cascada que nos aplastaba con agua gris y hojas muertas.

Me dirigía a mi cita con una alegría premonitoria. Tras haberlo dudado mucho tiempo, terminé llegando a la conclusión de que sólo la venganza podría curar mi dolor de estómago. La venganza lo cura todo.

Aunque la venganza viole el código civil y los preceptos religiosos, es un placer del que me parece estúpido privarme. Cuando se consuma procura, como el amor, un alivio interior. A decir verdad, es la mejor forma de encontrarse en paz con una misma y con el mundo.

No voy a oponerme a los que pretenden que el perdón es la mejor de las venganzas, pero es una fórmula que

* ¿Qué queda de nuestros amores? / ¿Qué queda de días tan hermosos como éstos? / Una foto, una vieja foto de mi juventud. / ¿Qué queda de las notas cariñosas, / del mes de abril, de las citas? *(N. del T.)*

** Felicidad marchita, cabellos al viento, / besos robados, sueños cambiantes. / ¿Qué queda de todo aquello? *(N. del T.)*

surge fundamentalmente de la moral o de la filosofía. En la práctica, sólo puede actuar como venganza abstracta, porque no repara nada.

Para que resulte curativa es necesario que la venganza sea física y concreta. Es su crueldad lo que nos permite cerrar las heridas y aliviarnos largo tiempo.

Contrariamente a la mayoría de los sentimientos, la venganza no languidece con el tiempo. Antes bien, se vuelve cada vez más estimulante. Al llamar a la puerta de Jean-André Lavisse, estaba pues muy excitada. No me abrió él, sino una pobre chica de espalda curvada que, a juzgar por su acento y sus maneras, había sido arrancada hacía poco de su provincia natal. Me presenté con un nombre falso, Justine Fourmont, y ella me condujo, por un laberinto de pasillos, hasta el despacho de su amo.

No me lo había imaginado así. Un efebo que rozaba el hermafroditismo, con cara de vieja, un mechón rebelde y aspecto de haberse emborrachado con vinagre. Estaba trabajando en su despacho, en bata, en medio de miles de libros. Los había por todas partes, en los estantes de las librerías, por supuesto, pero también en el suelo, donde formaban acantilados en equilibrio inestable, algunos de los cuales ya se habían derrumbado.

Tras pedirme que me sentara, Jean-André Lavisse me preguntó por qué quería escribir su biografía.

—Porque lo admiro —respondí sin dudarlo.

—Una biografía es lo peor que le puede pasar a alguien. Yo llamo a eso los gusanos de arriba en contraposición a los gusanos de abajo, que nos devoran en el ataúd.

Sonrió tontamente y yo hice lo mismo antes de proseguir.

—Me encantan sus novelas. Están muy por encima de lo que se puede encontrar en la literatura contemporánea. Sólo lamento una cosa, que haya escrito usted tan pocas.

—Mi actividad periodística me ocupa demasiado tiempo, afecta a mi obra.

El trato con ellos me había enseñado lo que había que decir a los escritores, sobre todo cuando también eran periodistas. Sólo bajan a la tierra si se les habla de sus libros. Fingí poner en la cima de la literatura *Un amor incierto* y *El ascenso matinal,* sus dos últimas creaciones, que habían conocido cierto éxito.

—Nadie habla tan bien del amor —precisé—. Aparte de Stendhal.

—Acepto la comparación.

La vanidad de los escritores ofrece una idea de lo infinito. Tieso como una estatua, Jean-André Lavisse saboreó mi cumplido hasta el siguiente, que provocó en él cierto pavoneo y un ligero vaivén.

—Toda su obra demuestra que conoce a las mujeres y que sabe amarlas.

—Saben devolvérmelo, permítame que le diga.

Lo miré con ojos fascinados y labios entreabiertos, con la expresión de la Virgen rogando al Todopoderoso, y mi táctica funcionó inmediatamente. Jean-André Lavisse se levantó, cogió uno de sus libros de la biblioteca y después, tras buscar una página, se acercó a mí mientras leía en voz alta algunas máximas de su gran éxito, *Pensamientos de amor,* publicado cinco años antes:

«El amor hace morir a los hombres y nacer a las mujeres».

«La única resistencia posible contra el amor es la fuga.»

«El amor es una enfermedad que sólo la muerte puede curar.»

«Incluso con el paso de los años, hay algo que el amor no consigue comprender: que no es eterno.»

Se mantenía en una postura extraña, la cadera hacia delante y la cabeza hacia atrás, con la pose del gran escritor que vislumbra su posteridad. En cuanto estuvo a mi alcance, utilizando mis rudimentos de krav maga, me incorporé y le di un golpe seco en la glotis, como me había enseñado Hans, mi amigo de las SS, en Berlín. Habría podido meterle los dedos en los ojos o golpearle los genitales pero, como era sólo una débil mujer, preferí el método más expeditivo y por tanto el menos arriesgado.

Jean-André Lavisse se derrumbó y se puso a patalear en el suelo como un animal agonizante. Le costaba respirar y se agarraba el cuello con ambas manos. Su rostro se puso rojo ladrillo. Se ahogaba.

No quería matar a Jean-André Lavisse; en todo caso, no todavía. Me arrodillé y me incliné sobre él con expresión compasiva:

—¿Está usted bien, señor?

A modo de respuesta, lanzó un torrente de palabras y espumarajos del que no comprendí nada. Murmuré:

—Me ha quitado usted lo que más amaba, estimado señor, a Gabriel Beaucaire y a mis hijos. Nadie podrá ya devolvérmelos. Sólo me sentiré mejor haciéndole sufrir: es la única forma que tengo de aliviarme un poco.

Saqué una Biblia del bolso de mano y le leí algunas líneas del Deuteronomio:

—«El Señor te castigará con úlceras, como las de Egipto; y castigará con sarna y con un picor incurable la parte del cuerpo por la que la naturaleza expulsa lo que ha quedado de alimento» —me levanté y comenté—: La Biblia está llena de maldiciones de este tipo: es fascinante.

Su rostro se había vuelto violeta: apenas respiraba y abría mucho la boca como un pez fuera del agua.

—No se preocupe —dije arrodillándome—. Seré menos cruel que el Señor.

Había pensado en derramarle el contenido de un frasco de ácido clorhídrico en el trasero, para respetar la letra de la Biblia, pero no, era demasiado estúpido y complicado. Le di un segundo golpe en la garganta con la mano, y después un tercero, y Jean-André Lavisse murió.

De pronto, escuché un grito ridículo a mi espalda. Era la sirvienta:

—¡Socorrooo! ¡Asesinaaa!

Se precipitó sobre mí ladrando, babeando y mordiéndome. Era como si me atacase un perro rabioso. Así alertó a todo el vecindario, y cuando oí ruidos de pasos en el pasillo que llevaba al despacho, me levanté y salí corriendo, derribando por el camino a un joven, sin duda el hijo de Lavisse, que corría hacia él. Después hice caer a una mujer con cara de bulldog que, lo supe después, era su segunda esposa, con la que se había casado un mes después de la muerte de la anterior.

Se agarró a mis piernas. Le di varias patadas en la cara y al final me soltó lanzando un gruñido.

Corrí a toda prisa en dirección al Jardín de Luxemburgo. Me sentía ahogada. No era normal tras el crimen, que debía aliviarme. Culpé de esa sensación a los árboles desnudos que formaban hileras de ramas muertas contra las que se desgarraba el viento. El decorado de un asesinato.

En la rue Vaugirard empecé a sudar. Comprendí por qué cuando llegué a la altura de la iglesia de Saint-Sulpice: había olvidado mi Biblia en casa de Jean-André Lavisse y, de golpe, había firmado mi crimen.

Sobre la guarda estaba escrito:

> A mi Rose querida
> por su quince cumpleaños,
> con todo el amor del mundo.
> Emma Lempereur

Decidí marcharme inmediatamente a la zona libre, a Marsella, desde donde me expatriaría a los Estados Unidos. Ya había vivido mucho, pero sólo tenía treinta y seis años. Nada me impediría rehacer mi vida.

44. Un viaje a Tréveris

MARSELLA, 2012. Mientras terminaba este capítulo, Samir el Ratón llamó a mi puerta con insistencia.

—¡Rose, eres abuela! —anunció.

—Pero ¿qué dices?

—Renate Fröll, tu hija, tuvo un varón. He encontrado su rastro en el colegio de primaria al que asistió, en Aschaffenburg.

—¡Estás desvariando por completo!

—Tienes que dejar de negarlo, Rose, te pones en ridículo.

—No me hables más así, ya no lo soporto. ¡Ten un poco de respeto, niñato!

Ante esa palabra, un relámpago atravesó sus ojos y se echó a temblar. Samir era muy susceptible. Me cogió del brazo y lo sacudió exclamando:

—¡Vas a pedirme perdón, payasa!

—No tengo edad para eso.

—Pide perdón.

Me estaba retorciendo el brazo y me dolía demasiado.

—Perdóname —murmuré.

Bajó el tono de inmediato:

—He conseguido unir todas las pistas: tuviste una hija en Alemania y ella a su vez tuvo un hijo. Se llama Erwin.

Samir me puso delante de las narices una foto de Erwin Fröll con dieciocho años, el año que suspendió el *Abitur,* el bachillerato alemán, que corona o sanciona el final de la enseñanza media alemana.

Samir se tumbó en el sofá mientras yo me quedaba de pie mirando la foto de mi nieto bajo la luz de la lámpara. Era un chico de pelo negro y rizado cuyo rostro me recordó enseguida al de Gabriel. Absurdo, pero cierto. Tenía incluso la misma nariz triunfadora, la misma frente beethoveniana, la misma mirada voluntariosa, la misma sonrisa de bonachón. No pude reprimir unas lágrimas que hicieron sonreír a Samir. De pronto, sentí ganas de estrechar a Erwin entre mis brazos lo antes posible:

—¿Se le puede ver?

—Sé dónde encontrarlo. Ingresó en 2004 en un centro de Tréveris que acoge a personas con problemas neuronales.

—¿Está enfermo?

—No lo sé, no he podido acceder a su informe médico, pero al parecer está muy cansado. Eso fue lo que me dijo la telefonista cuando intenté hablar con él. No entendí gran cosa de lo que me decía: nos comunicamos en inglés y el suyo era tan malo como el mío.

Pedí a Samir el número de la institución de Tréveris. Lo había grabado en sus contactos y, tras marcarlo, me tendió su móvil. La telefonista me dijo que no podía pasarme a Erwin porque ya no estaba en condiciones de hablar.

—¿Qué tiene?

Hubo un silencio al otro lado de la línea y después:

—Si es usted una amiga o alguien de la familia, le aconsejo que no tarde en visitarlo.

—¿Quiere decir que se va a morir?

—Yo no he dicho eso. No estamos autorizados a dar información sobre la salud de nuestros pacientes por teléfono. En cambio, si viene, sabrá cómo está...

Al final de la conversación, ya me había decidido: cerraría el restaurante cuatro días y nos marcharíamos al día siguiente por la tarde a Tréveris, Samir, Mamadou y yo.

*

El coche de Mamadou, un viejo Peugeot con doscientos mil kilómetros, no conseguía avanzar. Llegamos a Tréveris a la mañana siguiente, después de un viaje de casi quince horas, cuando si damos crédito a Internet no deberíamos haber tardado más de ocho.

Sabía que Tréveris, la ciudad más vieja de Alemania, llamada a menudo la «segunda Roma», es también una de las más hermosas, pero no habíamos venido a hacer turismo. Estaba deseando ver a mi nieto.

Por el camino, contemplando los viñedos protegidos del frío por el esquisto que caldea el valle del Mosela, se me antojó beber *riesling,* pero decidí dejarlo para más tarde. Pedí a Mamadou que fuese a comprar mientras visitábamos a Erwin. Al salir del coche sentí vergüenza de los efluvios que surgieron de él y al mismo tiempo pena por las flores y los pájaros que debían soportarlos el tiempo que tardara el viento en tragárselos.

El mismo olor a cerrado flotaba en la clínica de la Fundación Peter Lambert, que llevaba el nombre del famoso cultivador de rosas local, donde Erwin estaba hospitalizado. Los televisores funcionaban a todo volumen, como suele pasar en este tipo de establecimientos.

Cuando se ve la televisión todo el tiempo es que uno se va a morir. No sé si existe una relación de causa efecto, pero la experiencia me ha enseñado que es la antesala de la muerte.

Erwin Fröll tenía cuarenta y nueve años; yo le habría echado más de sesenta. Aparte de la nariz y la frente, había perdido toda semejanza con Gabriel. Se había quedado calvo y lampiño. El chico guapo de la foto ya no era más que una ruina tirada en la cama, con cojines bajo los brazos, las caderas y las piernas para aliviar sus articulaciones.

Como todos los pacientes, parecía mirar la televisión, pero la película que emitía iba demasiado deprisa para él. Bajé el volumen. No protestó.

—Ah, por fin ha llegado —dijo con voz temblorosa—. ¿Me ha... traído... mi sonrisa?

—¿Qué sonrisa? —pregunté.

—La mía. Me han dicho que ya no la tengo.

—¿Quién ha dicho eso?

—Todo el mundo.

—Todo el mundo puede equivocarse.

—Hay alguien que no para de robarme mis cosas. Mi sonrisa. Mi coche. Mi gato. Mi cepillo de dientes. Me han desaparecido un montón de cosas —alzó un índice amenazador—: Exijo saber quién me ha cogido mi sonrisa.

Erwin me miró con intensidad y después, como si le hubiese atravesado un rayo de lucidez, murmuró:

—Me gusta cuando vienes, mamá. ¿Cómo es que ya no vienes por aquí?

—Tu madre ha muerto. Yo no soy tu madre, soy tu abuela.

—Ah, sí, como Waltraud.

Asintió gravemente con la cabeza y dejó caer, con tono de oráculo revelador:

—Las abuelas son madres mejoradas, las únicas que nos comprenden de verdad. Has sido una auténtica abuela para mí, mamá. Como Waltraud.

Aparentemente fatigado para todo el día por esa conversación, se durmió en el acto. Me imaginé que no podría sacarle nada más, cosa que me confirmó la susodicha Waltraud, enfermera jefe de la planta. Me indicó a modo de confidencia que Erwin había sobrepasado ya por varios meses la supervivencia media en el estadio terminal de la enfermedad de Alzheimer, que, tras una década de maduración, excede raramente los dos años.

Erwin había llegado ocho años antes a la clínica de la Fundación Peter Lambert y, desde entonces, no había recibido visitas. Salvo la de su madre, muerta hacía unas semanas de un cáncer de estómago, cuando acababa de encontrar, al cabo de una larga búsqueda, el nombre de su propia madre, es decir yo misma, a la que su timidez enfermiza había impedido contactar.

Waltraud me dijo también que Erwin había ejercido varias profesiones: charcutero, escayolista, tendero, estibador, pintor de brocha gorda, antes de convertirse en parado profesional al final de la treintena. «La sociedad no ha perdido nada —resumió—. Era un holgazán y un pico de oro además de un asocial».

Al día siguiente, mientras el coche se acercaba a Marsella con el maletero lleno de botellas de *riesling* del

Mosela, Samir el Ratón, sentado en el asiento de la muerte, se volvió hacia mí, que permanecía tumbada en el asiento de atrás con las piernas levantadas y la cabeza en una almohada:

—Me he traído unos recuerdos de la habitación de Erwin.

—¡No habrás sido capaz!

Sonrió y sacó de su bolsa de viaje una estatuilla de plástico de Karl Marx —nacido en Tréveris, en el 10 de la Brückenstrasse—, un abanico y una cáscara de huevo con su efigie, su *Manifiesto del Partido Comunista* y dos libros de Rosa Luxemburgo, *Reforma o revolución* y *La crisis de la socialdemocracia*.

Aliviada de que Samir no hubiese robado dinero, sonreí a mi vez, y después eructé, un eructo con aroma al *riesling* de la noche anterior. Todo el mundo se echó a reír, yo la primera.

—Todavía queda una cosa por saber —dije a Samir—. ¿Quién me envió la carta que anunciaba la muerte de Renate Fröll?

—No tiene ningún misterio —respondió—. Basta con algo de sentido común. Desde que la Cruz Roja abrió sus archivos, hace unos años, todo el mundo puede tener acceso a los dossieres de los *Lebensborn* para conocer a sus padres. Tu hija Renate encontró tu nombre, pero por alguna razón que ignoro, la enfermedad u otra cosa, no se puso a buscar tu dirección.

—¿Cómo lo sabes?

—En caso contrario se habría manifestado. Antes de morir, dio tu nombre a alguien, sin duda a la enfermera jefe, que te encontró en la Red.

—Volveré de nuevo a Tréveris para hablar con esa Waltraud.

—No creo que sea buena idea. Contrariamente a lo que pensaba, este viaje no te ha sentado nada bien, Rose. Tienes que descansar.

—Es cierto —confirmó Mamadou agarrado al volante, sin girar la cabeza.

—Me he sentido feliz de ver a mi nieto —dije—. Pero lamento haber llegado demasiado tarde.

—Déjate de arrepentimientos —cortó Samir—. Cuando a uno no le gusta su pasado, es mejor evitar mirar atrás y seguir adelante.

—Sobre todo porque no dejo más que muertos por el camino —concluí en voz baja.

Por una vez, la mirada que Samir me dirigió era tan bondadosa que estuve a punto de echarme a llorar. Me sentía desamparada.

Ahora que mi nieto estaba a punto de morir, Samir y Mamadou eran mi única familia. Tenía ganas de decírselo, pero no encontré palabras.

Seguía sin encontrarlas cuando llegamos a Marsella, donde la noche acababa de caer y el horizonte estaba cubierto de salpicaduras de sangre, como la pared de un matadero. No me gustan los crepúsculos, es como si me retiraran la vida de la boca. El mundo está mal hecho: el sol se pone siempre cuando más se lo necesita.

45. Simone, Nelson y yo

Nueva York, 1943. Paul Chassagnon me pagó el traspaso de La Petite Provence con el dinero que había ahorrado en mi ausencia, así que llegué a los Estados Unidos con un buen fajo de billetes que llevaba cosido en el forro de mi abrigo.

Gracias a una asociación de ayuda a armenios, encontré enseguida un puesto de cocinera en un pequeño restaurante de la calle 44, cerca del hotel Algonquin, no lejos de Times Square. Dormía allí mismo, en el sótano. Estoy segura de que no he trabajado tanto en toda mi vida.

No me incomodaba tanto el trabajo como la peste a azúcar, carne, cebolla y aceite hirviendo, los cuatro olores de Nueva York, entre los que vivía toda la jornada y que me llevaba cada noche hasta el fondo de mi saco de dormir.

Muchas veces sentía ganas de vomitarme encima.

El restaurante sólo cerraba el domingo a mediodía, así que no pasaba gran cosa en mi vida. Mi única salida semanal era la misa del domingo en la catedral de Saint-Patrick, revestida de mármol y oro, en la Quinta Avenida.

Al cabo de unos meses la cambié por la iglesia de Saint-Thomas, algo más abajo, en la misma avenida. No por su magnífico retablo donde figuran los doce apóstoles, George Washington o el antiguo primer ministro británico William Gladston, y que volvería neurasténico al más alegre de los católicos, sino porque prefería aguantar la tradición doliente del cristianismo al culto al Becerro de Oro, simbolizado hasta la caricatura por Saint-Patrick.

Había vuelto más creyente que nunca de mi estancia en Alemania. Acudía con regularidad a la iglesia para preguntarles a Jesús y a la Virgen cómo le iba a mi familia en el cielo. Si no son forzosamente más felices allá arriba, los muertos están menos cansados que los vivos en la tierra. No tienen que luchar. Disponen de todo su tiempo.

Cuando hacía bueno, iba a comerme un sándwich a Central Park después de misa y antes de volver al trabajo. Me gustaba ver cómo las ardillas se revolcaban sobre la hierba y cómo la registraban en busca de bellotas que pelaban con sus manos de niños, agitando de felicidad su tupida cola.

En Central Park conocí al hombre que me daría una nueva oportunidad, un representante comercial de dentífrico y espuma de afeitar. Tenía unos cincuenta años, una gran barriga, un bigote minúsculo y aspecto de bovino melancólico. Se llamaba Frankie Robarts y quería montar un restaurante en Chicago.

Decidí seguirle el mismo día que, tras haber venido a probar mi cocina en el antro de la calle 44, me propuso montar un negocio con él. América es un país donde uno no para de rehacer su vida hasta la muerte. Por eso ha terminado creyéndose eterno. Ésa es su debilidad. Y también su fortaleza.

*

En Chicago, Frankie y yo bautizamos a nuestro restaurante Frenchy's. Los primeros meses fueron difíciles, mi cocina provenzal no tenía éxito, estábamos con el agua al cuello. Pero cuando me especialicé en hamburguesas nuestro pequeño local frente al lago despegó.

En el Frenchy's, en cuanto empezó a oler a muerto, quiero decir a carne a la plancha, llegaron los clientes. Mi vegetarianismo se llevaba mal con ese horrible olor. No conseguía acostumbrarme, y comprendí que nunca podría convertirme en americana.

Estados Unidos es una sociedad de carnívoros que necesita su dosis de carne sangrienta; funciona a base de carne picada como otros a base de esperanza o alcohol. Tenía la sensación de vivir todo el tiempo en el pecado. Hasta apestaba a pecado.

En nuestro establecimiento, el cliente podía componer su hamburguesa a su gusto. Con finas hierbas, especias, piñones, copos de avena, mozzarella, queso rallado, cebolla, pimientos, tomate, berenjenas, espinacas, dados de piña, todo era posible. Como acompañamiento había ideado varias salsas, de mostaza, azul, de ajo o de eneldo, todas muy dulces.

De hecho, hacía el mejor *strawberry shortcake* de Chicago. Lo había rebautizado *tarte aux fraises à l'américaine,* en francés en la carta, y funcionaba incluso mejor que mi famoso flan de caramelo, que no me resignaba a endulzar más para ponerlo al nivel de la pastelería local.

En aquella época me gustaba tener un hombre en mi cama. Frankie Robarts no era muy competente y, además, roncaba. Por no hablar de esa especie de gelatina que conformaba su barriga, su trasero o sus muslos, que me daba la impresión, cuando hacíamos el amor, de estar nadando en *porridge.*

Teníamos un único punto en común, el restaurante, lo que bastaba para tener conversación. Cuando cambiábamos de tema, Frankie se volvía inmediatamente aburrido y se contentaba con desgranar frases manidas, como si temiese correr riesgos mostrando su verdadero rostro.

Era un personaje que se controlaba siempre. Si soportaba a Frankie, a pesar de todo, era porque admiraba mi ciencia culinaria y adoraba mis pechos o mi trasero. Por pesado que fuese, era el mejor antídoto contra todas mis angustias. Decía todo el tiempo que yo era su única familia. Y al revés también era cierto. Al cabo de un año de vida en común, acepté casarme con él.

Sin embargo, seguía buscando en otra parte. No había abandonado mi costumbre de darme una vuelta por las mesas al final de la hora punta, y me fijaba de vez en cuando en clientes que me gustaban, pero sin atreverme a dar el paso respondiendo a sus insinuaciones. Era como esa gente que busca la ocasión para dejar el hogar conyugal pero huye de ella en cuanto la encuentra.

Pensaba que estaba muerta para el amor. Pasaron dos años hasta que, una noche de invierno de 1946, me quedé de piedra ante un tipo de mirada tenebrosa del que no podía saberse, a primera vista, si era un artista o un obrero. Sólo en América y en Rusia existen ese tipo de personajes: el escritor con hombros de leñador, que parece recién llegado de cortar troncos en el bosque.

Boxeador, jugador, borracho, comunista y, además, novelista, se llamaba Nelson Algren y había escrito ya un libro destacable: *Nunca llega la mañana*. Supe enseguida que era tan violento como romántico: había en ese especialista de los bajos fondos una cólera que sentí ganas de beberme de inmediato. Él sería la tormenta, yo su tierra fértil. Deseaba que me arrasara. Sentí la urgencia como una herida que sólo sanó el día que consumamos.

La primera vez que lo vi estaba cenando con una aspirante a actriz peinada como Vivien Leigh en *Lo que el viento se llevó,* que se había estrenado en Estados Unidos cuatro años antes. Era incapaz de encadenar dos frases seguidas. Por estupidez o timidez, no lo sé, pero el resultado era el mismo. Cuando supo que era francesa, Nelson Algren me preguntó cómo había podido dejar París para acabar en un nido de ratas como Chicago.

—La guerra —respondí—. La guerra es como un bombardeo: lanza las cosas y los cuerpos hasta lugares imprevistos.

Vi que había encontrado interesante mi respuesta y que, durante un instante, pensó en prolongar la pregunta, pero prefirió interrogarme sobre qué echaba más de menos.

—Nada —dije.

—¡Eso es imposible!

—Si vuelvo a París, sé que no dejaré de llorar.

—No puedo creerla.

—No quiero volver allí donde viven mis muertos. Nunca podría volver a vivir entre ellos.

—¿No tiene ganas de intentarlo?

—Me gusta demasiado la vida. ¿Por qué estropearla?

Repitió lo que yo acababa de decir, y observó:

—Es bonito todo lo que dice. ¿Me permitirá utilizarlo algún día en una novela?

—Sería muy halagador.

No era una ingenua. Pude comprobar después que utilizaba mucho ese método. Al contrario que otros escritores, era un seductor profesional.

Volvió a cenar al día siguiente con otra chica, una zorra de pelo teñido, y me dejó su número de teléfono en un papelito amarillo. Lo llamé a la mañana siguiente y fui a verlo a su apartamento al norte de Chicago. Tenía treinta y nueve años y unas ganas terribles de no perder el tiempo.

Cuando abrió la puerta, lancé mi boca sobre la suya con una fuerza tal que estuvo a punto de caerse de espaldas. Tras recuperar el equilibrio, me arrastró, mientras continuábamos besándonos, hasta su cama, donde hicimos el amor.

Después nos quedamos tumbados y hablamos mirando al techo durante un cuarto de hora, antes de que me decidiera a limpiar el antro de Nelson, que estaba repugnantemente sucio y donde proliferaban cadáveres de botellas.

Durante un mes, iba a su cuchitril dos o tres veces por semana, no sin avisarle antes. Ayudada por el amor, embellecía a ojos vista. A mi marido le contaba que iba a ver a un proveedor o que tenía cita con el dentista, no se enteraba de nada. Su credulidad agravaba aún más el peso de mi culpabilidad, especialmente cuando estábamos en plena acción y, mirando los ojos vidriosos de Nelson en pleno orgasmo, me imaginaba en la penumbra la mirada paupérrima de Frankie. Concentrándome bien, estoy segura de que habría podido descubrir tras esa mirada los rostros de Gabriel, Édouard, Garance, papá, mamá y los demás.

¿Qué pintaban ellos en esta historia? ¿Por qué tenía siempre que ver a los muertos y a los ausentes cada vez que sentía placer? Si yo no hacía daño a nadie haciéndome bien a mí misma.

Una tarde, a principios del año 1947, llamé a Nelson para avisarle de mi llegada, pero me pidió que no fuese a su casa:

—Hay alguien aquí.

Era Simone de Beauvoir, que estaba dando un ciclo de conferencias por Estados Unidos. Cuando Nelson vino a cenar con ella al día siguiente, nos reconocimos y nos abrazamos. Ella olía a alcohol, a cigarro y a olores que prefiero no calificar pero que había conocido en casa de él.

Estar con Nelson le había sentado estupendamente a ella también. Mucho mejor que Sartre, en todo caso. Nunca la había visto tan guapa y resplandeciente.

Me quedé en su mesa hasta la hora de cerrar. En un momento dado, la conversación giró alrededor de los Estados Unidos, donde, ayudada por el empobrecimiento de la clase obrera, la situación se convertía, según ellos, en «revolucionaria». El tono subió bastante deprisa. Se calentaban el uno al otro y empezaron a parecerme lamentables. Sólo la gente cultivada y con talento puede proferir tanta tontería junta con la autoridad que da el convencimiento.

—A pesar de las dificultades, los americanos no parecen tan infelices —protesté—. No veo por qué querrían cambiar de régimen.

—No negarás que están pasando cosas importantes en Rusia y en China —se indignó Nelson—. ¡No puedes permanecer ciega ante el futuro de la humanidad!

—Un gobierno no podrá traer nunca la felicidad, nunca creeré en esas sandeces.

—¿Ah, no? ¿Y quién puede traer la felicidad, si no?

—La felicidad vendrá de mí misma. Además, me gusta la vida aquí.

—Porque no tienes tiempo de pensar —suspiró Nelson con tono de desprecio—. Estás alienada por el sistema capitalista, ¡completamente alienada!

Simone se bebía las palabras de Nelson: tanto amor revelaba alienación, habría afirmado Sartre. A pesar de todo lo que se ha dicho sobre ella, no se prestaba, se entregaba. Más tarde me pregunté muchas veces si no habían sido sus hombres los que le habían hecho ver el mundo de forma equivocada.

Esa noche tenía las pupilas dilatadas. Bastaba con ver su mirada para comprender que mi antiguo amante había destronado a Sartre y que sería el hombre de su vida, al menos por algún tiempo.

Aunque puedo decir que no me extrañó cuando supe, mucho después, que si bien quería ser enterrada al lado de su Sartre, lo haría con el anillo que le había regalado Nelson. Tras su ruptura, se odiaban tanto que estoy segura de que se amaban todavía.

Los días siguientes, los enamorados se acostumbraron a venir al Frenchy's. Me gustaba su felicidad. No me quitaba nada, al contrario. Mi matrimonio con Frankie, vagamente sacudido durante un momento por mi aventura con Nelson, había salido reforzado.

Cuando Simone volvió al otro lado del Atlántico, Nelson continuó viniendo al restaurante, pero menos a menudo y casi siempre acompañado. Yo sentía miedo por su amor, no parecía hecho a escala humana. Un día que estaba solo y tenía ganas de hablar, sacó de su cartera una carta de ella, fechada el 14 de enero de 1950, en la que pude leer: «¡Ay, Nelson! Seré buena, me portaré bien, ya verás, fregaré el suelo, haré todas las comidas, escribiré tu libro al tiempo que el mío, haré el amor contigo diez veces por noche y otro tanto durante el día incluso aunque tenga que cansarme un poco».

Todavía recuerdo la sonrisa de Nelson cuando le devolví la carta, la sonrisa del domador que ha dominado a la fiera.

—No se es menos mujer por ser feminista —comentó acariciándose los brazos.

Al cabo de un tiempo, después de cenar con unos periodistas con pinta de conspiradores, Nelson se quedó un momento conmigo y me abrió su corazón. Pensaba que debía de haber dos Beauvoir. La amante y la feminista. La mujer enamorada y la mujer que piensa. Él no pedía que cortase sus raíces y realizara un «suicidio espiritual». Sólo quería construir algo con ella. Un hijo y una casa juntos, aquello no era mucho pedir. Aparentemente, ella no quería saber nada.

No volví a acostarme con Nelson. No eran ganas lo que me faltaba, pero él no las compartía. Sin duda porque yo había engordado mucho, sobre todo en las caderas y las piernas. Quizás también temiese que se lo contara un día a Simone. En los años siguientes, mi conducta fue ejemplar, como si buscara el perdón por las faltas que mi marido apenas había presentido. No tuve que obligarme a nada: le fui cogiendo el gusto a esa sucesión de gestos repetidos en la que se había convertido nuestra vida de restauradores desbordados por el éxito. Eso me sosegaba. Nuestro futuro era un pasado que recomenzaba una y otra vez.

Frankie había engordado mucho. Ésas eran, en aquella época, las consecuencias del éxito. Había pasado de largo el quintal y desde hacía mucho tiempo nos estaba prohibida la posición del misionero: me hubiese costado la vida.

Chicago es la ciudad de los extremos. Tan pronto es Groenlandia como los trópicos. «Aquí el clima es muy exagerado», le gustaba decir a Frankie Robarts. Hace siempre demasiado frío o demasiado calor. A veces parecía que todo estaba hirviendo, como en una de mis ollas, y los peces ascendían, cocidos, a la superficie del lago Michigan, antes de ir a pudrirse sobre las playas de arena fina.

«Bienvenido a la playa de los peces muertos», solía decirse con sorna. Pero no tenía ninguna gracia. Algunos días, el olor alejaba a la clientela.

Mi marido soportaba la canícula poco mejor que los peces del Michigan. Cuando nos caía encima, pasaba el tiempo calado como una esponja y chorreando por todas partes. Maldecía esos periodos que podían condenarme a dos meses de abstinencia sexual. Cada noche se producía el mismo acontecimiento terrorífico: nada.

El 2 de julio de 1955, a la hora en que el sol comenzaba a dar sus primeros zarpazos sobre la tierra, Frankie Robarts acabó explotando. Murió en pleno trabajo, a causa de una crisis cardiaca desencadenada por un derrame cerebral, mientras servía una hamburguesa a una clienta a la que derribó de su silla y que acabó con el rostro embadurnado de salsa de tomate.

Días más tarde, recibí una carta de condolencias de Simone de Beauvoir, a quien Nelson Algren había avisado de la muerte de mi marido. «Para que me despejara», me invitaba a unirme a Jean-Paul Sartre y a ella que, en otoño, partían de viaje a China. «Con todos los gastos pagados», añadía. Me harían pasar por su secretaria ante las autoridades chinas.

Vendí el restaurante y me las arreglé para reunirme con los dos en Pekín tras pasar por Moscú: no quería poner los pies en suelo francés.

46. El segundo hombre de mi vida

Pekín, 1955. Cuando llegué a Pekín, me enamoré enseguida de los chinos, gente pragmática, que no teme a nada ni escatima esfuerzos. Son como los americanos, pero sin su blanca sonrisa ni esa tendencia al sobrepeso provocada por el abuso del azúcar y de las grasas animales. En mi humilde opinión, al caminar más deprisa, sin duda llegarán más lejos.

Tenía cuarenta y ocho años, había llegado la hora de encontrar mi alma gemela, la que pudiese volver a encender el sol que había iluminado siempre mi interior, incluso de noche, y cuyo último rayo se había extinguido con la muerte de Frankie Robarts.

Teniendo en cuenta cómo era la pareja Sartre-Beauvoir, hubiese podido dejarme tentar por él como lo había estado, doce años antes, en La Petite Provence. Intuía incluso que aquello no desagradaría a Simone. Pero por muy fascinante que fuese, el intelectual con cara de sapo y dentadura podrida no era mi tipo. No soportaba su sonrisa forzada, como si estuviera estreñido, y su voz de acero me provocaba dentera. Además, a menudo expresaba esa maldad venenosa que caracteriza a ciertos personajes poco agraciados y que delataba su aliento: olía a amargura tanto como a tabaco o alcohol.

Simone llevaba una buena temporada sin hacer nada con él y, dicho sea de paso, la comprendía. Tras Nelson Algren frecuentaba a Claude Lanzmann, un joven muy atractivo al que yo no había visto nunca y del que ella hablaba con mucha efusividad. En aquella época, tenía el rostro reluciente de las mujeres amadas.

Beauvoir era lo mejor de Sartre. ¿Qué habría sido de él sin ella? Un caprichoso impaciente. Un mal escritor. En resumen, nada del otro mundo. Fue ella quien escribió su leyenda.

Durante seis semanas, recorrimos China de un lado a otro, desde Pekín hasta Shanghái y de Cantón a Nankín, aunque como dijo Sartre mucho más tarde, cuando hubo recuperado la lucidez, «vimos muchas cosas pero, de hecho, no vimos nada». Todo era oficial, hasta los comentarios informales, y no olvidaré jamás las migrañas que sufría en cuanto los *apparatchikis* nos castigaban con unos discursos en los que se esforzaban, con gran éxito, en no decir nada. Me daban pena.

Sartre y Beauvoir no veían más allá de sus narices. Como sus anfitriones se deshacían en reverencias, estaban en el séptimo cielo. Parecían dos pavos reales sordos y ciegos pavoneándose en un mar de gallinas.

Nunca me cansaré de repetir la que fue una de las grandes lecciones de mi vida: no hay nada más estúpido que la gente inteligente. Basta con alabar su ego para manipularlos a voluntad. La credulidad y la vanidad van a la par, se nutren la una de la otra, incluso en las mentes más despiertas. Tuve la ocasión de comprobarlo durante todo el viaje.

Mientras Simone tomaba notas para el peor de sus libros, *La larga marcha*, un ensayo sobre China que publicó en 1957, yo escribía en un cuaderno las frases que me inspiraba nuestra peregrinación:

«El hombre trabaja, pero el chino más aún».

«El intelectual se deja acariciar con alabanzas, el pobre no. Está demasiado abollado: las caricias le hacen daño.»

«El canto del mañana siempre termina dejándonos sin palabras.»

«Comunismo: sistema que no ha entendido que para hacer feliz a los demás basta con dejarlos tranquilos ante un paisaje.»

Me enamoré de un comunista chino el día antes de nuestra partida. Pasó con él aproximadamente lo mismo que con Gabriel. Una sacudida telúrica que me atravesó la espalda, acompañada de una apnea y unas terribles ganas de hacer pis. Desde la primera mirada supe que viviría junto a él el resto de mi vida, al menos mientras durara el amor.

Se llamaba Liu Zhongling. Era viudo y tenía doce años menos que yo. Cuando pienso en lo que más me gustaba de él, no sé por dónde empezar de lo perfecto que era de arriba abajo, con sus ojos almendrados, sus labios carnosos, su lengua hábil, su cuerpo musculoso e incluso los dedos de los pies, que no me cansaría nunca de lamer. Ese hombre era un auténtico caramelo y, al recordarlo, no me avergüenza decir que todavía se me hace la boca agua.

Debo mencionar también el aroma que desprendía la noche que nos conocimos. Sutilmente almizclado, olía a flor de otoño, madera mojada y poso de uva.

Su intelecto estaba a la altura de lo demás. Liu era guía, traductor y comisario político, todo eso. A la vuelta de una expedición por el norte del país, nos había sido asignado para acompañarnos durante nuestra última jornada en Pekín, con la misión de explicar a Sartre y a Beauvoir, extremadamente decepcionados, que el presidente Mao no podría recibirlos.

Durante la recepción de despedida, Liu me agarró del brazo y me dijo en un francés perfecto:

—No sé cómo decírselo, no comprendo qué es lo que me pasa y pensará que soy idiota pero... Bueno, me va usted a perdonar: no puedo imaginarme la vida sin usted.

—Yo tampoco —respondí sin dudarlo.

La conversación terminó en mi habitación, donde, sin preámbulos, Liu me dio tal repaso que al cabo de una hora tenía la sensación de que me había atropellado un ejército de fogosos amantes. En la cama era agotador e inagotable.

Con él no había otra cosa que hacer que abandonarse como una chalupa en una marejada. Todos los años que estuve junto a él me los pasé cubierta de cardenales, chupetones, pellizcos y mordiscos, que ostentaba orgullosa como medallas. Eso sin mencionar las agujetas.

Después del amor, Liu me habló de literatura y en particular de Stendhal, al que parecía conocer como la palma de su mano. Aunque no era nada pedante, a su lado comprendí que mi incultura era de talla enciclopédica.

Recuerdo que me citó un dicho, según él típicamente stendhaliano, que aparece en *Vida de Henry Brulard,* que yo todavía no había leído: «El amor siempre ha sido para mí el más importante de los negocios, si no el único».

Después de hacerme el amor por segunda vez, me anunció que había encontrado la solución que nos permitiría vivir juntos, a pesar de lo difícil de la situación. Pediría al embajador de Albania, que era amigo suyo, que me contratase como cocinera.

Así pues, al día siguiente dejé que Sartre y Beauvoir se marchasen a París. Simone había comprendido por qué me quedaba. En el aeropuerto, hasta donde les había acompañado, se acercó a mí y me murmuró al oído:

—¿Liu?

Asentí con la cabeza.

—La comprendo —suspiró—. Es un hombre muy guapo. Cuando el amor aparece, no hay que dudar ni esperar a que vuelva a pasar. Agárrelo en cuanto se presente y no lo suelte por nada del mundo —Simone bajó aún más la voz—: Si puedo darle un consejo, no se permita nunca arrepentirse hasta el fin de sus días de una decisión que haya tomado, creo que no existe nada peor.

Simone era una excelente consejera en lo referente a la vida, como pude constatar mucho después cuando devoré sus libros, que me gustaría releer por última vez antes de morir: *El segundo sexo, Los mandarines* o *Memorias de una joven formal.* En cuanto a lo demás, en especial en política, se equivocó en su mayor parte. Había pasado sin transición de la picota de la burguesía a la de la «intelocracia», y era demasiado rígida para pensar correctamente. Su inflexibilidad fue su excusa.

En cuanto a Sartre, su mal genio no tenía disculpa alguna, salvo su extraordinaria inteligencia, que, de tanta seguridad que le daba, le empujaba a realizar las peores estupideces, sobre todo la de caer siempre en sus propias trampas, cosa que se confirma cuando pensamos que se equivocó en todo. Cegato ante el nazismo, cuyo carácter satánico se le escapó durante la estancia que efectuó en Alemania el curso universitario 1933-1934; cobarde ante Vichy, que combatió tardíamente, lo que no le impidió, tras la Liberación, hacerse pasar por un resistente de primera hornada; ciego ante el comunismo que celebró con Stalin, las revoluciones del Tercer Mundo a las que sirvió frenéticamente o el izquierdismo en el que se acurrucó al final de sus días.

Qué importaba no dejar de meter la pata mientras apareciese en la foto. A ser posible junto a Simone de Beauvoir, la distinción personalizada. Daba igual que su línea política le condujese con regularidad a pegarse estruendosos trompazos. Cambiaba de rumbo inmediatamente y su séquito le seguía cacareando. Su estatus le permitía equivocarse. Para tener derecho a ello, en aquella época, bastaba con situarse en el lado correcto. El suyo.

47. La paloma mensajera

PEKÍN, 1958. Liu Zhongling se reunía a menudo con Mao Zedong (1,80 m) y Deng Xiaoping (1,50 m), pero me llevó meses enterarme de cuál era su función exacta en el aparato del Partido Comunista chino. Gracias a su altura (1,65 m), era una buena síntesis de los dos.

Al principio de nuestra relación, cada vez que intentaba hablar de política con él cambiaba de tercio. Comprendí de inmediato que una de sus tareas era que el abismo entre ambos dirigentes no se ensanchase demasiado.

Durante mucho tiempo, el nuevo hombre de mi vida separaba completamente sus obligaciones. No se traicionaba nunca. Sin duda evitaba siquiera pensar en su trabajo delante de mí, por miedo a que leyese sus pensamientos, lo que con seguridad hubiese sido capaz de hacer dado el grado de fusión que habíamos alcanzado en nuestra relación: yo era él, él era yo.

Llegaba a sufrir un martirio cuando a Liu le dolía una muela, o a gritar de dolor cuando se quemaba la mano con la tapa de una cacerola. Si cogíamos un resfriado o la gripe, era siempre al unísono. Durante todo el día éramos la misma persona antes de transformarnos, llegada la noche, en un animal de dos espaldas.

Se movía mucho. Cuando Liu estaba en Pekín, era muy raro que pasara un día entero conmigo. Hoy me basta con cerrar los ojos para traer a mi mente nuestros pocos paseos por los parques de Pekín o por los *hutong*, los barrios tradicionales de estrechas calles por donde había que caminar entre hileras de ropa tendida.

Me gustaba Pekín hiciera el tiempo que hiciera, incluso cuando el cielo parecía haberse derrumbado y caminábamos a través de una espesa niebla, en medio de las nubes. Pero son las noches que pasamos en mi buhardilla de la Embajada de Albania las que me llenan todavía de nostalgia. Siento como si me sangrara el cuerpo cuando escribo estas líneas.

Nunca pasamos una sola noche juntos sin hacer el amor al menos una vez. Sobra decir que aquello fue un cambio con respecto a Frankie Robarts. Lo anotaba todo en un cuadernito que conservo: en trece años, me produjo 4.263 orgasmos. A esa vitalidad se añadían una capacidad para escuchar y una atención que habrían reconciliado a la más misándrica de las feministas con el sexo masculino.

Es cierto que Liu nunca borró ni suplantó a Gabriel en mi memoria, pero se hizo un lugar en ella bastante grande. Todavía hoy, ahora que mis adorados desaparecidos se presentan en mi cabeza, demasiado estrecha para acogerlos a todos, lo recuerdo varias veces al día: cuando abro la ventana para respirar el aire del exterior y pienso que era su primer gesto de la mañana. O cuando aplasto un huevo duro cortado en dos con salsa de soja, como le gustaba hacer en el desayuno.

La Embajada de Albania no tenía un céntimo y mi trabajo era tan ingrato como penoso. Las cosas no fueron a mejor cuando Albania se alineó con China, tras el informe de Nikita Jruschov sobre los crímenes de Stalin, en el

XX Congreso del Partido Comunista de la Unión Soviética, en 1956.

Su Excelencia Mehmet Artor era un viejo soltero, antiguo profesor de francés en Tirana y primo lejano de Enver Hoxha, el Stalin de bolsillo local. Sólo quería comer albanés, especialmente *gulasch,* pollo con nueces, pastel de verduras y hojas de parra rellenas de arroz. Se volvía irritable si no le tenía preparado su suero de mantequilla o su *boza,* una bebida fermentada con poco alcohol, a base de trigo, maíz y azúcar, que puede condimentarse con vainilla en polvo. Pobre de mí si no tenía a su disposición, al final del almuerzo o de la cena, un plato de *baklavas* con miel y almendras. Los consumía de forma desmesurada, como podía atestiguar su barriga.

Echarle el guante a esos productos era una pesadilla. No era raro que me faltasen miel, cereales o verduras durante semanas, y Su Excelencia prefería enfadarse conmigo antes que echarle la culpa al mal funcionamiento del régimen chino. Su fe en el maoísmo parecía variar en razón de lo que encontraba en su plato.

En aquel tiempo no había gran cosa. La razón era la política del Gran Salto Adelante, lanzada por Mao Zedong a partir de 1958 para acelerar el camino hacia el comunismo, especialmente en el campo, sometido a un demente programa de colectivización. A eso se añadía la lucha contra el «desviacionismo de derechas», que cubrió de hambre y de sangre todo el país, hasta los pueblos más recónditos.

La «revolución permanente»: así bautizó Mao Zedong el contraataque a la revuelta interna, después de que varios mandatarios del régimen como Zhou Enlai o Liu

Shaoqi le hubiesen cuestionado denunciando el izquierdismo o el «aventurismo» de su política. ¿Insinuaban acaso que el presidente iba demasiado deprisa? Pues bien, peor para ellos, iría aún más rápido.

En la Embajada de Albania, de la que sólo salía para hacer la compra en el mercado, no podía ser consciente de la catástrofe que estaba perpetrando la política de Mao Zedong. Sin embargo, pronto me pareció que había algo que fallaba. Por mucho que recorriera y rebuscara por los mercados, todos los puestos estaban prácticamente vacíos. Solía conseguir batatas o *bok choy,* la col china, y a veces costillas de perro, pero cada vez encontraba menos cosas que echarle a la sopa de Su Excelencia, que ponía cara de circunstancias cuando se sentaba a la mesa.

Cuanto más dramática se hacía la situación, más se agarraba Mehmet Artor al marxismo-leninismo que los comunistas chinos no habían sido capaces de aplicar. El embajador culpaba de las dificultades de aprovisionamiento a oscuros complots de la burguesía y el capitalismo:

—Nos obligan a pasar hambre para que reneguemos del comunismo —refunfuñaba Mehmet Artor mientras golpeaba la mesa con el mango del cuchillo—. Bastaría con eliminarlos a todos y las cosas irían mucho mejor. Mi primo Enver arreglaría esto en tres patadas.

Durante ese periodo Liu empezó a hablarme de sus actividades y a compartir conmigo sus dudas. Haber sido el mejor amigo del hijo mayor de Mao, Anying, que había muerto en un bombardeo durante la guerra de Corea en 1950, le había franqueado la entrada en el palacio presidencial. Pero era sobre todo devoto de Deng Xiaoping, el secretario general del Partido Comunista, cada vez más hostil, aunque no lo declaraba públicamente, a las locuras del Gran Salto Adelante. Mi hombre pasaba mensajes de su parte y le avisaba de los complots que urdían contra él. Se definía como su «paloma mensajera».

La desorganización del sector agrícola provocó hambrunas que, durante tres años, arrasaron la mayoría de las provincias, desde Sichuan hasta Henan o de Anhui a Gansu. Como en tiempos de Stalin, el comunismo de Mao exterminaba a los campesinos dejándolos sin víveres. Una especie de genocidio que se eleva, según los expertos, a entre treinta y setenta millones de muertos.

No había nada que llevarse a la boca; si el capitalismo era la explotación del hombre por el hombre, el comunismo era la inversa, pero incluso peor.

En la China rural de aquellos años, cualquier cosa servía para llenar el estómago. Las hojas, las malas hierbas o los cadáveres de aquellos que habían muerto de hambre, en especial los niños, que podían acabar en el estómago de sus padres. En cuanto a la fauna, prácticamente se extinguió del país.

Yo tenía un bonito gato chino que, por sus rasgos finos y sus ojos rasgados, me recordaba a mi hombre, hasta el punto de que lo había llamado Liu II. Se marchaba a menudo a recorrer los jardines del vecindario. Un día no volvió. Terminó hecho albóndigas o en una sopa.

Incluso los gorriones empezaban a escasear en el cielo de Pekín, donde reinaba un silencio de muerte. La parte más sustanciosa de los pájaros se añadía a todos los platos de carne, incluido mi *gulasch,* tras haber retirado cuidadosamente los huesos de los diminutos esqueletos para que no obstruyesen la garganta de Su Excelencia, pero aquello no le nutría.

Pienso a menudo en todos esos intelectuales, escritores o ministros occidentales que, en aquella época, cortejaban al maoísmo y a quienes Liu paseaba, en todos los sentidos de la palabra, para hacerles admirar los grandes logros del régimen. No se enteraron de nada. Durante todos aquellos años, llenaron libros y periódicos con sus tonterías y sus infamias. Conozco a algunos que siguen haciendo estragos, perorando sobre otros temas sin el menor atisbo de vergüenza. Me compadezco de ellos.

—El presidente Mao no consigue dormir —me anunció un día Liu, con el tono grave que reservaba normalmente a noticias importantes.

—Escucha, Liu, ése es el menor de los problemas después del daño que ha hecho. Eso prueba que al menos tiene conciencia.

—Mao siempre ha tenido dificultades para conciliar el sueño, por esa razón suele levantarse tan tarde, pero de un tiempo a esta parte se ha vuelto alarmante, sufre grandes migrañas cada vez más frecuentes. Además, ya no quiere comer carne, en señal de solidaridad con su pueblo, algo que lo debilitará aún más.

—Al contrario —objeté—. Su salud mejorará, lo que le permitirá digerir mejor la comida y la infelicidad de su pueblo.

Liu no se inmutó. Cuando le pregunté si Mao tenía un aliento tan horrible como el de Hitler, no pude dar el menor crédito a su respuesta, que parecía copiada de un comunicado oficial:

—Según la opinión general, la boca del presidente Mao huele muy bien.

—Ah, bueno —dije—. ¿Y huele bien por todas partes?

—Por todas partes.

Me reí y Liu también. Nunca perdía el buen humor, ni siquiera cuando el suelo se derrumbaba bajo nuestros pies.

*

Una noche, mientras nos abandonábamos al placer, Liu estuvo a punto de estrangularme. Fue culpa mía: le había pedido que me apretase el cuello con fuerza mientras me penetraba, y siguió mis instrucciones con tanta exactitud que estuve a punto de estirar la pata.

En cuanto me recuperé, me pidió que me casara con él. Yo tenía entonces cincuenta y nueve años, y él seguía teniendo doce menos. Si todavía estaba dispuesta a cambiar de nombre, era entonces o nunca. Prefería el suyo al que llevaba en ese momento: Robarts.

Liu, que tenía contactos en todas partes, pudo obtener una autorización especial. Por esa razón me llamo desde entonces Zhongling. El matrimonio no cambió nada entre Liu y yo. Continuamos trabajando como bestias de carga y dándonos placer el resto del tiempo. El estado de salud de Su Excelencia se agravaba poco a poco y así pasé a ser, además de su cocinera, su enfermera.

Aquejado de una hernia discal paralizante, Mehmet Artor sólo podía desplazarse en silla de ruedas, y a falta de personal, cayó sobre mí la tarea de pasearle. Como agradecimiento me consiguió, gracias a sus relaciones, un pasaporte diplomático que yo no le había pedido pero que me sería de gran utilidad pronto, cuando tras el Gran Salto Adelante sobreviniese la siguiente catástrofe.

Cada vez que se empezaba a difundir el rumor de que Mao Zedong estaba muerto, renacía de sus cenizas. En movimiento continuo, ese as de la táctica política no olvidaba nunca aprovechar el descontento de su país imputando sus propios errores a sus rivales en el partido. Para hacer olvidar el fracaso del Gran Salto Adelante y acallar a su equipo, infectado de nuevo por un naciente espíritu contestatario, el presidente chino inventó la Gran Revolución Cultural, una especie de golpe de Estado popular dirigido, entre otros, contra Deng Xiaoping, el padrino espiritual de mi marido, extremadamente prudente, sin embargo. De nuevo adelantaba por la izquierda a los trapisondistas y a los rebeldes de su *nomenklatura*.

El 16 de mayo de 1966, en un texto que Liu me tradujo y me comentó con las manos temblorosas, Mao atacó, durante una larga sesión del buró político, a los representantes de la burguesía que se habían infiltrado disimuladamente en el partido, el gobierno y el ejército. Una vez se reunieran las condiciones necesarias, estos «revisionistas contrarrevolucionarios» tenían previsto, según el presidente chino, tomar el poder y «reemplazar la dictadura del proletariado por la dictadura de la burguesía». Por esa razón llamaba al pueblo para que los juzgase sin más dilación empezando por su delfín oficial, Liu Shaoqi, quien, según mi marido, era «un hombre justo y bueno». «Un hombre humano», había añadido, orgulloso de su definición.

—No sé qué pasará ahora —me dijo Liu—, pero creo que vamos a vernos con menos frecuencia, quizás nada en absoluto. No quiero exponerte ni comprometerte.

—Sigo siendo tu mujer —respondí—. Quiero compartirlo todo contigo.

—A partir de ahora, voy a combatir a vida o muerte por mis ideas. Lo siento, Rose, éste no es tu combate ni tu historia. Si me ocurriese algo, mi mayor deseo es que me sobrevivas para que tras de mí quede aún sobre la tierra algo de nuestro amor. ¿Lo entiendes?

Sabía hablar, mi hombre. Con los ojos húmedos y tragándome los sollozos, le hice prometer que pasaría de vez en cuando por la embajada para darme noticias y también para otra cosa que es inútil precisar. Dijo que sí pero no hizo nada. Durante año y medio no se manifestó.

Deng Xiaoping fue exiliado. Liu Shaoqi, encarcelado: el exfuturo sucesor moriría algún tiempo después, en 1969, en su celda de Kaifeng, por falta de cuidados. En cuanto a mi marido, fue asesinado a golpes con una barra de hierro por guardias rojos, en Cantón. Parece ser que se defendió como un león, hiriendo a varios de sus asaltantes.

El 2 de febrero de 1968, cuando Mehmet Artor me anunció la muerte de Liu, noticia que había sabido de una alta personalidad del Estado, me invadió la desesperación. En un primer momento, pensé salir de inmediato de la embajada para matar al azar a uno o varios guardias rojos en la calle. No dudaba de la eficacia del krav maga, pero temía ser arrestada antes de cumplir mi cometido. Gracias a Dios, el embajador de Albania aplastó de golpe esa idea estúpida.

—Este país está volviéndose loco —dijo Mehmet Artor—. Hay que marcharse.

—Quiero ver el cuerpo de Liu. Quiero verlo, besarlo y enterrarlo.

—Ni lo sueñe, su marido murió hace más de tres semanas, ya está bajo tierra, nadie sabe dónde. No hay tiempo que perder, hay que marcharse lo antes posible.

Al día siguiente partimos hacia Albania.

En el avión, diseñé otro proyecto: vengar la muerte de Liu con la sangre de un gran intelectual francés que hubiese sido simpatizante de Mao Zedong. Jean-Paul Sartre estaba el primero de la lista, pero lo descarté para no apenar a Simone de Beauvoir. Semanas más tarde, cuando llegué a Francia, me di cuenta de que tendría mucho donde elegir.

48. Un fantasma del pasado

MARSELLA, 1969. Todos los caminos me llevan a Marsella. Como en 1917, durante mi primera estancia, la ciudad estaba llena de una suciedad metafísica. Atravesada en todas direcciones por ratas, mendigos, carteristas y recolectores de basura, seguía siendo alegre y ponía a todo el mundo en su lugar. En aquel desbarajuste, me sentí enseguida en casa. Alquilé un apartamento a la sombra de la basílica de Saint-Victor.

A la lista de mis odios había añadido los nombres de varios intelectuales, y al final me decanté por Louis Althusser, uno de los «papas» de Saint-Germain-des-Prés, que había seguido una senda intelectual completamente lógica: estalinista, maoísta y, para terminar, demente. Sin el valor necesario para matarse a sí mismo, estranguló a su mujer mucho después.

Louis Althusser tuvo la suerte de que yo fuese a Marsella, donde abandoné de inmediato mi plan, arrastrada por esa alegría de la ciudad que lo invade todo. Con el dinero de la venta del Frenchy's, que había conservado en China, me compré un restaurante en el Quai des Belges, en el Puerto Viejo, un negocio de veintidós mesas con una pequeña terraza. Lo bauticé tontamente La Petite Provence, como en París, sin pensar que eso podría, algún día, meterme en problemas.

Mi establecimiento se llenó enseguida. Lo hacía todo menos la sala, para la que había contratado a Kady, una maliense de veintitrés años sin papeles ni complejos ni ropa interior. Desde la primera mirada soñé con desnudarla, cosa que a fin de cuentas hice esa misma noche, antes de meterme con ella bajo las sábanas. Tras haber conocido muchos hombres, había decidido, cumplidos los sesenta, pasarme a las mujeres. Aquello me sentaría bien.

Fui su primera hembra, y también la última. A la mañana siguiente me dijo con una gran sonrisa:

—Mejor de vieja que nunca.

Era su sentido del humor. Peinada a lo afro como Angela Davis, célebre activista de la que todos los chicos estaban enamorados, decía que tenía linaje real. Kady mentía a todas horas, pero a mí me daba igual mientras no afectara al trabajo. Por lo demás, era tan atractiva que le perdonaba todo. Sentía unas ganas locas de besarla a todas horas y no me contenía, antes o después del servicio. Eso sí, para hacerla patalear de placer bajo el efecto de mis fantasías esperaba a estar en casa, entre cuatro paredes, para sofocar sus cacareos y sus gritos. La discreción no era lo suyo; me abrumaba su temperamento.

Me volvía loca su voz sensual, teñida de ironía, su risa explosiva, sus ojos sentimentales, su nuez que bailaba sobre mi cuello, sus senos que daban saltitos cuando hablaba y sus labios pulposos, que parecían estar buscando algo que morder o comer. Intentaba darle lo que quería. Amor, por supuesto, pero también calor, seguridad, protección, comprensión y atención a cada instante. Todo lo que necesita una mujer.

Pero le faltaba algo. Un día, mientras comprábamos doradas vivas a nuestro pescador habitual, un barbudo neurasténico de vello grasiento que tenía un puesto en el muelle, frente al restaurante, Kady me dijo con voz decidida:

—Quiero un hijo.

Yo no veía la relación con las pobres doradas que se debatían lamentablemente en la bolsa donde acababa de meterlas. Tras un segundo de estupefacción, el pescador adoptó un aire mitad extrañado, mitad burlón, y su mirada comenzó a pasar de Kady a mí y a la inversa.

No sabía qué decir. Kady lo repitió alzando aún más el tono:

—Quiero un hijo.

—De acuerdo, de acuerdo —respondí, con un rictus de impaciencia, para cerrar el incidente.

No nos dirigimos la palabra en el camino de vuelta al restaurante. También es cierto que no me sentía muy cómoda cargando con la bolsa, que se revolvía entre hipidos y estertores de agonía. Sin haberme atrevido a pedirle al pescador que matara él mismo las doradas, por miedo a que me acusara de sensiblera, aceleraba el paso para poner fin yo misma a su sufrimiento sobre mi mesa de trabajo, partiéndoles la cabeza con el rodillo de pastelería.

Alrededor de la medianoche, tras volver del trabajo, Kady y yo retomamos el tema del niño. Nos sentamos las dos en el sofá, la una contra la otra, escuchando en el tocadiscos, mientras nos manoseábamos y nos besábamos, su canción preferida, cantada por Scott McKenzie:

If you're going to San Francisco
Be sure to wear some flowers in your hair,
You're gonna meet some gentle people there.

Todavía no he hablado de la lengua de Kady y es un olvido importante. Su órgano lingual era un instrumento carnoso que cambiaba a menudo de color, volviéndose violáceo a veces, y que ella utilizaba con virtuosismo. Una especie de aparato masculino, pero más móvil. Tras un beso que me dejó anonadada, Kady declaró, mientras yo recobraba el sentido:

—Quiero un hijo porque he encontrado al padre.

—¿Quién es?

—No lo conoces.

—¿Es un negro?

—Evidentemente. No quiero ni pensar que mi descendencia sea mancillada por la raza blanca, si es que todavía es una raza, de tanto que se ha degenerado.

—Como quieras.

El macho reproductor lavaba platos en la cervecería de al lado. Era maliense, como Kady. Alto y guapo, el cuello largo, la mirada orgullosa, caminaba igual que ella, lenta y aristocráticamente. El día que nos pareció más propicio para una fecundación lo llevamos a mi apartamento, donde se prestó sin mucho ánimo, como a disgusto, a la tarea que le habíamos encargado.

No sabía que, con su herramienta, estaba fabricando un hijo. Pensaba que sólo estaba participando en una sesión de voyeurismo en la que se suponía que yo disfrutaba mientras ellos se daban placer ante mis ojos. Al contrario, aquello no me hizo mucha gracia, sobre todo por el hecho de que creí ver, al aliviarse dentro de ella, brillos de gozo en la mirada de Kady.

A Dios gracias, no fue necesario repetir el trago. Nueve meses más tarde nacía Mamadou, 3,7 kilos, de padre desconocido, que llevaría el apellido de su madre: Diakité.

Mamadou cimentó nuestra pareja y nuestra felicidad, hasta el día en que, al saludar a los clientes tras haber cerrado la cocina, me di de bruces con un fantasma del pasado. No había cambiado nada. Los rostros tallados por el odio parecen siempre recién salidos del formol. Permanecen inmutables. Su pelo apenas había encanecido. En cuanto a sus dientes, cargaban con toda una existencia de sarro, lo que hacía pensar que no había nadie en su vida. Se habían fundido en un magma de desechos parduzcos, que miré con asco cuando, al levantarse melodramáticamente de la mesa, se dirigió hacia mí con una gran sonrisa, enarbolando su larga nariz:

—¿Madame Beaucaire? —preguntó estrechándome la mano.

—No —corregí—. Zhongling.

—No puedo creer lo que veo. ¿No es usted Madame Beaucaire, de soltera Lempereur?

—Se equivoca —insistí.

Sacudí la cabeza y me encogí de hombros mientras respiraba hondo, para librarme de la contracción que presionaba la sangre de mi cerebro.

—Pues entonces —dijo el hombre— perdóneme, estoy divagando. Me presento: Claude Mespolet, el nuevo prefecto de policía de Marsella. Conocí a una dama que tenía un restaurante en París que servía los mismos platos y tenía el mismo nombre que el suyo, La Petite Provence. He sido un tonto al imaginar que era usted la misma persona. Disculpe la confusión.

Me presentó a las personas con las que estaba comiendo. Dos diputados gordos y rubicundos, uno mucho más bajo que el otro. Tenían la boca brillante de grasa, como perros levantando el morro de sus escudillas.

—Aunque debo decir que se parece usted mucho a aquella señora que le digo —insistió Claude Mespolet examinándome de pies a cabeza—. Algo más llenita, porque ella era bastante delgada, pero siempre se gana un poco de peso con la edad. Fue hace un cuarto de siglo. ¡Cómo pasa el tiempo!

—Es cierto —asentí.

Al darle la cuenta, le invité a que se quedara un momento conmigo cuando los dos políticos se hubiesen marchado.

—Felicidades por su parmesana —dijo mientras me sentaba—. Ha conservado usted sus aptitudes.

—No estoy aquí para hablar de gastronomía con usted, sino de una cosa que le afecta directamente.

Y le comuniqué con una sonrisa socarrona que conservaba documentos comprometedores sobre él. En especial un informe fechado en 1942, firmado por él y dirigido al prefecto de policía de París, donde destacaba los orígenes judíos de mi primer marido. Era un farol, Himmler no me había dado los papeles tras haberme permitido leerlos, pero la sonrisita de superioridad de Mespolet desapareció inmediatamente de su cara. Sin embargo, no era de los que se dejaban intimidar.

—¿Qué propone? —dijo con cierto tono de indiferencia.

—Que me deje tranquila.

Reflexionó un momento y murmuró entre dientes:

—Cometió usted un crimen al matar a Jean-André Lavisse de forma totalmente innoble.

—Era un colaboracionista —respondí en voz baja.

—No del todo. Sirvió a los gaullistas de la Francia libre, hasta el punto de que, en la Liberación, recibió la medalla de la Resistencia a título póstumo.

—¿Ese cerdo?

—Las personas no son del todo negras o blancas, sino las dos cosas a la vez, eso cuando no son completamente grises. ¿La vida no se lo ha enseñado?

—Me ha enseñado lo contrario.

—En todo caso, su crimen no ha prescrito, me he informado a través del juez de instrucción encargado del caso, amigo mío.

—Pero todo eso pasó hace más de veinticinco años.

—La justicia tiene códigos que el código penal ignora.

Repitió su fórmula regodeándose en ella. Se tenía mucho aprecio a sí mismo y me hacía pensar en una rana a la que un bromista hubiese puesto una pluma de pavo en el trasero.

—Si mueve un dedo para poner en marcha la justicia —concluí—, yo lo moveré haciendo público el documento que tengo en mi posesión. Es lo que se llama disuasión o equilibrio del terror. Lo mejor sería que lo dejásemos así, ¿no cree?

—En efecto.

Cuando Claude Mespolet salió del restaurante, comencé a sentir un nudo desde el pecho hasta el estómago que durante los años siguientes no dejaría de crecer, a pesar de las alegrías que me daban Kady y Mamadou.

49. El último muerto

Marsella, 1970. El nudo no me dejaba en paz. Me levantaba y me acostaba con él. A veces se me hundía tan adentro, extendiendo por todo mi pecho su extenuante dolor, que me impedía respirar.

Aunque iba retrasando por falta de tiempo el momento de hacerme las pruebas que me había prescrito el médico, tenía la impresión de que estaba incubando un cáncer. Pero fue Kady la que lo sufrió. La enfermedad se la llevó en un año y medio, después de que le extirparan un seno, luego el otro, la mitad de un pulmón y un tumor en la vejiga, antes de descubrirle un glioma en el cerebro.

Kady no quería morir en el hospital, prefirió acabar sus días en nuestro apartamento. Para poder estar a su lado hasta el final, cerré el restaurante, con el pretexto de «vacaciones anuales». Duraron seis semanas.

La bravura no cede ante nada, ni siquiera ante la muerte. Fue su rechazo a rendirse ante el cáncer lo que hizo sufrir tanto a mi mujer, hasta el límite de lo razonable, hasta el punto de que en los últimos días tuve la tentación de acortar su martirio.

Pero no, Kady no cedería un ápice, ni siquiera un segundo, agarrándose hasta el último momento para saborear cada gota de vida con una sonrisa rota que todavía recuerdo al escribir estas líneas. Me había pedido que le buscase unas últimas palabras que pronunciar antes de marcharse. Yo le había propuesto las de Alfred de Musset: «¡Dormir, por fin voy a dormir!».

A Kady no le parecieron lo bastante «divertidas». Le gustaba más la célebre frase de Auguste Villiers de L'Isle-Adam, escritor poco conocido que al menos triunfó con su mutis: «Anda que, ¡será difícil olvidar este planeta!».

Sin embargo, al final eligió una fórmula de mi cosecha: «¿Hay alguien ahí?». A pesar de todo, en el momento de expirar, cogida de mi mano, mientras Mamadou dormía en su cuna, susurró algo que no comprendí y que le obligué a repetir:

—Hasta pronto.

En mi cementerio craneal, figura desde entonces junto a los muertos en los que pienso varias veces al día: mis hijos, mis padres, mi abuela, todos los hombres de mi vida, Gabriel, Liu, incluso Frankie. Con Kady empezaba a ser demasiado, mi parcela personal comenzaba a quedarse pequeña.

En el plano intelectual, quedé completamente a la deriva. Es el problema de la edad: un día, se acaba teniendo tal batiburrillo de gente y de cosas en el cerebro que es imposible encontrar nada.

En el plano sexual, me contenté a partir de entonces conmigo misma. Lo que más me gusta del onanismo es que no hay preámbulos y que además una no está obligada a hablar al final: el ahorro de tiempo sólo es comparable al reposo del espíritu.

Tras la muerte de Kady tuve la sensación, por momentos, de tener todavía vida por delante. Doy las gracias a Mamadou por haberme ayudado, simplemente con su sonrisa, a reponerme. Pero había perdido la reviviscencia que, antaño, me hacía levantarme después de cada golpe del destino. Tenía tendencia a quedarme en mi cielo para mirar el mundo desde lo alto. A mis sesenta y tres años, no tenía edad para ello. Bueno, no todavía.

Había algo que me impedía dejarme llevar, como antes, por mi impulso vital. Ese nudo, acompañado de náuseas, que me atormentaba hasta el punto de despertarme por las noches. Me sometí a todo tipo de exámenes. Los médicos no encontraron nada. Así que ya sabía lo que tenía que hacer.

*

Investigando sobre Claude Mespolet, me enteré de que poseía una segunda residencia en Lourmarin, en el Luberon, que ocupaba con regularidad, especialmente en verano. Divorciado sin hijos, iba casi siempre solo, por lo general el sábado por la noche.

Con unos dientes con tanto sarro, habría sido un milagro que alguna mujer decente hubiera aceptado compartir su lecho, aunque fuese por una noche. En la prefectura de policía, sus subordinados decían que se pasaba el domingo cuidando el jardín, lo que hubiese debido convencerme de que no era una persona tan malvada.

Llegué a pensar que era impotente. A menos que fuese un aficionado a la masturbación. En ese caso, era un punto en común que nos hubiese ofrecido tema de conversación sobre sus ventajas. Practicado de esa manera, el amor deja de ser peligroso, la autarquía permite escapar a la angustia de la separación fatal.

Un sábado por la tarde, después de cerrar el restaurante y dejar al pequeño Mamadou con una vecina, fui a su casa a esperarle en su pinar. Estábamos en agosto y reinaba una gran excitación en el aire, donde los mosquitos y las golondrinas bailaban por encima de los timbales de las cigarras, mientras la tierra se cubría de hilos de oro.

Su chófer trajo a Claude Mespolet al final del día. Iba acompañado de su perro, un Jack Russell, el animal más egoísta y más infernal de la Creación después del hombre. No esperaba la presencia de aquel personaje suplementario, pero tenía con qué neutralizarlo: un frasco de cloroformo en el bolsillo de mi sahariana.

El prefecto se dio una vueltecita con su perro, deteniéndose para acariciar algunos árboles. Unos olivos nudosos, con ojos negros y cabellos de plata. Árboles para marchar a la guerra, de tanto que parecían haber resistido a todo, a la solana, a las heladas o a los diluvios. Aunque estaba demasiado lejos como para estar segura, creo que llegó a hablar con algunos.

Cuando Mespolet entró en la casa, el perro se quedó fuera, corriendo por todas partes, ladrando al mundo entero. A las cigarras, a las mariposas y a los pájaros. Al llegar a mi altura redobló sus ladridos, hasta que le tendí una mano amistosa que empezó a lamer de inmediato. Cuando lo tuve domado, lo inmovilicé de improviso agarrándolo por la espalda y le apliqué en el hocico un pañuelo en el que había vertido una cuarta parte del frasco de cloroformo.

—¡Castro! ¡Castro!

Claude Mespolet pasó buena parte de la tarde llamando a su perro, primero desde el porche y luego dando varias vueltas a la casa. No tenía posibilidad alguna de encontrarlo. Castro yacía lejos de allí, en la garriga, con las patas atadas y el hocico sujeto con cinta aislante.

Antes de subir a acostarse, Mespolet dejó la puerta de entrada abierta por si al perro se le ocurría volver a dormir a la casa. Esperé una hora más.

Cuando llegué ante él, dormía un sueño profundo, a juzgar por su respiración suave y regular. Lo observé un buen rato, en la penumbra, en un estado de éxtasis atroz que, años después, me sigue avergonzando.

No tenía ganas de oír a Mespolet. Me diría con tono plañidero lo que dicen todos y que, en cierto modo, es bastante cierto. Que no podía hacer otra cosa, era un funcionario, cumplía órdenes. Que procediesen del mariscal Pétain o del general De Gaulle, eso no importaba, debía obedecer y no sabía hacer otra cosa. Que había sido duro cambiar de amo, pasar del petainismo durante la Ocupación al sovietismo de la Liberación, cuando hubo que escapar de la depuración y ésa era la mejor manera, antes de reconvertirse al gaullismo de los años cincuenta. Ya me sabía el discursito: así es la vida, consiste en adaptarse a los cambios. Por un Camus que resistió realmente, ¿cuántos Sartre o Gide no se creyeron viento siendo veletas?

Tampoco tenía ganas de cruzarme con la mirada de Mespolet. Jacky, mi amigo mafioso de Marsella, me ha dicho muchas veces que los malhechores evitan siempre mirar a los ojos de los que van a matar, por miedo a ablandarse antes de disparar. Así que no encendí la luz cuando estampé siete balas de plomo en el cuerpo del prefecto de policía con mi Walther PPK, a la que había añadido un silenciador para la ocasión.

Tras dejar libre al perro volví a Marsella, el corazón aliviado, escuchando la *Novena sinfonía* de Beethoven que había puesto a todo volumen para celebrar mi último muerto.

50. *Ite missa est*

Marsella, 2012. El calor es pesado y se abate sobre la tierra como la lluvia al caer. La ciudad apesta a pescado y basura. Todo se vuelve pegajoso y no hay más que un deseo: el de hundirse en el agua. Pero no quiero pecar de exhibicionista: me siento demasiado vieja para eso.

Es mi cumpleaños. He decidido celebrar mis ciento cinco años en la intimidad, en mi restaurante, cerrado para la ocasión, con Mamadou, Leila, Jacky, su mujer, Samir el Ratón y la señora Mandonato, mi amiga librera, que no oculta su alegría por haber traspasado su establecimiento, el día antes, a un comerciante de vinos ecológicos. Un chico muy guapo, parece ser. «Para comérselo», ha dicho ella. Iré a comprobarlo en cuanto abra.

No sé quién fue el imbécil que inventó las fiestas de Navidad, pero si viviese todavía le ajustaría las cuentas. En esas fechas y en particular la noche del 24 de diciembre, sufro siempre grandes ataques de nostalgia al pensar en todos mis muertos, empezando por mis hijos y sin olvidar a mi nieto, al que se llevó el *alzheimer* en Tréveris.

El estúpido narcisista que tuvo la idea del primer cumpleaños de la Historia es todavía más criminal. A partir de los cuarenta, es un suplicio que debe sufrirse por conveniencia social, para agradar. Llegada a mi edad, resulta incluso peor: en cada ocasión me digo que es el último.

Si no tuviera que someterme al rito del cumpleaños, todo iría bien. Desde la muerte de Mespolet me siento aliviada y feliz: el nudo en el pecho se marchó aquella misma noche para no volver. Pero me parece que nadie de los que se sientan a la mesa me cree cuando proclamo, con tono alegre, mi gozo de vivir.

—Me gustaría creerte —dice Jacky—, pero no siempre debe de ser fácil, con todo lo que has vivido.

—A pesar de eso, estoy en la gloria.

—En el Paraíso —corrigió Samir el Ratón con su mala leche habitual.

Respondí a Jacky que en efecto había vivido, hasta el tuétano de mis huesos, lo que puede considerarse sin temor a equivocarse uno de los periodos más terribles de la historia de la humanidad: el siglo de los asesinos.

—Ha provocado tantas muertes —dije— que ni siquiera es posible contarlas.

El instituto holandés Clingendael, especializado en relaciones internacionales, calcula que se eleva a 231 millones el número de muertos provocados por conflictos, guerras y genocidios de este siglo XX que no paró de rebasar todos los límites de lo abyecto.

¿Qué especie animal es capaz de asesinar hasta ese punto, con tanta ferocidad? En todo caso, ni los monos ni los cerdos, nuestros parientes más cercanos, y menos aún los delfines y los elefantes. Hasta las hormigas son más humanas que nosotros.

En el siglo XX tuvo lugar el exterminio de los judíos, el de los armenios, el de los tutsis. Sin mencionar las matanzas de comunistas, anticomunistas, fascistas y antifascistas. Se sucedieron las hambrunas políticas en la Unión Soviética, en la China Popular o en Corea del Norte, que diezmaron a una población supuestamente rebelde. Los sesenta o setenta millones de víctimas de la Segunda Guerra Mundial, provocada por Adolf Hitler, que inventó la industrialización de las masacres. A todo ello hay que añadir el resto de infamias, como en el Congo Belga, en Biafra o en Camboya.

En el palmarés del horror, Hitler, Stalin y Mao figuran en los primeros puestos, con decenas de millones de muertos en su haber. Gracias a la complicidad de sus aduladores, intelectuales o políticos, pudieron aplacar su sed de sangre y ejecutar con todas sus ganas tantos sacrificios sobre el altar de su vanidad.

—¡Y pensar que es a mí al que molestan! —bromeó Jacky, provocando la carcajada general—. Después de todo eso, ¿no crees que la pasma, en lugar de perseguirme a mí, haría mejor pidiendo cuentas a todos esos criminales y a sus lameculos profesionales?

—Habría que meter a la mayoría del país en la cárcel —objetó Samir el Ratón. Después se volvió hacia mí y dijo—: Me da la impresión de que todos esos horrores te rozaron sin golpearte de verdad. ¿Cómo lo hiciste?

Fui muy honesta al responderle que durante mucho tiempo ignoré qué me había permitido soportar eso, aunque siempre haya sentido una repugnancia natural a añadir mis quejas al inmenso lloriqueo de la humanidad. Si el infierno es la Historia, el paraíso es la vida.

La felicidad no se regala: se fabrica, se inventa. Lo aprendí leyendo, aconsejada por la señora Mandonato, a los filósofos de la alegría que habían escrito claramente lo que yo pensaba sin haber sido capaz hasta entonces de formularlo. Epicuro, que dijo tantas cosas buenas de la felicidad de la contemplación, murió por culpa de una retención urinaria tras haber soportado un cólico nefrítico. Spinoza, cantor de la felicidad, fue proscrito y maldito por su comunidad. Nietzsche, en fin, celebró la vida y pretendía conocer una felicidad sin nombre mientras su cuerpo le martirizaba, aquejado de un herpes genital gigante y una sífilis terminal, a los que había que añadir la ceguera progresiva y una hiperestesia auditiva. Sin mencionar sus crisis de migrañas y vómitos.

—Nietzsche llamaba a su dolor «mi perro» —apuntó Jacky, que tenía estudios—. Decía que era tan fiel como un chucho y que podía descargar todo su mal humor sobre él.

Al final de la cena, estando ya ebria, me levanté y solté una pequeña perorata:

—Un discurso es como el vestido de una mujer. Debe ser lo bastante largo para cubrirla y lo bastante corto para hacerla interesante. El mío sólo tendrá una frase: nunca se tiene la vida que uno merece.

Tras lo cual distribuí una fotocopia en la que había escrito mis siete mandamientos:

Vivid cada día como si fuera el último.

Olvidadlo todo pero no perdonéis nada.

Vengaos los unos de los otros.

Desconfiad del amor: se sabe cómo se entra pero no cómo se sale.

No dejéis nunca nada en vuestro vaso, ni en vuestro plato, ni a vuestra espalda.

No dudéis en caminar contra corriente. Sólo los peces muertos la siguen.

Moríos vivos.

Acababa de apurar mi copa de champán cuando recordé otro precepto que siempre me cuidé de seguir: «Dejad a un lado vuestro amor propio. Si no, nunca conoceréis el amor». Lo grité y lo repetí dos veces para que se enterase todo el mundo, después Jacky conectó su móvil a los altavoces y cantamos, dirigidos por él, su aria preferida: *E Lucevan le Stelle* de *Tosca*, antes de entonar *Il Mondo,* una canción interpretada por Il Volo, un trío de tenores italianos, unos adorables adolescentes que apenas acababan de mudar de voz.

Iiiiiil mooooondo
Non si è fermato mai un momento
La notte insegue sempre il giorno
Ed il giorno verrà.

Sí, el día vendrá, mis queridos tenores, no os preocupéis. Todas las mañanas se presenta. Basta con abrir los ojos.

Tras la cena, mientras me despedía de Jacky y de su mujer en el umbral de la puerta de La Petite Provence, oí un gran grito. Una especie de balido, entrecortado por los lamentos. En la esquina de la avenue de la Canebière, una mujer con un vestido ligero estaba en el suelo entre las garras de un golfillo que intentaba arrancarle el collar. Enseguida reconocí al «guepardo» que mencioné al principio de este libro.

Para cuando llegamos a su altura, ya había huido. Jacky ayudó a la señora, una joven octogenaria llena de bótox, a levantarse. Lloraba dulcemente, sollozando:

—Era el collar que me había regalado mi marido el año que murió, hace ya mucho tiempo. Es una baratija, pero tiene mucho valor sentimental, compréndanlo.

Le pedí a Jacky que utilizara sus contactos para encontrar el nombre y la dirección del gamberro. Tenía un par de cosas que decirle.

Epílogo

El «guepardo» se llamaba Ryan y vivía con su madre, en el barrio alto, en una casita barroca con vistas al mar. Fisioterapeuta de buena reputación, la señora Ravare, una viuda de cuarenta y seis años, recibía a sus clientes a domicilio, salvo los miércoles y los jueves por la tarde, que pasaba consulta a otros pacientes en el hospital de la Timone.

Había conseguido esa información y mucha más gracias a Jacky Valtamore, que había insistido en acompañarme. Acepté de mala gana pero, con ciento cinco años, como me recordó de forma poco elegante, todas las precauciones son pocas. Es cierto que la canícula de los últimos días no me había sentado bien, a pesar de haber cumplido al pie de la letra las recomendaciones del Ministerio de Sanidad, que aconsejaba a los ancianos, amenazados por la deshidratación, beber agua con regularidad. Además tenía la sensación de llevar las zapatillas engrasadas. A cada paso me parecía que iba a resbalar y caer.

Tras saludar a su esbirro, un tipo gordo y alelado que vigilaba la entrada, Jacky me pidió que le esperase en la puerta. Saltó por encima de una valla para llegar a la parte trasera de la casa de la señora Ravare, por el lado del mar, y me abrió minutos más tarde. Sonreí: a sus ochenta y dos años no había perdido la mano.

—¿Está dentro? —pregunté.

—Ya te lo he dicho —murmuró irritado—. Hace tres días que lo tengo vigilado, de la mañana a la noche. Si no, no habríamos venido.

Seguí a Jacky por la escalera de caracol que daba a la habitación del «guepardo». Estaba tumbado en la cama, con los ojos cerrados y los cascos en las orejas. Que estuviera dormido o no, no cambiaba gran cosa. Se escondía del mundo de los vivos.

—¿Duermes? —gritó Jacky.

Ryan Ravare abrió un ojo, y después el otro, y se levantó de un salto con cara aterrorizada. Me alegré de su sorpresa: me había reconocido.

—No, no estás viendo visiones, mentecato: soy yo, la vieja loca que te asustó tanto una noche en el Puerto Viejo.

Saqué la pistola, una Glock 17, del bolsillo de mi sahariana.

—Te había advertido —continué— de lo que te pasaría si volvías a las andadas. Pues bien, chaval, ha llegado la hora del juicio final.

Jacky me agarró de la manga, con el ceño fruncido, y me susurró al oído:

—¿Qué estás haciendo, Rose? Habíamos hablado sólo de una pequeña lección y nada más.

—Ya veremos —susurré—. Estoy improvisando.

Sintiendo un desacuerdo entre el enemigo, Ryan intentó sacar provecho:

—Permítame decirle, señora, que es usted muy agresiva.

—¿Acaso tú, mentecato, no eres agresivo con la gente que atracas?

—No sé de qué está hablando. ¡Yo no he hecho nada y entra en mi casa para acusarme! ¡Qué descaro! —y después adoptó el tono plañidero propio de las nuevas generaciones—: Por si no lo ha notado, en este momento estoy en plena depresión. No duermo, no como, mi madre está muy preocupada. Puede comprobarlo, estoy siguiendo un tratamiento.

Nos señaló un montón de medicamentos que juntos parecían una especie de pueblecito provenzal, erigido sobre su mesita de noche como sobre lo alto de una montaña.

—Estoy muy cansado —prosiguió—. Hace años que perdí el apego a la vida, es lo que me han diagnosticado en el hospital. Mi vida no tiene nada que envidiar, créanme. No consigo salir a flote, y últimamente ha ido a peor. Tengo incluso ganas de suicidarme.

Fingía dirigirse a mí pero sólo miraba a Jacky, el eslabón débil. Tosí para atraer su atención y dije:

—Te propongo un trato. Si te entregas a la policía con todo tu botín, te perdonaré la vida. Si no, te pego un tiro aquí mismo.

—Ya era hora —resopló Jacky entre dientes—. Por ahí sí que vamos mejor.

Ryan parecía dudar. Insistí:

—Si te niegas a pagar tu deuda con la sociedad, debes saber que estaré encantada de matarte. Lo que me impide disparar es única y exclusivamente mi amigo, que quiere darte una oportunidad.

—No me gusta la cárcel.

—No tienes elección.

Ryan respondió que su prioridad era salir de la mala racha, y que el encarcelamiento no le parecía la solución ideal. Le pedí que asumiera su responsabilidad y añadí que si se le ocurría denunciarnos, una vez entre rejas no duraría mucho: Jacky y yo teníamos muchos contactos en la cárcel. Viciosos y depravados a quienes les encantaría matar el tiempo con jovencitos de su estilo.

Tras acompañar a Ryan a la comisaría de la Canebière, fui a beber mi primer pastis del año con Jacky a la cervecería del Quai des Belges. Cuando pedí una segunda ronda, Jacky sacudió la cabeza.

—Sólo uno más —protesté—. La vida hay que bebérsela deprisa, antes de que nos quiten el vaso.

—Júrame que será la última.

—Siempre hay que beber como si fuese la última, Jacky. No serás tú el que me enseñe que se muere de no haber vivido y que, si no, acabamos muriendo también.

—Puestos a morir, Rose, que sea con plena consciencia y con buena salud. No ebria como una cuba.

—Perdona, pero eso no son más que frases de borracho. La única cosa que la vida no me ha quitado es morir. Y figúrate que todavía no tengo intención de marcharme.

La vida es como un libro que se aprecia, un relato, una novela, un ensayo histórico. Nos encariñamos con los personajes y nos dejamos llevar por los acontecimientos. Al final, ya lo estemos escribiendo o leyendo, no queremos terminarlo. Ése es mi caso. Tanto más teniendo en cuenta que me quedan muchas cosas por hacer y decir.

Sé que mis labios continuarán siempre en movimiento, incluso cuando estén mezclados con la tierra, y que continuarán diciendo sí a la vida, sí, sí, sí...

Recetas de La Petite Provence

EL PLAKI DE MI ABUELA

Para seis personas o más

Ingredientes
2 kg de judías blancas sin piel
1 cebolla grande
5 zanahorias cortadas en rodajas
1 ramillete de perejil picado
1 cabeza de ajo con los dientes pelados y enteros
2 tomates grandes maduros cortados en trozos
Las hojas de dos gruesas ramas de apio
1 manojo de perejil

Preparación
Dorar la cebolla cortada en trozos en una cacerola.
Añadir las zanahorias, los tomates, los dientes de ajo y el apio.
Añadir las judías y cubrirlas de agua.
Cocer a fuego lento durante una hora.
Al final de la cocción, añadir sal, pimienta y el perejil.
Dejar enfriar. Se come tibio o bien frío sazonado con un chorrito de aceite de oliva.

LA PARMESANA DE MAMIE JO

Para ocho personas o más

Ingredientes

1 kg de tomates, 1 kg de berenjenas y 1 kg de calabacines
5 cebollas
5 dientes de ajo, tomillo, laurel y perejil
3 huevos
100 g de queso parmesano

Preparación

Dorar tres cebollas en aceite de oliva junto con los tomates sin piel ni pepitas. Sofreír durante 45 minutos con tres dientes de ajo, tomillo, laurel y perejil. Retirar la tapa al final de la cocción para favorecer la evaporación, lo que reforzará el gusto. Triturarlo con el pasapurés o la batidora y dejar enfriar.

Rehogar las berenjenas en rodajas después de desalarlas. Colocarlas sobre papel de cocina para que absorba la grasa.

Rehogar los calabacines cortados en trozos junto a las dos cebollas restantes. Cocinar a fuego lento hasta que se puedan aplastar. Añadir entonces el ajo picado, el parmesano y los huevos batidos.

Cubrir la fuente con las rodajas de berenjena, que deben sobresalir por los lados, y verter encima el puré de calabacín.

Poner la fuente al baño María en el horno a 180° C durante unos 20 minutos, dejar reposar y enfriar en el frigorífico. Sacar una hora antes de consumirlo, desmoldar y servir junto a la salsa de tomate.

FLAN DE CARAMELO DE EMMA LEMPEREUR

Para seis personas

Ingredientes
7 huevos
1 litro de leche
1 vaina de vainilla
1 sobre de azúcar aromatizado a la vainilla
200 g de azúcar
7 terrones de azúcar y dos cucharadas de agua para hacer el caramelo directamente en una flanera de unos 20 cm de diámetro

Preparación
Mezclar y llevar a ebullición la leche con el azúcar, el azúcar aromatizado y la vaina de vainilla.
Dejar enfriar.
Añadir los huevos batidos.
Verter todo en la flanera sobre el caramelo enfriado.
Poner la flanera al baño María en un horno a 180° C durante 45 minutos.
Dejar enfriar el flan y meterlo después en el refrigerador tapado con film plástico para que no absorba olores.
Desmoldar en el momento de servir.

TARTA DE FRESA A LA AMERICANA O STRAWBERRY SHORTCAKE DEL FRENCHY'S

Para ocho personas

Ingredientes para la base de galleta
1 sobre de levadura
250 g de harina tamizada
150 g de nata líquida
1 pizca de sal
115 g de mantequilla
3 cucharadas soperas de azúcar en polvo

Ingredientes y preparación del relleno de fresas
1 kg de fresas que deben elegirse con cuidado: para que sean sabrosas deben proceder, preferentemente, de productores locales.
Cortarlas en dos o tres trozos.
Añadir 100 g de azúcar moreno, y mezclar.
Dejar reposar.
Si tiene dudas sobre la calidad de las fresas, puede añadirse una cucharada sopera de zumo de limón.

Preparación

Precalentar el horno a 210° C.

Mezclar la harina, la levadura, el azúcar y la sal.

Añadir la mantequilla cortada en trozos pequeños sin mezclarla demasiado.

Añadir la nata líquida para humedecer.

Extender la pasta con un rodillo pastelero.

Cortar la pasta en ocho rectángulos de unos 2 cm de espesor.

Colocar esos rectángulos sobre la placa del horno engrasada con mantequilla.

Espolvorear con un poco de azúcar.

Hornear unos 12 minutos. La pasta debe estar bien dorada.

Cuando se enfríe, cortar cada rectángulo en dos a lo largo.

Colocar las fresas entre las dos capas de galleta.

Verter por encima nata montada con vainilla.

Decorar con tres fresas.

Ésta es la receta tradicional. En el Frenchy's rompía la pasta. Añadía los trozos a las fresas y servía el strawberry shortcake en una gran ensaladera que cubría de nata montada a la vainilla a la que añadía un dedo de whisky.

Pequeña biblioteca del siglo xx

Sobre el genocidio armenio

ARNOLD J. TOYNBEE: *Las atrocidades en Armenia. El exterminio de una nación,* Thomas Nelson & Sons.
RAYMOND KÉVORKIAN: *Le Génocide des Arméniens,* Odile Jacob.

Sobre el estalinismo

VASSILI GROSSMAN: *Vida y destino,* Galaxia Gutenberg.
ALEXANDR SOLZHENITSYN: *Archipiélago gulag,* Tusquets.
SIMON SEBAG MONTEFIORE: *La corte del zar rojo,* Crítica.
TIMOTHY SNYDER, *Tierras de sangre. Europa entre Hitler y Stalin,* Galaxia Gutenberg.

Sobre el nazismo

HANNAH ARENDT: *Los orígenes del totalitarismo,* Alianza.
HANNAH ARENDT: *Eichmann en Jerusalén,* Lumen.
JOACHIM FEST: *Hitler,* Planeta.
JOACHIM FEST: *Los dirigentes del Tercer Reich,* Caralt.
SAUL FRIEDLÄNDER: *El Tercer Reich y los judíos,* Galaxia Gutenberg.

GÜNTER GRASS: *El tambor de hojalata,* Alfaguara.
IAN KERSHAW: *Hitler,* Península.
FELIX KERSTEN: *Memorias,* Plaza & Janés.
PETER LONGERICH: *Himmler,* Círculo de Lectores.
MICHAËL PRAZAN: *Einsatzgruppen,* Seuil, Points/Histoire.
MICHEL TOURNIER: *El rey de los Alisos,* Alfaguara [incluido en la trilogía *Viernes o los limbos del Pacífico, El rey de los Alisos, Los meteoros,* Alfaguara, 2012].
STANISLAV ZÁMECNÍK: *Das war Dachau,* Fischer Taschenbuch Verlag.

Sobre el maoísmo

JUNG CHANG y JON HALLYDAY: *Mao. La historia desconocida,* Taurus.
JEAN-LUC DOMENACH: *Mao, sa cour et ses complots,* Fayard.
YANG JISHENG: *Stèles, la grande famine en Chine, 1958-1961,* Seuil.
ALEXANDER V. PANTSOV y STEVEN I. LEVINE: *Mao: The Real Story,* Simon and Schuster.
JEAN PASQUALINI: *Prisionero de Mao,* Plaza & Janés.

Sobre los campos de la muerte

ROBERT ANTELME: *La especie humana,* Círculo de Lectores.
RAUL HILBERG: *La destrucción de los judíos europeos,* Akal.
PRIMO LEVI: *Si esto es un hombre,* El Aleph.
DAVID ROUSSET: *El universo concentracionario,* Anthropos.
ELIE WIESEL: *La noche,* El Aleph.

Sobre la ocupación alemana en Francia

Simone de Beauvoir: *La plenitud de la vida,* Edhasa.
Gilbert Joseph: *Une si douce occupation, Simone de Beauvoir et Jean-Paul Sartre, 1940-1944,* Albin Michel (agotado).
Irène Némirovsky: *Suite francesa,* Salamandra.

Sobre el siglo XX *en general*

Simone de Beauvoir: *El segundo sexo,* Cátedra.
Saul Bellow: *Herzog,* Galaxia Gutenberg.
Albert Camus: *El hombre rebelde,* Alianza.
Marguerite Duras: *Un dique contra el Pacífico,* Tusquets.
Winston Groom: *Forrest Gump,* Ediciones B.
Jonas Jonasson: *El abuelo que saltó por la ventana y se largó,* Salamandra.
Jack Kerouac: *En la carretera,* Anagrama.
J. M. G. Le Clézio: *El atestado,* Cátedra.
Norman Mailer: *Un sueño americano,* Cátedra.
Tierno Monénembo: *El mayor de los huérfanos,* Ediciones del Bronce.
J. D. Salinger: *El guardián entre el centeno,* Alianza.
Gaëtan Soucy: *La niña que amaba las cerillas,* Akal.
John Steinbeck: *Tortilla Flat,* Navona.
Kurt Vonnegut: *Matadero cinco,* Anagrama.
Simone Weil: *La gravedad y la gracia,* Caparrós.

Índice